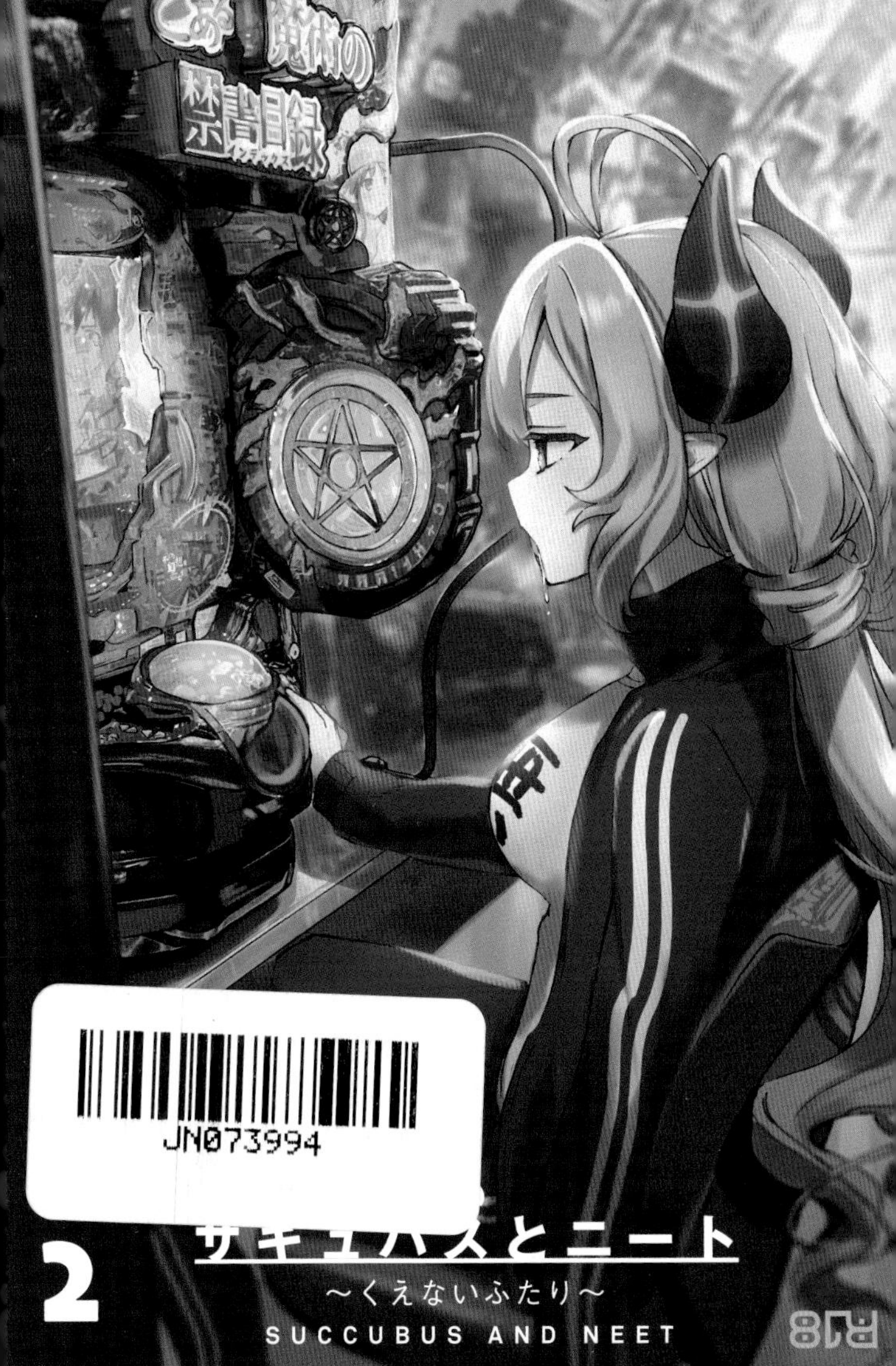
魔術の
禁書目録
JN073994
2
サキュバスとニート
〜くえないふたり〜
SUCCUBUS AND NEET

「っしゃオラァ!!
肉ぞー!!!」

「マナーとかそういうの
守れバカタレ!!」

乃艶

NOE

「親元より逃げ出しました。
そして行き着いた先が、ここでございます」

和友の家に放置されていた召喚陣から突如現れた妖怪。飛縁魔という種族で、奈良の山奥からやってきた。イン子とは違っておしとやかで礼儀正しい大和撫子。

KIDO & MIHARU

「警察官を
小馬鹿にするのも
大概にしとけ」

「そこのあなた達！
ちょっと止まって
頂きたいのであります！」

鬼怒＆美晴

強面と眼鏡の男女警察官コンビ。迷子になっていたイン子と乃艶を職質するが、どうやら話の通じない外国人だと理解している様子。

「３５７０戦中６２９８勝０敗」
私が合コンで男を持ち帰ってヤった回数だ」

大麻育子

退魔師組織の管理職として働く、茉依の元上司。度が過ぎた性欲の強さを誇るイケメン好きの３●歳。だが、退魔師としては優秀らしい？

IKUKO TAIMA

有象利路

ILLUST
猫屋敷ぷしお

R18

2

CONTENTS

Designer
Kai Sugiyama

Author
Toshimichi Uzo

Illustrator
Pushio Nekoyashiki

《第十淫＊召喚縁魔》

SUCCUBUS AND NEET R18

「殺す‼」

とある平日の昼下がり。物騒なことを叫びながら、一人の女が部屋に飛び込んできた。

薄紫色の、軽くウェーブの掛かった長髪。人よりもやや伸びた犬歯。

血のように赤い瞳は鋭く、背部から生えた双翼は翼手目を思わせる。

更には黒い角と尻尾まで備えたその女性は、見た目からしてどう考えても人間ではない。

が、その割に服装は庶民的で、白Tシャツの上に赤いジャージを羽織っていた。

——彼女こそ何を隠そう、この家に住む淫魔(サキュバス)にして居候(いそうろう)の《イン子》である。

「いきなり何だ……」

「カズてめェこのカスゥ‼　冷蔵庫にあるあたしのプリン食ったろ⁉」

「食ってない」

にべもなく答えたのは、イン子の元召喚者であるニートの青年、《二十楽和友(はたらかずとも)》だ。

黒いジャージに身を包み、伸びた前髪をアップにしてまとめている。

細身で長身な体型もあり、スポーツマンのような見た目だと言えるだろう。

「じゃあプリンが自発的に動いてお外へトイ・ストーリーしたんかぁ!?」

「一日保たずに腐って死ぬぞそんなプリンは……はあ」

一度は己の世界へ還ったイン子だが、色々あってこちらに……二十楽家に戻って来た。

その家長である和友の母、久遠那は大層喜び、快くイン子を再び迎え入れた。

トイ・ストーリー云々は、最近久遠那と一緒に家で映画を見ることが増えたからだろう。

「昨日母さんが風呂上がりにプリン食べてたぞ。それじゃないのか」

「……!?　本件は不問に付すわ」

「一瞬で手を引くなバカタレ」

久遠那には弱いイン子だった。彼女を責めるようなことはしない。

イン子が去ってからは静かな日々だったものの、戻って来たらやはり騒がしい。

もうじき梅雨で、既に気候は蒸し暑くなって来ている。

そこにこの淫魔を足すと不快指数が倍増するものだが――和友はふうと息を吐いた。

（もうこいつが居る方が当たり前みたいに思えてきたな……）

共に過ごした日数は大したことなくとも、その一日一日がめちゃくちゃに濃い。

千倍希釈では全く足りないぐらいの、原液の中の原液みたいな存在である。

とはいえ、和友はそんなイン子との日常を既に当然のものとして受け入れていたが。

「ねーカズ」

「どうした」

「コタのコンビニでプリン買って来い　ダッシュで」

「さも当然のようにパシるな‼　自分で行け‼」

「チッ　あばよ！」

堂々と舌打ちを残し、イン子は和友の部屋に置いているがま口の財布を引っ掴む。

彼女が愛用している——これしか持ってない——財布である。

そのままイン子は家を飛び出していった。宣言通りコンビニに向かうようだ。

「……ほとんど動物だな……」

和友は窓からイン子の後ろ姿を眺める。

角が生え、翼を持ち、尻尾を揺らす異形の存在は、近所の人に挨拶していた。

別にイン子は己が淫魔であることを隠していない。むしろ公言している。

が、現代日本において淫魔というのは単なるコスプレイヤーにしか見えないらしい。

久遠那曰く、近所でもイン子は評判で、気のいいコスプレ海外留学生状態のようだ。

（俺的には地域猫というか地域犬というか、そんな表現の方が近いと思うが）

どこの世界でも生きていけそうな女である。和友は窓から視線を外した。

「さて——」

コタ……和友の幼馴染、《仁瓶琥太朗》の経営するコンビニにイン子は向かった。

商品(プリン)だけを買ってすぐ帰るとは思えない。絶対に琥太朗(こたろう)へウザ絡(がら)みをするはずである。

これはつまり、和友(かずとも)一人だけの時間がある程度確保されるということで――

「シコるか！」

――それはもう見事なまでに晴れやかな独り言だった。

何より一人でしか出来ないことである。イン子が居れば当然出来ないことでもある。

ワクワク気分で和友(かずとも)はティッシュ箱を手元に用意した。

そしてそのまま、ジャージの下をするりと脱ぐ。その時だった。

ゴゴゴゴゴゴ……。

「ん……？」

奇妙な地鳴りのような音がした。外からではなく、部屋の中より響いている。

……和友(かずとも)の部屋には空色のカーペットが敷いてある。

そこには血文字（※トマトジュース）で、召喚陣なるものが描かれていた。

これは元々、和友(かずとも)がイン子をこちらの世界へ召喚する際に使ったものだ。

その後、陣は放置していたが、以前イン子がこの陣を通して再びこちらへ現れた。

もう金輪際何も喚(よ)ぶつもりなどない和友(かずとも)だが、しかし陣はまだ生きている。

「え？　おい、まさか……!?」

召喚陣の明滅。それを和友(かずとも)は視認する。同時に、まばゆい光が部屋に満ち――

──カッ！

和友は両腕で反射的に顔を覆う。閃光弾でも部屋に放たれたかのようだった。

数秒後、音と光が止んだことを察した和友は、ゆっくりと腕を下ろす。

「な……っ!?」

陣の上に誰かが横たわっている。人……ではないのだろう、恐らく。人型ではあったが。

「何で、また……!?」

和友は冷や汗を感じながら、その召喚物の全身を眺めた。

見た目はほとんど人間に近い。角や尻尾、翼は見当たらない、女性型の異形。

切り揃えた前髪に、艶のある伸びた黒髪は古風な印象を抱かせる。

服装は和装で、深草色の着物の上に藍色の羽織を身に着けていた。

どことなく大和撫子というイメージが和友の脳裏に浮かぶ。

状態は気絶、というか眠っているのか。静かな寝息が聞こえる。

その寝姿だけで分かる。白妙の肌と、通った目鼻立ち、長い睫毛。

（……。かわいい）

最初にイン子を見た時とはえらい違いだった。

あれも別に素材は悪くないが他が終わっていた。だがこの彼女はどうだろうか。

いにしえの時代より時を超えて現れたかのような、調和の取れた容貌である。

多分、いや確実絶対に、この召喚物は可愛い。何より和友の好みに近い。

ごくりと生唾を飲んで、和友は少しずつ、眠るその召喚物へと接近した。

「あ、あの……。大丈夫っすか……?」

「…………ん」

声を掛けたら、思ったよりすぐに反応があった。

召喚物は少しだけ声を上げ、ゆっくりと瞳を開く。

——和友は失念していた。今し方まで己がナニをしようとしていたのかを。

そのせいで自分がどういう状態であるのかを。

ぱちりと目を開いた召喚物は、しっかりと両の目で対象物を捉える。

とんぼ玉のような、綺麗な瞳だ。黒々とし、瞳の奥ではまさに花が咲いているかのよう。

もっともそのお目々は……下がパンツ一丁状態の和友の股間だけを映していたが。

「…………きゅう」

ばたり。召喚物は強い刺激にやられたのか、再びその場で気を失ってしまった。

遅れて和友は、自分が何をしたのかを正確に理解する。

「——起き掛けの美少女に己の膨らんだ股間を見せ付ける、か」

誰に伝えるわけでもなく、そう独りごちる。

自嘲気味に肩を竦め、そして和友はその場で両手をついて崩れ落ちた。

「……死にたい……」

いやもう死なないけど――虚しい独り言が、部屋の中で浮かび、弾けた。

あれからジャージを穿き直した和友は、ベッドに腰掛けて遠巻きに召喚物を眺める。

今度は呼び掛けても起きなかった。眠ったのではなく気絶したからか。

仕方がないので何をするわけでもなく、和友はぼんやりと時間を潰す。

「………んん」

（あ、起きそう）

召喚物は再び目を開き、ゆったりとした動作で身体を起こす。

今自身が置かれている状況が摑めないのか、何度か周囲を見回しつつ目をしばたたかせる。

その中でベッドに居る和友の存在に気付いたらしい。

「………」

「えーっと……その、先程は何というかご無礼を……」

ずるり。衣擦れの音がする。何が――そう思う和友だが、先に来たのは下半身の違和感。

「!?」

スースーする……和友のジャージはいつの間にか脱がされていた。

「はぁ……はぁ……っ」

（こっ、これは……ッ‼）

激しく動いたわけでもないのに、召喚物の息は荒い。

そして一心不乱に、自ら脱がして露出させた和友のパンツを凝視していた。

突然の奇行、そしてこの反応。ある仮説が和友の脳裏で実を結ぶ。

（痴女……⁉　何かこう、痴女系の方⁉）

見た目は人間と変わらないが、男のパンツをガン見する者など恐らく居やしないだろう。

つまり眼前の彼女は、痴女系の……痴女異形‼　エロスに細かいことは不要‼

そんな割り切りで和友は流れに身を任せることにした。

ここで驚き、拒絶するような少年誌のラブコメ主人公ライクなことはしない。

（俺は今から……どうにかされてしまうのだろう……‼）

「はぁ………っ」

大人の階段がせり上がり、登って下さいとばかりにライトアップされている。

喩えるならばそんな状況と言える。

和友がすべきは、この階段をホップステップで駆け上がることだ——

「猥の波動ォォォォアァアアアアア————————ッッ‼!」

ドシャァァン‼　と、部屋の入り口でイン子がひっくり返った。

どうやら帰って来ていたらしい。最悪のタイミングであると和友（かずとも）は心底思った。

そしてイン子が手にしていたレジ袋は、すっ転んだ拍子に宙を舞って——

「あぅ」

——召喚物の頭部に直撃し、三度彼女は気絶してしまった。

缶ジュースが何本か入っているので、袋は破壊力を持っていたようだ。

「こ、こいつ……」

ビクンビクンと蠢（うごめ）くイン子を、ジャージを穿（は）き直（なお）した和友（かずとも）は見下げる。

「こいつゥ……ッッ‼」

もうそのくらいしか和友（かずとも）には絞り出せる言葉がなかった——

＊

「《乃艶（のえ）》と——……申します。この度は助けて頂き、感謝の極みに——……ございます」

しずしずと召喚物——乃艶（のえ）は三指をついて深く礼を述べた。

ゆったりとした喋（しゃべ）り方だ。先程までパンツを凝視していたとは思えない。

あの後、二人を叩（たた）き起（お）こした和友（かずとも）は、一旦状況を整理することにした。

バリボリとポテチを頬張りながら、ベッドに寝転んだままイン子は問う。

「何これ？　どういうこと？」

「《乃艶》と——……申します」

「それは知っとるわい!!　何であたしの部屋に現れたかって訊いてんのよ！」

「俺の部屋だろうが」

一応、簡単なあらましは和友がイン子に教えている。

と言っても突如乃艶が現れ、何度か気絶したぐらいしか説明することはなかったが。

己のテリトリーを侵されたと思っているのか、イン子はややご立腹だ。

「とりあえず自己紹介をしておくか」

「……そうね。名乗られた以上は名乗り返すのが喧嘩前の礼儀ってもんよ」

「俺は二十楽和友。こっちはゴミ」

「あたしはイン子。こいつはカス」

「ゴミさまにカスさまで——……ございますか？」

小首を傾げて、乃艶が問い返す。本気でそう思ったようだ。

あまり冗談が通るタイプではないらしい。ごほんと和友は咳払いする。

「すまん。和友とイン子だ。えーっと、そのまま乃艶って呼べばいいのか？」

「はい。和友さま——……乃艶のことは乃艶と、お呼びくださいまし」

和友に名を呼ばれると、乃艶はうっとりと自身の両頬に手を添える。

それを冷ややかな目で見ながら、イン子はポテチを枚数多めに噛み砕いた。

「おうコラ！　ノエ！　今からあたしとタイマン張って先に死んだ方がご逝去……‼」

「すまん。こいつイカれてるから気にしないでくれ」

「あの——……イン子さま。貴女さまは、妖怪でありましょうか……？」

「は？　あたし溶けてんの……⁉」

「溶解なわけあるか……。妖怪って、妖怪だよな？　ほら、河童とかそういう」

しんなりと乃艶は首肯した。妖怪。日本人なら誰しも一度は聞き覚えのある単語だろう。

従ってイン子はその単語を知らないのだが、話がこじれるのであえて和友は放置する。

また、乃艶がイン子という異形を見て妖怪と判断したということは、つまり。

「もしかして……乃艶は妖怪なのか？」

「その通りに——……ございます。乃艶は、《飛縁魔》でありますれば」

「ひ、ひのえんま？　聞いたことないぞ、そんな妖怪……」

「うぉい！　ヨーカイだのヒノエンマだの外来語でお喋りすんな‼　日本語プリーズ‼」

「どっちも純国産の単語だ……。まあ飛縁魔については分からんが」

飛縁魔とはどういう特徴のある妖怪なのかは全く分からない。

そもそもの話、乃艶は見た目だけなら人間と一切変わらないのだ。

外見年齢も和友より少し下ぐらいで、単なる和装美人としか思えなかった。

(別にもう襲ってくる気配も一切ないし、本当に何なんだ……?)

「んで、ノエ。あんた何しにここに来たの？　場合によっては……血しぶき……ッ！」

「乃艶は――……奈良県の山奥に住んでいたと、そう伝え聞いております」

「…………。え、奈良県!?　異界じゃなくてか!?」

急に聞いたことのある県名が出て来たので、和友は面食らう。

異界から召喚されたわけではなく、乃艶は奈良県の山奥よりここに現れたらしい。

「あたしの知らん単語を出すな!!　そのナラブレードがどうしたんすかぁ!?」

「剣なわけあるかバカタレ……。えっと、それで？」

「乃艶は――……親元より逃げ出しました。そして行き着いた先が、ここでございます」

「家出じゃん」

曰く、奈良の山奥で暮らしていた乃艶は、親と喧嘩してしまったらしい。

そしてがむしゃらにその場より逃げ出した乃艶は、イチかバチかで転移の術を行使。

結果、和友の部屋にある召喚陣に繋がり、出て来た――というわけだった。

「……。俺の部屋の召喚陣って……どうなってるんだ？」

「知らんがな。この前オカンが『これ質の良い穴どすな～』って下ネタをカマしてきたけど」

「申し訳ございません、和友さま。何分、転移の術を使ったのは初めてのことで――……」

す、と乃艶は静かに立ち上がる。そのまま流れるように和友へと頭を下げた。

「ご迷惑をお掛けするわけにはいきませんゆえ――……乃艶は、ここを去ります」

「おう！　あばよ！」

「勝手に話を終わらせるな‼」

「だって別にノエはあたしらと関係なくない？　あんたが喚んだわけじゃないんだから」

「まあ……そうだが」

あくまで偶然の産物として、乃艶はたまたま和友の部屋に現れただけだ。

何かそこに意図があったわけではない。ただの、家出道中における遭遇。

それでも和友は気になることは全部訊いておこうと思い、口を開く。

「どこかアテとかあるのか？　その、家出先の候補というか」

「いえ、乃艶は――……生まれてから一度も、奈良県の山奥より出たことがありません」

「牢獄か何かなの……？　奈良県の山奥って……」※違います

「じゃあ今からどこに行くつもりなんだ？」

「それは、その――……何も、決めておらず」

乃艶が目線を和友から逸らした。見知らぬ土地で頼れるものもなく、ただ一人放浪する。旅慣れた者やイン子みたいな図太い者なら平気だろうが、乃艶は全くそうではないだろう。線は細く、箱入り娘のような印象……というか、箱入り娘に違いない。

妖怪にもそういう育て方があるのかは知らないが、和友はそう判断した。

そんな彼女を、『じゃあな』の一言で追い出すようなことは、どうにも出来ず――

「……なあ、乃艶。もしどこにも行くアテがないのなら――」

言葉を紡ごうとする和友を制するように、しかしイン子が片手を突き出した。

「あー無理無理。もうこの家にはあたしが居るしぃ～。定員オーバーなんすわ～」

「いやどっちか一人、という話なら俺は迷いなくお前を追い出して乃艶を居候させるぞ」

「おあ⁉　先住民のお前が出て行けや‼　ここにあたしとノエで住むわい‼」

「トコロテン方式で俺を追い出すなバカタレ‼」

「あ、あの――……和友さま、イン子さま、一体何を……？」

疑問符を浮かべている乃艶をよそに、イン子は和友の襟首を両手で掴んだ。

そのまま顔を近付けて、全力でガンを飛ばす。その額には青筋が浮かんでいた。

「つーかさぁ、あんた何かあたしの時と全ッ然態度が違くね？　なぁオイゴルルァ……？」

「べ……別に、そんなことはないだろ」

「……カズ。まさかあんた、ノエに気ィでもあるんじゃないでしょうね？」

「ち、違う！　ただお前と違って普通に乃艶が俺の好みで可愛いとかそんなんじゃない‼」

「違わねェだろがぁ‼　結局顔かオゥキュルルルァ⁉⁉」

テープの巻き取り音みたいな舌の回し方だった。和友はイン子を強引に振りほどく。

下心がないと言えば嘘になるが、しかし別にそれだけではない。

「大体、このまま放っておけないだろ。それに、退魔師とかいうのが居るんだから」

イン子みたいな異形の存在を陰ながら討伐している集団が、この国には存在する。

それが退魔師――最近その事実を和友も知った。

そして乃艶が本当に飛縁魔という異形なら、一人で外をうろつくのは危うい。

「まあノエって見るからに弱そうだし、一発で狩られるでしょうね」

「だろ？　色々と訊きたいことと含めて、今下に相談した方がいい。それまで保護するだけだ」

《今下茉依》という、元退魔師の友人が二人には居る。

イン子が退魔師に襲われず外を闊歩しているのは、彼女の助力があるからだ。

乃艶は悪い妖怪には見えないし、イン子と同様の処理をしてあげられないか。

仮に家出を続けるにしても、その安全ぐらいは確保してやりたいのだ。

――ということにして、何だかんだで和友はイン子を言いくるめた。

「けど忘れないことね。全ての決定権はママさん&あたしにあるということを……!!」

「お前には権利も義務も無いだろうが……!!」

「……あと、人とそれ以外の間に恋情なんて発生しないから。それも覚えておきなさい」

イン子にしては珍しく、冷静に咎めるような言い方だった。

若干引っ掛かる和友だったが、しかし別段乃艶に恋をしたわけではない。

「俺だって分別ぐらいある。人間は人間らしく、人間相手に恋でもするさ」

「そういう意味じゃないんだけど。……まあいいわ」

ベッドに寝転がって、イン子はまたポテチをボリボリ食べ始めた。

これ以上は和友の好きにしろ、という意思表示なのだろう。

なのでさっきからずっと困惑していた乃艶に、和友は改めて向き直った。

「とりあえず、しばらくこの家に居るといい。その、乃艶が良ければ、だが」

「え？　え……？　それは、どういう――……」

「あー、まあ、俺は普通の人間よりかは妖怪に理解がある……的な感じ」

嘘ではない。妖怪みたいな存在と毎日暮らしているわけなのだから。

「だから、出て行きたくなったら止めはしない。……迷惑だったか？」

「いえ、いえっ……！　是非、乃艶めを和友さまのお傍に置いて頂ければ……！」

「いや俺の傍に置くわけじゃないぞ……まあいいか」

何度も何度も乃艶は頭を下げる。もういい、と和友がそれを止める。

話は大体纏まったのだが――イン子は一人、ぺろりと汚れた指を舐めるだけだった。

「まぁ、奈良県の方から？　随分と遠いところからお越しになったのねえ～……」

和友の母、久遠那は口に片手を当てて、ほんわかと驚いている。

とりあえず乃艶が家出少女であり、しばらく保護したい旨は伝えた。

妖怪云々については言っていない。久遠那はそういう事情に疎い――否、無関係だ。

真の意味で相手の出自を問わず付き合うことが出来る人間なのだろう。

なので久遠那の返事はイン子の時と同じく、普通に滞在ＯＫだった。

「でも、のえちゃんの親御様にご連絡とか差し上げないで大丈夫かしら……？」

「子供のお泊まり会じゃないんだぞ……。別にいいだろ。乃艶も大人なんだから」

「ご連絡――……久遠那さまは早馬を出されるおつもりなのでしょうか？」

大真面目に乃艶が問う。早馬とは、つまり急使のことを指す。

「は、早馬⁇　えっと、お電話しようと思ったのよ？　お家の電話番号、覚えてる？」

「歴史の授業以外で初めて聞いたな早馬なんて単語……」

「でんわ――……申し訳ございません、それが何なのか、乃艶にはまるで見当も……」

「奈良県ヤバくね……？　あたしですら電話が何かすら薄っすら知ってんのに」

「行ったことはないのだけれど、奈良県って電話線が通ってないのかも……？」

「そんなわけあるか……‼　あー、乃艶がちょっと特殊な家庭に居たってだけだ」

それがどんな家庭なのかは不明だ。妖怪の暮らしなど想像もつかない。

しかし電話を知らないというのはどこか腑に落ちた。ザ・妖怪という感じがする。

単純に人が増えるのが嬉しいのか、久遠那はぽんっと両手を合わせた。

「のえちゃん、何か好きなものってある？　今日はそれを作ってあげる♪」

「ハンバーグ!!　ステーキ!!　トンカツ!!」

「いつからお前は乃艶になったんだ」

「好きなもの――……」

ちらりと乃艶は和友の方を窺った。その視線に和友もすぐ気付く。

「え……」

「あの、向こうに居た時は主に――……草を少々、食んでおりました」

「く、草？　ええと、お野菜が好きってことかしら？」

（飛縁魔って一体何なんだ……？）

謎は深まるばかりだ。早急に茉依に会う必要があると和友は考える。

乃艶が菜食主義者であると久遠那は判断したようで、今晩は野菜づくしだった。

それを食べた乃艶が涙を流したのだが――本当に草しか食べたことがなかったのか。

ともかく、あっさりと二十楽家は本日より四人暮らしとなったのだった。

この家での生活ルールをイン子が乃艶へ偉そうに説明し、最後に就寝の段になる。

「……なあ。何で俺の部屋で三人寝るんだ」

「仕方ないじゃん。部屋空いてないんだから」

家に空き部屋自体はあるものの、物置と化しているのでほぼ使えない。

乃艶の分の寝具はあったが、しかし和友の部屋で三人一緒に寝る必要性は薄かった。

「乃艶かお前が母さんの部屋で一緒に寝ればいいだろ。もしくは二人一緒に」

「っせーぞこのオタンコボケナス!!　ママさんは毎日仕事があるのよ!?　安眠大事!!」

「何も言い返せなくて悔しいがお前に言われると本当に腹立つな……!!」

「あの、必要なら――……床さえあれば乃艶はどこであれ眠れますゆえ、廊下でも」

おずおずとそう提案してくる。来た初日にその仕打ちは酷だろう。

「いや、乃艶は気にしなくていい。俺かイン子の問題だ、これは」

「そうだ!　あんたがママさんと一緒に寝るならアリね。ママさん喜ぶだろうし」

「この歳になって親と一緒に眠るとかサブイボものだバカタレ!!」

「じゃあもうここで三人寝るしかないやろがい!!　あたしベッド、お前ら床!!」

「せめて逆にしろ……!!」

和友からすれば、イン子とは懐いていない野良犬が部屋に居るようなものだ。

一方で乃艶にはそう思えない。犬で言うと借りてきた高級犬である。

イン子がベッドから頑として動かないので、仕方なく和友は頭を掻きながら立ち上がった。

「明日から物置の掃除を始めていく。それが片付くまでは俺がリビングで寝る」

「最初からそう言やいいのよ。もうこの部屋に戻って来んなよ?　羽ばたけ……!!」

「雛鳥の巣立ちか!!」

「か、和友さま――……」

「まあ、ベッドか布団かはイン子と相談して決めてくれ。おやすみ」

和友は部屋から出て行く。乃艶は何か言いたそうだったが、結局言えずに見送った。

「ふああ～……まあ細けぇ話は明日からでいいでしょ。もう電気消すから」

「あの、イン子さま。ご就寝される前に――……一つだけ、よろしいでしょうか」

「あと十秒以内じゃないと……あたしもう落ちるから……」

声音からしてもう寝そうなイン子に、あわあわしつつ乃艶は訊ねた。

「なにゆえ――……乃艶などに、こうも皆様優しくしてくださるのですか？」

「知らんー……。顔可愛いからじゃね……」

「顔……？　顔の作りが良ければ、誰からも優しくされるのでしょうか？」

「んー……」

「――……それは、嘘でございます。乃艶は、これまで、そのような……」

こいつも何か抱えてんのか――と、イン子はウトウトしながら思った。

かつての和友のように、己についた傷を半端にチラつかせるタイプがイン子は嫌いだ。

何よりこんな就寝前の軽い問答など、そもそも無価値であるべきである。

「運よ、運。あたしも……あんたも、運がめっちゃ良いから、ここに居んの……」

なのでイン子は、眠たげなままそう断言した。根拠などまるでない。

「運――……？」

だから乃艶は問い返したが、もうイン子が返すのはイビキだけだった――

＊

ず……ずず……。

衣擦れの音がやけに大きく聴こえる。和友はふと目を覚ました。

深夜のリビングは静かだが、カーテンの隙間から月明かりが漏れ、存外明るい。

あまり睡眠に向く環境ではないが、それでも目を閉じればまた眠ることは出来ただろう。

「――……」

「の、乃艶……!?」

和友が目を閉じられなかったのは――乃艶が自身の顔を覗き込んでいたからである。

互いの呼気が触れ合うような至近距離。垂れた黒髪が暗幕のように和友を覆う。

（こ、こ、これは……ッ!?）

夜這いというやつだ。本来は男が女に行うものだろうから、逆夜這いと言うべきか。

乃艶が己に他――イン子や久遠那――とは違った視線を向けていたのは気付いている。

だがこんなにも早く行動に移るとは。悪い気は全然しないので、和友は生唾を飲み込んだ。

「和友さま………」

「あ、いや、その、お……俺は！　寝起きすぐに動けないタイプですので……」

自分でも意味不明な返答だった。それもそのはず——和友は童貞である。

高校三年生までは野球のことだけを考えていて、異性と付き合うとかは二の次三の次。

その後、怪我をしてからは引きこもりになり、そもそも人と会う機会が激減。

また、モテ期は確実にあったのだが、それを陰ながら潰していた琥太朗の存在も大きい。

淫魔を喚んだ目的は自殺だったが、せめて童貞を捨ててから死にたいと思ったのも事実だ。

要するに——和友はガチガチに固まって、乃艶にされるがままだった。

「ああ——……」

乃艶の手が和友の頰に触れる。瞬間、激しい痛みが和友を襲った。

（ッ！　い、痛い……いや、これ、熱いのか……？）

人では持ち得ないような体温。その熱が、彼女の全身から放たれている。

ともすれば火傷しそうだが、しかし耐えられないほどではない。

（もしかしたら女性はこういう時体温めっちゃ上がるのかもしれん……）

飛縁魔だからか、それとも女性だからか。もう和友には分からなかった。

胡乱な目で、乃艶が和友の瞳を覗く。和友もまた、彼女の瞳を覗く。

——蒼い、ちりちりとしたものが、その瞳の中で揺らめいていた。

それが何であるかを考える前に、乃艶は赤い舌先で和友の鎖骨を舐めた。

「⁉⁉⁉」

「なんて——……」

異形の存在はもしかすると、そういう行為の前に相手を舐めるのか。イン子もそうだった。

明らかに昂ぶっている乃艶は、口端からちろりと涎を垂れ流す。

「おいしそう——……」

「……へ？」

その言葉の意味は、分かるのだが、分からない。

それでも、ぞくりと背中を駆け巡ったこの感触は、かつて一度味わったものだ。

イン子に自分を襲わせた時に感じた、捕食者と被食者のそれ。絶対的な種族差。

乃艶は、和友を——

「ふんッ‼」

ゴキュッ……。めっちゃ嫌な音がリビングに響いた。首の骨に関わる感じの音。

ヘッドロックから乃艶を完全に絞め落としたのは——当然、イン子だった。

「イン子——」

「ったく。夜中に猥の波動であたしを叩き起こすなってーの」

「死ねよ……」

「ハァァァァン!?　何じゃあオイその口振りは!?　あんたも絞め落とすぞ!!」

「俺が童貞喪失するチャンスを邪魔するなバカタレが……!!」

憎々しげに和友が呪詛を吐く。確かにチャンスではあっただろう。

イン子は絞めた乃艶をポイッと一旦床に転がし、和友に指を突き付ける。

「あんたが喪失するのは童貞じゃなくて命よ!!　このアンポンタンメン!!」

「……命？　お前、何を……」

アンポンタンメンが何かはさておき、随分と物騒なことをイン子が言う。

冷ややかに和友を見下ろしながら、淫魔は告げた。

「——ヨーカイとかヒノエンマが何かは知らないけど、淫魔とノエはかなり似てるわ」

「イン子……ではなくて淫魔に似ている、ってことか？」

「そうよ。種族的かつ本能的な直感ってやつ。ねえカズ、今あんた立てる？」

イン子が訊いてくる。その表情には普段よりもやや淫魔っぽさがあった。

仰向けの状態だったので、和友は上体を起こして立ち上がろうとした——が。

「……!?　た、立てない……!?」

ふらつき、重心がまるで定まらない。思わず和友はソファへ背中から倒れ込む。

「やっぱね。もうある程度あんたの精を吸ったのよ、ノエが」

「精を吸った、って……まだほとんど何もされてないんだが。鎖骨は舐められたけど……」

「別にそれだけでもある程度吸えるから。ま、要するにね、カズ」

どん、と和友の顔の横に手をついて、イン子も瞳を覗き込んでくる。

赤い。先程の乃艶とは対照的に。どこまでもこちらを凍て付かせる目だ。

「——ノエはあんたを食料としてしか見ていないってことよ。勘違いは済んだ？」

乃艶が和友に向ける情熱的な目も、随分と恭順的な態度も、何もかも。

それは全部、和友を捕食対象として見ているからに過ぎない。

あのぞくりとした感覚——乃艶は和友を食べようとし、そして和友の本能が怯えたのだ。

ただそれだけの、愛も恋も無き弱肉強食の構図を……イン子が助けたのである。

「…………すまん。助かった、イン子」

もし、あのまま乃艶にされるがままだったら——和友は干からびて死んでいた。

触れられ、身体を少し舐められただけでこうなるのだ。

それ以上の接触があったらと考えると、思わず身震いしてしまう。

「まあ別にあたしはあんたが童貞喪失と引き換えに死んでも良かったんだけどぉ～」

（死ねよって言ったの根に持ってるな……）

「でもカズが死ぬとママさんが悲しむじゃん。そんだけ」

よっこいせ、と掛け声を発しつつ、イン子は気絶している乃艶を肩に担いだ。

「一晩寝ればあんたも回復するでしょ。そんじゃおやす〜」

「……乃艶をどうするつもりなんだ？」

「どうもしないけど？　この家に置くんでしょ？　あんたの部屋に転がしとく」

「…………」

「ノエはきっと良い子よ。少なくとも敵ではないわ。ただ人間じゃないだけ」

「俺は——どこか甘く見ていた。異形の存在なんて、お前ぐらいしか知らなかったから」

故に都合の悪い問題など起こらないと、そう勘違いしてしまった。

むしろ自分にとって美味しい展開が起こることを期待するなど、愚かにも程がある。

一歩間違えれば死んでいたのだ。かつての自分と違い、もう和友はそれを望まない。

和友は深く自省した。同時に、己がどういう選択をしたのかも。

「あたしらとあんたらなんてそんなもんよ。ちょっとしたズレで悲劇が起こる感じ」

「……明日、すぐ今下に会ってくる。その間、乃艶はお前が見ていてくれ」

「へいへい。良かったわねー、可愛い同居人が増えて★」

痛烈な皮肉だった。こうなることを、イン子は薄々予見していたのだろう。

飛縁魔、乃艶。彼女の存在が、二十楽家に果たして何をもたらすのか？

ただの人間でしかない和友には、分かることなどなかった——

《第十淫　終》

《第十一淫＊職質淫魔》

SUCCUBUS AND NEET R18

「今すぐ会いたいって突然言われたら……どうします？」

『…………』

「これ、アレですよね？　もうされちゃいますよね？　こっ、ここ、告白……っ！」

スマホを握り締めながら、ふわっとした感じの女性——今下茉依は声を絞る。

なんと、いきなり和友から連絡が来たのである。『今すぐ会いたい』と、シンプルに。

今までそんなことはなかった。一緒にファミレスへ行くにしても、普段茉依が誘っている。

和友側から茉依を強く求めるということは——つまりはそういうことなのだろう。

「あああっ！　ど、どど、どげんしよ⁉　い、育子さん、うち告白ばされたことないとよ⁉」

『ズルルルルルッ‼　ズゾゾッ、ズッ……ヂュボロロロッロロロロロロ‼‼』

「……あの、育子さん？」

『ズボボボボボボ‼　ズッ、ズズズ……ヂュヂュヂュヂュヂュヂュヂュ‼‼』

「汚い音で答えるのはやめてくれませんか……？」

『ラーメン食うてるんスわぁ‼　もうすぐお昼だからぁ‼』

（そうとは思えん音やったとよ……）

電話先の相手は茉依の元上司、《大麻育子》だ。何かあれば茉依は彼女へ報告を行う。

まあそれはほぼ建前で、実際は愚痴やら相談やらを行っているのだが。

だが育子は他人の恋愛事情がクソほど嫌いだった。多感なお年頃（3●歳）である。

「で、話は戻りますけど――か、和友くん、あっ和友くんって言っちゃった♥」

『ジュボジュボジュボジュボジュボ!!　グッポグッポグッポ!!　オエッッ』

「やめてくださいそれ……。セクハラですよ……」

『セクハラェァ!?　ただの音で!?　ねえねえこれ何の音だと思ったの!?　ねえ!?』

「泣きますよ……。昔みたいに……」

『別に君が告られようが何されようが知らん。異形関連以外であまり無駄な連絡をするな』

「でも、育子さんって恋愛経験だけは豊富じゃないですか」

『だけ、って何だオイ!!　実戦経験も豊富ですけどぉ!?　ジュロロロロ!!　オエッッ』

やっぱりわざと妙な音を出しているらしい。相談相手をミスったと茉依は今更思った。

とはいえ、向こうが忙しいのも事実だろう。仕方なく、茉依は通話を切る。

そしてメイクと服選びにめちゃくちゃ時間を掛けて、家を出た――

「悪い、今下。いきなり呼び出して」

「い、いいのいいの！　どうせ暇だし！　それより遅れちゃってごめんね？」

和友はいつものファミレスに茉依を呼び出した。当然黒いジャージ姿である。

一方で茉依はメイクも決まっていて服も洒落ている。この後更に予定でもあるのだろう。

（二十楽くん、今日も……かっこよか♥♥　最近どんどん昔の顔付きに戻ってきとーよ♥）

「急な話だったから遅れても仕方ないさ。来てくれるだけでありがたいから」

「う、うん。あ、えっと、イン子さんは……今日居ないんだよね？」

「ああ。今はちょっと別行動、というか留守番してる」

「やっぱり……！」

何がどうやっぱりなのか。よもや和友を取り巻く状況を見抜いているのか。

茉依が何を考えているかは不明だが、普段よりもグイグイ来る感じがした。

こほん、と和友は咳払いする。

「今下。唐突すぎて驚くかもしれないが、真剣な話なんだ」

「は……はいっっ‼」

「――飛縁魔という妖怪について、知っていることを全部教えて欲しい」

「よっ、喜んでっ！　…………んんん？」

快諾してくれた。やはり茉依は良いやつだ――和友ははにかむ。

だが一方で茉依は想定外の事態に面食らったのか、目をぱちくりとさせていた。

「え？　ようかい？　ひのえんま？　その…………はい？？？？」

「実はだな──」

いきなりそんな質問をされても、混乱するのは仕方がないことである。

和友はそう思って、ある一点を除き、昨日何が起こったのかを茉依に全て話した。

黙って聞き終えた茉依は──ゴン、とファミレスの机に額を打ち付けた。

「……うちは愚かな女ばい……」

自嘲なのか、小さい声で茉依が呟く。「別に愚かじゃないだろ」と和友がフォローした。

が、それが癪に障ったようで、茉依はドリンクのストローを口に咥え、啜る。

「ズルルルルルッ‼　ズゾゾッ、ズッ……」

「ぎょ、行儀が悪いぞ今下。はしたない音を出すな」

（こん音やったんやね……育子さん……）

もうほぼ残っていないドリンクをストローで吸い続けた音だということが判明した。

ストローから口を離し、茉依は肩を大きく落として溜め息をつく。

かなり恨めしそうな表情だったが、怒ってはいないらしい。

「はぁ……妖怪の飛縁魔だよね？　いいよいいよ、知ってることを教えてあげる」

「やっぱり知っているのか。すまん、助かる」

「まず、妖怪って日本固有の異形の総称なんだよ。日本原産というか」

「俺はてっきり、そういうのって伝説上の生物だと思ってたんだが……」

「日本のほぼ全ての妖怪は、大昔に退魔師が討滅、或いは監視下に置いちゃったから」

故に、そこから外れて偶然人前に出て来たものが、民間の伝承上に残ったらしい。

茉依も妖怪とは一度も戦ったことがないという。

「ただ、飛縁魔についてはわたしも知らないかな……資料室には資料があるはずだけど」

「ネットで調べても全然情報が出て来なかったんだ。マイナー妖怪なのか？」

「うーん……マイナーだろうけど、そもそも情報規制されてるのかな？　なんでだろ……」

かつての業務上一切関わらなかった異形であるが故に、茉依も知らないことの方が多い。

飛縁魔という固有種については謎が深まるばかりだった。

「でも、その資料室とやらには情報があるんだよな？」

「……前職の本社、そこのセキュリティがガチガチな部屋なんだけどね。資料室」

「どうにかして……入れないのか？」

「さすがに無理。多分、わたし殺されちゃうと思う」

「え」

「そういう世界なんですー」

まだちょっと不機嫌なのか、茉依は再び机にだらりと頬をつけた。

機嫌を損ねた理由こそ分からないが、和友は一つ言っていなかったことを告げる。

気恥ずかしさからの躊躇いだったのだが——乃艶に夜這いされたことを。

それを聞いた茉依は、一転して頭を両手で抱え、絞り出すように呟く。

「二十楽くんはどうしてこう……そういう宿命の人なのかな……」

「イン子が居なかったら多分危なかった。ただ……乃艶は、それを覚えてなかったんだが」

今朝方、和友は乃艶に昨晩のことを訊ねてみたのだが、一切記憶していなかったのだ。

イン子と喋ってから眠り、そして朝を迎えたという。そこに嘘をついた様子もない。

あれは無意識的、いわゆる夢遊のような行動だったのだろうか。

「——なるほどね、分かったよ。どうにかして飛縁魔について調べてみるね」

「……いいのか？　危ないんじゃや？」

「現職の人なら別に平気だから。代わりに資料室に行ってもらうようお願いするの」

「なるほど……」

「それよりも、気を付けてね」

「ああ。乃艶にはもし退魔師に襲われたらイン子を盾にして逃げろと——」

「ち・が・う！　二十楽くんがってこと！　淫魔と同系統の異形って危険なんだから！」

叱られてしまった。確かに昨日の実害含めて、一番危ないのは和友である。

「当然俺も気を付けるが……ただ、俺には乃艶が悪い妖怪とは思えないんだ」

「………」

「幾つも無理言って悪い。その、出来るなら調べがつくまで乃艶の討伐とかは——」

「はあ……」

都合の良すぎることを言っている自覚はあった。茉依の溜め息も納得である。

別段、退魔師は悪人集団ではない。ただ、人々を守る為に異形を討っているだけだ。

もし乃艶がその人々に害をもたらすのなら、和友のこれは害獣保護に近いのだろう。

しかし——乃艶は、まだ害獣と決まったわけではない。

「いいよ。基本的に、わたしの考えってきみと同じだから。ちょっと待ってもらうね」

「俺と同じ？」

故に茉依の肯定的な反応は、和友からすればかなり意外なものだった。

人がいい、で片付けるには不自然さすらある。その答えを、茉依は自分から述べていく。

「ついでだから言っちゃうね。わたし、人と異形を繋ぐようなお仕事がしたいの」

「人と異形を……繋ぐ」

「うん。イン子さんと二十楽くんみたいな。っていうか、二人を見て決めたんだけど——」

一拍置いて、そうして茉依は、己の生きる道をはっきりと断言する。

「——わたし、起業しようと思うんだ」

＊

「あたしが先輩であんたは後輩、つまりノエ！　あんたはあたしの命令に絶対服従……!!」

「こうはいに――……ございますか？」

「そうよ。先輩後輩という関係性は、死んでも途切れない鉄の掟にして絆ッッッ」

ヤンキー漫画みたいな理屈だったが、イン子は最近そういうのを読んでいた。

というわけであっさりと、イン子は乃艶を己の後輩に定める。

「承知致しました。乃艶は――……イン子さまの、後輩」

「おうよ。んじゃ散歩行くわよ散歩」

「散歩……？　しかし、和友さまは家で大人しくするよう我らに厳命を――……」

「鉄拳制裁ッ!!」

ビシっとイン子が指で乃艶の額を弾いた。淫魔デコピンである。

「ああっ！　い、痛いです、イン子さま！」

「あたしに絶対服従っつったろうがァ！　そもそもカズはあたしの奴隷！　つまり!!」

イン子（絶対神）↓↓乃艶（後輩）↓↓↓↓お菓子とか（すき）↓↓↓カズ（奴隷）

的な組織図を、口頭でイン子は乃艶に教え込んだ。

なので優先すべきはイン子の意思であり、和友の厳命はくしゃみに等しい雑音である。

「ついでにあたしの上にはママさんが超絶すこすこ神として君臨しているわ」

「ちょ、ちょうぜつ……すこすこ……？」

「要はあんたもママさんの命令にはハイパー絶対超服従よ。逆らったら殺すぞぇ!?」

「か、かしこまりました。久遠那(くおな)さま——……偉大なお方でありましょう」

「よく分かってんじゃん。なら出発(デッパツ)!!　このイン子様がシマを案内してやんよ!!」

乃艶(のえ)がまた問題を起こすかもしれない。故に、和友(かずとも)はイン子を監視につけた。

その上で二人が家に居れば大丈夫だと思い、一人で茉依(まい)に会いに行ったのだが——

結果としてはこのバカタレ淫魔(サキュバス)は乃艶(のえ)よりも問題児であることを失念していたと言える。


「見たことのない建物が——……木々の如(ごと)く建っております」

「住宅街ってやつよ。人間が大量に住んでる場所ね」

まずは家を出てすぐ、二十楽(はたら)家も属する住宅街をうろつく。

一般的な洋風建築ですら物珍しいらしく、乃艶(のえ)はしきりに周囲を見渡していた。

「イン子さま、この小さな黒い箱は何でございましょう？」

「それは——」

乃艶(のえ)が指差したのはインターホンである。どうも気になったようだ。

「なんかこう、押したら人が生えるスイッチ？　だったような……多分……」

「まあ……！　生命の神秘——……」

「そ、そうよ。神秘よ神秘。お手本で連打したらァ!!」

インターホンについてイン子はよく知らない。押すと音が鳴ることは知っているが。

なのでファミレスにあったあのボタンと近いものだろう、という判断からの連打を行う。

ピポピポピポピンポーン……。

『はい？　どちら様ですか？』

「う、産声でございます、イン子さま……！」

「え？　この箱ってそもそも喋んの……？」

声の主は近所の主婦だ。声そのものには聞き覚えがあるイン子だった。

が、家主を玄関先に呼び出す仕組みということまで頭は回らない。

『あら、その姿は二十楽さん家のコスプレイヤーさん。何かうちにご用ですか？』

「あんた今生まれたんすか……？」

『生後四十年は経ってますけど!?』

ギリギリ悪戯とは思われなかったらしく、その後事なきを得た。

とりあえず乃艶には「何かこえーからお前はアレ押すな」と指導しておく。

次に二人が訪れたのは、イン子もよく来る公園だった。

「ここは——……」

「公園よ。憩いの場ってやつね」

「開放感があって、どこか居心地の良い場所でございますね」

「普段はここでメウっていうガキをあたしが泣かしてんだけど、今は居ないみたいね」

平日の昼間であるので、メウ──《洲垣愛羽》という小学生は学校に居る。

そして頻繁に泣かされているのはイン子なのだが、普通に見栄を張っていた。

「皆様は、いつもここで何をされているのですか？」

「えー……走ったり転んだり……？　てかそのくらい知ってるでしょ⁉」

「乃艶は、公園と呼ばれる場所に来たのは今回が初めてですゆえ──……」

「もしかして奈良県って公園ないの……？」※ある
ベンチで休憩し、二人は公園を出る。次に向かう先は──舎弟が経営するコンビニだ。

「玻璃の向こう側に──……様々なものが見えます」

「は？　針生えてないじゃん別に。ここはあたしの舎弟がやってる商店ね」

早速二人は入店する。ピロピロと入店音が響いて、カウンターの店員が反射的に声を出す。

「らっしゃっせー。お出口は背中側っス。三秒以内にお帰り下さい」

「おうコタ‼　菓子パンに刑を執行されたいんかぁ⁉　笑顔で出迎えろや‼」

「こた……？　あの麦穂のような髪をした方のお名前でありましょうか？」

「そうよ。さっき言ったあたしの舎弟。従順で良いやつ」

「うげ……。何か増えてる……。姐さんの友達っスか……？」

和友の幼馴染にして親友兼イン子の舎弟こと琥太朗が、心底嫌そうな顔でイン子を見た。

店のブラックリストに堂々と載っているイン子だが、本淫はそれを知らない。

そしてイン子の友達などロクなやつではないという確信を持って、琥太朗は訊く。

「友達っつーか後輩ね。こいつ昨日からカズの家に住むことになったのよ」

（なら多分姐さんと一緒で人間じゃねーんだろうな……）

「乃艶と――……申します。改めて、貴方さまのお名前を伺ってもよろしいでしょうか？」

「あいつマジどんだけ居候増やすんだよ……。あー、仁瓶琥太朗っス。よろしく」

「はい、琥太朗さま。こちらこそよろしくお願い申し上げます」

「……いい感じの物腰っスね、乃艶ちゃん。姐さんとはえらい違いだ」

ボグシャア!!　チョコパンがチョコ飛沫と共に爆ぜた。イン子の握力で。

「このチョコパンの葬儀代はカズにツケときなさい」

「監視カメラにモロ映ってるし、マジ通報したら姐さん一発お縄なんスけど……？」

「お黙り!!　とりあえずノエ、何か欲しいモンあったらコタに訊けばくれるから」

「有償っスけどね……。そこは一応コンビニ店長として譲れないんで……」

「では――……琥太朗さまに言えば、和友さまを頂けるのでしょうか？」

「あ？」

ドスの利いた声で凄んだ。イン子ではなく琥太朗が。

イン子は知っている。琥太朗もどっかヤバいタイプの人間であることを。

そして和友に対する愛は久遠那にも負けていないということを……！

「乃艶ちゃん」

「はい」

「和友はこの地球上において誰のものでもない。少なくともオレの目が黒い内は」

「本人が聞いたら腰抜かすわよそのセリフ……」

「では、琥太朗さまからは頂けないと——……そういうことでございますか？」

「まあ、うん……姐さんちょっとこの子もズレてないっスか？　姐さんと別方向で」

「あたしじゃなくてあたし以外の万物が全部ズレてんのよ」

「地軸か何かっスか姐さんは……」

ともかく、琥太朗は察しがいいので、乃艶がどういう女なのかは把握したようだ。

よって琥太朗の持つ乃艶に対する警戒心は解けそうになかった。

コンビニ店長としてはイン子が危険だが、プライベートでは乃艶の方が危険そうである。

「ったく……マジでモテるな和友は……。姐さんちょっと言っといて下さいよ」

「死ねとか殺すなら毎日カズに言ってるから大丈夫」

「逆に好きでしょそれ……。まあいいや。せっかく来たんで、これどうぞ」

琥太朗はカウンターにあるスチーマーから肉まんを二つ取り出す。

そしてそれを二人に投げて渡した。根本的に琥太朗は気前がいい。

「わ、わ、わ——……」

「熱ぁ!!　先制攻撃かおどりゃァ!?」

「オレの奢りなんスから我慢して下さいよ。肉まん食ったことないんスか？」

「にくまん——……どこか身体の芯が熱を持つような響きでございます」

「そういや食ったことないわ。にしても猥なネーミングね肉まんって……」

「感性が下ネタ覚えたての中坊じゃん……」

イン子は抉るような一口、乃艶はついばむような一口で、各々肉まんを頬張った。

「肉まんうっっっっっっっっま!!　薬物ってんなぁオイ!?」

「柔らかくしなやかな綿のごとき口当たり——……美味です、美味でございます」

しかしその後のリアクションは同一である。表現にはかなり差があったが。

あっという間にイン子は平らげ、乃艶も何だかんだですぐに食べてしまった。

「おかわり」

「次からは有料っス。金払わずに食べたら今度こそ警察呼びますから」

「チッ！　じゃあノエ、先輩命令よ。あたしに肉まんもう一個奢りなさい」

「おごる——……何か代価を支払って、イン子さまへ肉まんを差し上げれば良いのですか？」

「よく分かってんじゃ〜ん。聞き分けのいい後輩は好きよ」

「考えられる限り一番嫌な先輩だわ……」

「では――……こちらをお納めください、琥太朗さま」

ごそごそと乃艶が着物の袖の内側、袂から何かを取り出す。

ツヤツヤした茶色い表皮に、帽子のようなカサついた殻斗。

ころりからりとカウンターの上で転がる、その果実達の名は――

「どんぐりに――……ございます」

「少しでも金目の物をくれるのかなと思ったオレがバカだった!! 要らねぇ!!」

「………。じゃあ肉まん貰ってくから」

「物々交換にもなってねぇっスわ!! 縄文時代のコンビニかよここは!?」

「乃艶が手ずから選んだ、選りすぐりの逸品達にありますれば――……」

「これすっげェどんぐりーズなのよ? しらんけど……」

「どんぐりーズなのは阪神の二軍選手達だけでいいんスよ!! いやよくねぇか!?」

どうやら乃艶はまともな金銭感覚……というかそもそも日本銀行券を知らないらしい。

この国において、どんぐりで取引が可能な時代は数千年前に終わってしまっている。

だが知ったこっちゃねぇとばかりに、イン子は肉まんを強奪して店を出た。

全部食べるのではなく、半分に割って――小さい方を――乃艶に分け与える。

これが先輩としての心意気と慈悲である。

「……熊撃退スプレーとかなら姐さんに効くのかな……」

そして琥太朗は形の良いどんぐり達を手で転がしながら、そんなことを呟いた――

イン子と乃艶は肉まんを頬張りながら、街に繰り出していた。

商店街やスーパーがある、周辺住民における生活の基盤となる地点だ。

しかしイン子が目指すはただ一つ、いつものあの場所だった。

――チンコ　DENGEKI　本店。

老朽化し、薄汚れた看板にはそう書いてある。地域密着型のパチンコ店。

「……？　イン子さま、ここは？」

「老若男女が夢と希望を取り戻す場所よ。店名は看板読んどいて」

「申し訳ありません――……乃艶にはあの文字が何なのか、理解が及ばず……」

「は？　あんたアレ読めないの？　ちゃんと教育受けとんかぁ～？」

ひらがなが読めない分際で、偉そうにイン子は上から責めた。

「浅学非才にありますれば――……」

「難しい言葉を使うなァ!!　あたしへの当て付けか⁉」

「相変わらずギャーギャーと騒がしいね、小娘！」

店の入り口で漫才をしていた二人に、しわがれた声が掛けられる。

「お、ババアじゃん。今から打つの？」

「年金が　溶けて消えゆく　パチ屋かな——返答はこの一句に込めたさね」

「わかんね～～～！　でも魂で理解可能～～！」

「あの、イン子さま。素晴らしい一句を詠まれたこのご老人は？」

イン子の友達、パチ屋出現継続率91％のババア（本名不明）が現れた。

そのままイン子は「友達のババア」と紹介しておく。フン、とババアは鼻を鳴らした。

「小娘！　このおぼこは誰だい？　いい着物を着ているじゃないか」

「おぼ子じゃなくてノエよ。あたしの後輩」

「乃艶と申します。よろしくお願い申し上げます——……ババアさま」

「そんなことはどうだっていいッ!!　来な、おぼこ——あんたにも教えてやるさね」

「どうだっていいんかい……。まあいいわ。入るわよ、ノエ」

「は、はい。イン子さまが征くのならば、お供します」

夢と希望を取り戻す場所。それだけ聞いている乃艶は、期待に胸を膨らませていた。

人間の街にはそういう場所があるのかと、感動すら実は覚えている。

堂々とした顔付きでババアとイン子は自動ドアを開く。乃艶はその後ろに続き——

ドバババババババババズガドドドドッドドド

ドゴゴゴゴゴゴゴォォ!!!

「あああーッ！」

パチ屋の店内に溢れる爆音はそのまま衝撃波と化し、乃艶は勢いよくぶっ飛んだ。

ゴロゴロと道路を転がって、ぐったりとうつ伏せで倒れる。

「スタンド攻撃でも受けたの⁉」

「おぼこ！　生きているなら返事しな！」

「……ばくふ……だいばくふに……ございます……」

「死亡確認ッツ」

「いや返事してんじゃん‼　耳遠いのよババアは‼」

倒れた乃艶へ二人が急いで駆け付ける。助け起こすと、真っ青な顔で乃艶は音を上げた。

「の、乃艶は……あまり、大きな音などが……苦手に……つきますれば……」

「奈良県の山奥ってパチ屋ないの？」※ない

「おぼこは奈良県民なのかい？　なら仕方ないやね。あそこは山しかないッ！」

生きてきた環境があまりにも違うのか、パチ屋の店内は乃艶には耐え難いようだ。

大音量の自然音だと確かに滝の音があるが、それとは全く違う。

「……おそろしい場所でありましょう……ぱちゃ……」

「慣れたらマジで小鳥のさえずりなんだけどね。パチ屋の店内音って」

「小娘！　おぼこはこの先の戦いには付いて来れないよ。捨て置け……！」

「いやあたし一応ノエに街案内してるんだけど……。まあまた今度ババアとは打つわ」

流石に店内へ無理に連れ込むとか店先に放置とかは出来ない。

仕方なくイン子はババアと別れ、乃艶を引っ張ってパチ屋を後にした。

「まだ世界が……回転しております……」

「軟弱者ねー、ノエは。ヒノエンマってそんなもんなの？」

「乃艶にもそこはよく分かりません……。イン子さまが強靭なだけかと存じます……」

「ま、徐々に慣れていけばいいわ。パチンコは人間の生み出した文化の極みよ！」

「とてもそうとは……今の乃艶には考えられません……」

二人はアテもなく歩く。次に二人がやって来たのは駅前のロータリーだった。

「ここは……？」

「あー、駅とかいうのよ。電車がどうのこうのって場所」

「でんしゃ……。あの巨大な鉄の蛇がそうでございましょうか？」

イン子は基本遠出しないので、電車に乗ったことがない。

久遠那との買い物も大体歩いて行くので、乗る機会すらこれまでなかった。

ロータリーからは駅のホームが見え、今は電車が停まっているようだ。

「そうじゃない？　あんま知らないけど」

「すごく――……立派でございます。あのような巨大な蛇が動くのでしょうか？」

「動いてるのはよく見るけど……。なに？　あんた電車乗りたいの？」

「乗る？　まさか、あの蛇の背に乗って、皆様は移動を……？」

「いや背中には乗らないんじゃね……？　体内に入る的な……？」

これまでになく乃艶は瞳を輝かせている。多分奈良県には電車もないのだろう。

「イン子さまは、あの鉄蛇に乗ったご経験が？　是非乃艶にそのご感想を――……！」

「え？　えーっと……」

乃艶はどうも、イン子が電車に乗ったことがあると誤解しているようだ。

先輩である以上、知らないことはあっても『したことがない』は示しがつかない。

よってイン子が取るべき選択肢は一つだけだった。

「……見聞きするよりも体験した方が早い!!　ノエェ!!　電車乗ンぞオルァ!!」

「まあ――……！」

「金なら一応あるッ！　無くてもあたしには暴力があるッ!!　いざ出発!!」

最低の理屈を見栄と共に発揮したイン子は、駅にズンズンと向かう。

そして改札機にぶっ飛ばされたり駅員に捕縛されたりしつつも、二人は電車に乗った。

目的地など定めない、ぶらり電車旅が始まる――

「なんか怖くなってきたからもう降りるわよ……!!」

「え？　乃艶はまだ、窓外の景色を眺め――……」

「絶対服従の命令には先輩ッ!!」

「いひゃいれす、ひんほひゃま……！」

ぐに、と乃艶の頬を引っ張って、イン子は数駅先でもう下車することにした。

乗るには乗れた（駅員に切符を買ってこさせた）が、あくまでそれだけだ。

何かこのまま乗り続けるとヤバイ気がする――淫魔の本能が警鐘を鳴らした。

（つーか全然知らんとこに来たわ……）

「イン子さま、ここは？」

「……。未開の地」

「未開――……にしては、人はある程度いらっしゃるようでございますが……？」

電車とはタクシーみたいな感じで、一方通行な乗り物であるとイン子は思っている。

よって戻るには徒歩しかないと考えていた。

「と、ともかく！　来た道を歩いて引き返す！」

「そろそろ黄昏時にありますれば――……和友さまもご帰宅の時間でしょう」

「そう！　腹が減るから晩飯までには帰る!!　これ即ち全世界共通の常識!!」

現在夕刻だが、そこまで二十楽家から距離が離れたわけではない。何とかなるだろう。

というわけでイン子と乃艶は二十楽家目指して歩き始め——

「ここどこ……？」

——たのだが、一時間もしない内に方向感覚を失っていた。

沿線をひたすら歩いたものの、途中で沿線だけが途切れたのである。

そこから沿線を探してうろつく中で細い路地に入り込み、結果——迷子になった。

「あの、イン子さま？　もしや——……お迷いになられたのでしょうか？」

「迷ってないっつーの!!　あたしが迷ってんのは己の淫生だけよ……!!」

「そちらの方が手痛いのではないかと存じます……」

もうすっかり陽も落ちて、まばらに街灯の光が点き始める。

どうにか通りに出た二人は、とぼとぼと未開の地を歩く。他に人の姿はない。

「くっそー……。地図とかないの、この国……？　ナメてんな……」

「お待ちください、イン子さま。乃艶がそこで訊いて参りますゆえ——……」

「そこで訊くって、人間誰も居ないじゃん……」

しかし、とてとてと乃艶は裏路地の前まで小走りで向かう。

そこに居たのは一匹の野良猫……乃艶は屈んで、何度かふむふむと頷いている。

そして戻って来たものの、がくりと肩を落としていた。

「和友さまの家は知らないとのことで——……お役に立てず申し訳ありません」

「あんた今誰に訊いたの⁉」

「あちらの猫さまでありますが……？」

「脳内にパチ屋が新装開店してんのかぁ⁉」※ヤバイの意
「……？　イン子さまは、動物の方々とお話しされないのでしょうか……？」

「しないし出来ねェわ‼　え⁉　ヒノエンマってそんな感じの種なの⁉」

めちゃめちゃハッピーな種族だなオイ——イン子はドン引きしていた。

どうやら乃艶は動物と会話が可能なようだ。ファンシーな能力であると言えよう。

「そこのあなた達！　ちょっと止まって頂きたいのであります！」

「あぁん？」

「おや——……」

いきなり呼び止められたので、二人はそちらを向く。

ショートボブに丸眼鏡を掛けた女性警官が、警戒するように睨み付けてきていた。

「イン子さま、この方は？　見たところ、他の方々と装いが異なるようですが——……」

「警察ってやつじゃない？　テレビだとなんか悪いやつを取っ捕まえてた」

「少々質問をさせて頂きたいのであります！　構いませんか⁉」

「構っていらねーわ！　こちとら今それどころじゃないんじゃい‼」

「あー……そりゃどういう意味だ？　どいてろ、町尾（まちお）」

「き、鬼怒（きど）センパイ！　この方々の職質は自分がやります！」

「いいよお前ドン臭（くせ）えし」

女性警官の後ろからヌッと出て来たのは、背の高い男性警官だった。

右頬に大きく一文字の傷跡が残っている。更に声も低くて強面（こわもて）だ。

が、相手が誰であれビビるようなイン子ではない。

「あたしらはおうちに帰りてェんじゃあ‼　邪魔すんなら泣かすぞ⁉」

「警官相手によくそんな啖呵（たんか）切れるな……。あんた留学生？　隣の着物の子は友達？」

「み、身分証の提示をお願いするのであります！」

「みぶんしょう——……とは、一体何でありましょう？」

「さあ？　つーか他淫（たいん）に要求をする前にオドレらが名乗らんかい‼」

「自分は《町尾美晴（まちおみはる）》巡査であります！」

「素直に名乗んなよ……。《鬼怒（きど）》だ。見ての通り警官。で、これ職質。分かる？」

「「？・？」」

人通りのない道を、ジャージにコスプレした女と和服の女が連れ立って歩いていた。

これだけで警官二人からすれば職質する理由になったようである。

が、そもそも職質が何であるかをイン子と乃艶は知らなかった。

「分かってねえみたいだな……。まあいいや、んであんた名前は？」

「イン子」

「乃艶と――……申します」

「印来氏と野江氏でありますか？」

「さっきも似たようなこと訊いたけど、インコさんの方は外国人？」

「あたしは淫魔　手ぶらの淫魔」

「いやもうそういう設定はいいから。質問に答えろ。しょっ引くぞ」

「設定じゃねーっつの！　ショッピングしたけりゃ一人で勝手にＩＫＥＡ!!」

「い、ＩＫＥＡ？　ていうかショッピングではなく『しょっ引く』であります……」

「クソ怪しいな……。特にコスプレイヤーの方……」

美晴と鬼怒の疑念は深まっている。さもありなんではあるが。

「ちょっと詳しく話を訊きたいから、署まで来てくれるか？」

「本当に身分証とか一切持ってないのでありますか？」

「みぶんしょうとやらではありませんが――……ひとまずこちらをどうぞ」

す、と美晴に乃艶が何かを握らせる。警察官への贈賄を堂々と行っていた。

受け取ってしまう美晴も美晴だが、とにかく彼女は掌を開く。

そこにあったのは――ツヤツヤ（略）

「どんぐりであります!!」

「バカやってんじゃねえよ町尾。そもそも警官が職質相手から何か受け取るな」

「ただのどんぐりじゃないのよ？　しらんけど……」

「普通のどんぐりのように見えますが……」

「乃艶が手ずから選んだ、選りすぐりの逸品達にありますれば――……」

「そ、そう言われると、妙に高級感溢れるどんぐりに見えてきたであります……！」

「おい、お前ら。警察官を小馬鹿にするのも大概にしとけ。ブタ箱にブチ込むぞ」

「あたしは牛肉の方が好き」

「自分は！　鶏肉派であります！」

「乗っかんなボケ。ったく……いいからこっち来い」

いい加減面倒になったのか、鬼怒はイン子の手首を強引に掴もうとする。

が、反射的にイン子はその腕を払い、更に空いた手で鬼怒の腹へ拳を叩き込んだ。

「……！　へえ、あんた人間にしては結構やるじゃん」

「あー……公務執行妨害並びに暴行罪だな」

イン子のカウンターを、鬼怒も空いた手で受け止めていた。

別に本気を出したわけではないイン子だったが、動きの良さを素直に称賛する。

「あわわわわ……。セ、センパイはキレるとマジ怖いでありますよ……!?」

「イン子さま、あまり暴力的なことは——……お控えになった方が賢明では？」

「チッ。てか色々訊きたいならあたしらを家に送ってからにしてくれる？」

「家？　どこかに下宿しているのでありますか？」

「そういやさっきからおうちがどうのこうの言ってたな。あんたら迷子か？」

「違ェわナメんなよオォン!?　ちょっと帰り道が分かんねえだけじゃい!!」

「迷子じゃねえか」

とにかく面倒な連中を職質してしまった。警察官二人は若干後悔している。

これ以上質問しても何も出て来ないだろうと判断した鬼怒は、話を切り替えた。

「あー、じゃあその家とやらの住所は？　我々がそこまで送るから、教えてくれるか？」

「じゅうしょ……？　ノエェ!!　出番ぞえェ!?」

「!?　あ、あ……奈良県の山奥——……」

「「奈良県の山奥!?」」

「そりゃあんたの実家やろがい!!　カズの家よ!!」

「申し訳ございません、イン子さま……。乃艶は、昨日ここに来たばかりでして……」

「まあ知らんわよね～。すまんキドとかいうの！　何も分からん!!」

「漫才やってんじゃねえんだぞ。じゃあそのカズとかいう人の苗字は？」

「えーっと……なんだっけ……？　あいつカズ以外の名前あんの……？」

「二十楽、でございますれば――……」

「め、珍しい苗字でありますね。センパイ、ご存知でありますか？」

「知らん。一応確認しただけだ。あー、何か家の近所にある建物とか駅名は？」

「…………」

インン子は腕組みして考える。思えば、自分はこの世界のことを何も知らない。別にそういうものを知らなくても毎日エンジョイ出来るので問題ないからだ。そうして色々と考えた結果、イン子が導き出した結論は一つ。

「分かｒ」

「あの、イン子さま。ぱちや、のお名前ならばご存知なのでは――……？」

「!!　てっ、天才かノエは⁉　『チンコ　DENGEKI　本店』よ!!」

「セ、セクハラでありますぅ……」

「あー、あの看板壊れてる老舗のパチ屋か。この近くにあるぞ。あとパを抜くな」

「……。はぁ⁉」

「この近く――……でございますか？」

鬼怒は無言でさっさと歩き出す。いいから付いて来い、という意味だろう。

イン子と乃艶、ついでに美晴は慌ててその後ろを追った。

そうして五分ほど歩くと、いつものパチ屋に辿り着く。既に地元付近には居たらしい。

ここからならば普通に帰宅可能だ。イン子は悠々と歩き出す——

「ただいまー……あー疲れた、腹減った」

「ただいま戻りました——……」

「あっ、お前ら！　無断でどこほっつき歩いてたんだ⁉」

「どこ行ったのかなって、二人で心配してたのよ？」

玄関先には和友と久遠那が待ち構えていた。

心配げな表情が緩む久遠那と、怒りに満ちた和友で、態度は真逆だったが。

「ごめんって〜。ちょっと色々あってさ〜」

「色々ってお前な……。ともかく、説教だ。覚悟しろバカタレが」

「説教だぁ？　散歩行っただけで説教食らわす文化がこの国にあるんすか⁉」

「甘んじて受け入れましょう、イン子さま——……それも定めですゆえ」

「——夜分にすみません。二十楽カズさんで間違いありませんね？　警察の者ですが」

ぬ、と玄関から強面の警官が現れた。

和友も背は高いが、それよりも更に高い。え、と和友は素っ頓狂な声を出す。

そしてイン子の方を見ると、テヘ★　と舌を出してウインクしていた。

「お前……！　何人殺したんだ……!?」

「いや誰も殺っとらんわ!!　なんかこいつらが家まで付きまとってくんの!!」

「付きまとってはいないのであります……。あ、自分は町尾で、こちらは鬼怒です」

「あらあら～……警察の方々に送って頂いたのかしら？」

「広義的にはそうですね、お母様。いやお姉様……？（どっちだ……？）」

「しょくしつ、と仰っておりましたが、それが何かは我らには分からず……」

「マジかよ……」

「あー、少々この二人についてお伺いしたいことがありまして。お時間、よろしいですか」

「あっ、はい……」

そうしてイン子と乃艶について、和友と久遠那は根掘り葉掘り訊かれることになった。

どうにかこうにか誤魔化して事なきを得たので、問題はなかったが……。

イン子が拗ねるまで和友はこの後説教するのであった。

なお、イン子の財布に迷子カードが常備されるようになったのは言うまでもない――

「これで何回迷子になっても安心★」

「次は家から締め出すぞバカタレ!!」

《第十一淫　終》

《第十二淫＊チャリンコ淫魔》……

SUCCUBUS AND NEET

「おねーさんっ♥」

ある日の休日。イン子は愛羽から公園に来るよう言われた。

なので律儀にやって来たところ、背後から愛羽の声がしたので振り向こうとする。

――ぼんっ。

が、振り向く前に、黒い車輪がイン子の膝裏あたりにぶつかった。

「おっぶぇあ！　なんじゃい⁉」

「にひひ～。どう？　いいでしょ、これ♥」

愛羽は何かの乗り物に跨っている。前後に車輪がついた乗り物。

いわゆる自転車であるが――流石にイン子も自転車ぐらいはもう知っていた。

「ああ自転車ね……。それがどうしたの？」

「このまえピアノのコンクールで入賞したから、パパとママに買ってもらったんだ～♥」

「ほ～ん」

確かに愛羽の自転車はフレームもタイヤもピカピカで、見るからに真新しい。

が、別に自転車の新旧などイン子からすればどうでもよかった。

「で？　あたしに何か用なの？　それ乗り回してる姿ならこっから眺めとくけど」

「もーっ、おねーさん察しワルくない？　いっしょにツーリングしよ♥」

「ツーリング……？　どっか遠出するってこと？」

「そうそう。あっちの川沿いを自転車で走るときもちいーんだよ♥」

「なるほどねえ……」

この前乃艶（のえ）と遠出（そこまで遠くはない）して、和友（かずとも）に怒られたばかりだ。

もう迷子対策はしているものの、一応イン子は悩む素振りを見せた。

それを愛羽（めう）は違った解釈をしたようである。

「あっ！　もしかして、おねーさんってぇ～」

「おぉん？」

「自転車、乗れなかったりして……♥」

「ふっ……。もうあんたのその挑発には乗らないわよ、メウ。回答は控えるわ」

「ていうか乗れないよね～？　だっておねーさん、運痴（ウンチ）だから……♥」

「UNTIL（ウンチ）……？」

それはアンティルだ、と和友がこの場に居ればツッコミしただろう。

運痴。他人を傷付けた上でその価値を貶める魔法の言葉（攻撃系）。

運動音痴の略であるが、略した方が攻撃力が高まる不思議な言葉でもある。

そしてイン子はその略称であることを知らない。

つまりはＹｏｕ　ａｒｅ　排泄物と言われたようなものだった。

「誰が下痢便じゃクルァア⁉　せめて老廃物って言え‼」

「そこまでいってないし、ローハイブツもけっこうヒドい気がする……」

「淫魔捕まえて大便扱いとはナメたクソガキね……！　薫らせるぞ……⁉」

「でも自転車は乗れないんでしょ～？　愛羽にはわかるんだから♥」

「貸せオラ‼　三角木馬よりも華麗に乗りこなしたらァ‼」

「なにそれ」

どちらかと言うと淫魔は三角木馬に乗せる側だろう。

ともかく、イン子は愛羽から強引に自転車を奪い取り、サドルに跨った。

愛羽は小学生であり、従って自転車も子供用でサイズは小さい。

体格が成人女性であるイン子が乗ると随分と窮屈そうに映る。

よってこの後の展開は予見可能であるが――しかしイン子はニヤリと笑う。

「メウ。あんたいつもいつもあたしが同じ失敗をすると思ってるでしょ？」

「おもってるよ♥　おねーさんってそういうヒトだし……♥」

「人じゃなくて淫魔(サキュバス)よ。フッ……まあいいわ、見てなさい」

自信のある顔をしながら、イン子はハンドルをギュッと握り締める。

まさか本当に自転車には乗れるのではないか。愛羽(めう)は若干驚いた顔をした。

「こんなもんはなぁ、跨(また)って漕(こ)いだらええんじゃい!!」

ビタァァァァァァァン!!

一ミリもタイヤが動くことなく、イン子はそのまま自転車と共に横転した。

まさにそういう淫魔(ヒト)である。お約束に準じないことなどない。

が、イン子は横転したまま、怒りの混じった真剣な顔で愛羽(めう)に告げた。


「お前今横から押したな……？」


「押してないけど」

「押したぁ!!　だって急に倒れたもん!!　絶対(ゼッテ)ェ押したわァ!!」

「自転車傷付くからもうあんまやって欲しくないけど、じゃあ愛羽(めう)離れとくし」

手で押せない距離まであえて愛羽(めう)は離れていく。聡明(そうめい)な子供だった。

イン子は自転車を立て直して、再度サドルに跨(また)り——

ベタァァァァァァァン!!

結果は変わるはずもなかった。人も淫魔（サキュバス）もいきなり成長などしない。

ゆっくりと愛羽（めう）は倒れたままのイン子に近付き、見下げる。

だがイン子は全てを嘲笑（あざわら）うように先制攻撃を仕掛けた。

「どう？　地に転がるビチグソ淫魔（サキュバス）を見下す気分は？　どんな夜景よりも美しいでしょ？」

「夜景にシツレイすぎるんだけど……。あ、自転車かえして」

倒れているイン子だけをぐいっと押しのけて、愛羽（めう）は己の自転車を取り戻す。

車体に付着した砂埃（すなぼこり）を手で払い、そのまま愛羽（めう）は自転車に跨（また）った。

「ちょっ……メウ、どこ行くのよ」

「まあ少々……わたしこのあと学友と予定がありますので」

「オイよそよそしいのやめろ！　煽（あお）れ……あたしを煽（あお）れ!!　いつもみたいに!!」

「そういうレベルにも満たないっていうか……ツーリングはムリそうですね」

「煽（あお）れって!!　うんちぶりぶり♥　みたいに耳元で煽（あお）りなさいよ!!」

「求めるのやめてくれません？　おさきにシツレイします」

まさにクソを見るような一瞥（いちべつ）だけを残し、愛羽（めう）はスイーっと去っていった。

イン子は横たわったまま、公園に一淫（ひとり）取り残される。

「く……くくく……。あーっはっはっはっはっはっはっは!!」

そして片手で己の顔を覆い、高らかに哄笑を響き渡らせた。

「うんちぶりぶりぶりぶりぶりぶり!!　ハーッハッハッハッハッハッハ!!!」

転んだ衝撃でどっかイカれたのかもしれない——


「公園のど真ん中で奇声を発して転げ回る女性が居るという通報を受けたのであります」

二十楽家の玄関口で、町尾美晴巡査がぺこりと頭を下げた。

その横には虚無を貼り付けた表情になっているバカタレ淫魔が連れられている。

「そうですか。それでどうしてわざわざウチに？」

早くも頭痛を覚えた和友だが、一応素知らぬフリを試みる。

「いやイン子氏は二十楽さん家の親戚の方でありますよね!?　とぼけないで!!」

「……お手数おかけしました。よく言って聞かせますんで」

「お願いするのであります。では本官はこれにて」

再び美晴は頭を下げ、立ち去ろうとする。特にお咎めはないようだ。

が、まだ言いたいことはあったのか、申し訳無さそうにイン子へ忠告を残した。

「イン子氏。あまりその、うんちがどうのこうの叫ぶのはよした方がいいであります」

「お前外で何言ってんだ……」

愛羽に会いに行った結果、警察の世話になる——意味不明であった。

とにかく和友は己の部屋にイン子を連行する。

「イン子さま——……おかえりなさいませ」

「最悪の帰宅方法だったけどな……」

部屋では将棋盤の前で乃艶が座っていた。

何か遊びを知りたいと言ったので、和友がルールを教えていたのだ。

イン子は無言で将棋盤を挟み、乃艶と対面する。

「おや——……？　イン子さまは盤上遊戯が苦手だったのでは……？」

「駒の種類と動きをまるで覚えられんかったろうが、お前は」

「…………」

す、とイン子は王将に指を添え——そのまま無茶苦茶に動かした。

カカカカカ！　盤上の駒が敵味方関係なく弾き飛ばされていく。

最終的に残ったのはイン子の王将だけとなった。

「……はいあたしの勝ち……!!」

「無双ゲー気分かバカタレ」

「せっかく和友さまと指していましたのに……」

「うるせぇーッ!!　大体カズは野球狂いの設定だろがぁ!?　それ以外やんな!!」

「設定言うな。野球は頭を使うんだ。将棋やチェスみたいな先を読む遊戯は訓練になる」

なので将棋盤が家にある……まあ、物置の掃除中に発見したというのが実情だが。

すっかり物置部屋は片付いたので、今そこは乃艶の私室となった。

イン子と共用で使えと和友は言ったのだが、イン子は己の私室＝和友の部屋と譲らない。

自分が支配した（と考えている）場所は絶対に明け渡さないタイプなのだろう。

それはさておき、イン子はベッドでジタバタと駄々っ子のように暴れ始める。

「んあああああああああああああ!!　メウェェエアアアァ!!」

「埃が立つから暴れるな！」

「何かあったのでございましょうか、イン子さま——……？」

「カズぅぅぅう!!　あんた自転車って乗れるううぅぅぅうぅぅ!?」

「乗れるが、それがどうした」

「じゃあ殺す!!　自転車乗ってるヤツぁ全員ぶち殺す!!!」

「競輪場にだけは行くなよ……」

「じてんしゃ——……とは？」

「あー、後で説明する。まあ、こいつに何があったかは大体想像がついたな……」

自転車に乗った愛羽にまたぞろ煽られたのだろう。和友の想像は大正解だった。

イン子はギャーギャーと自転車への怨嗟をひたすら撒き散らしている。

「自転車ぁぁ!!　チャリンコぉぉ!!　あたしイン子ぉぉ!!」

「イン子さま、おいたわしや――……和友さま、どうにかならないのでしょうか？」

「ある種憐れだからな……。はあ……こいつに物を教えるのは本当に嫌なんだが」

縄跳びも鉄棒も未だに出来ないままのイン子が、自転車を乗りこなせるのか。

途中で投げ出す未来しか見えない和友だったが、提案だけはしておく。

「……やるか？　自転車に乗る練習」

「さっさとそれを言え……‼　乙女心を察せねェ男はモテねェぞ……⁉」

「いい歳して駄々を捏ねる女にだけは言われたくないわバカタレが……‼」

「じてんしゃ――……果たしてどんなものなのでありましょう」


二十楽家には二台、和友と久遠那のシティサイクル※がある。※ママチャリのこと
もっとも和友はそもそもこれまで出歩かず、久遠那はもっぱら徒歩派だ。

なのであるにはあるが、使用頻度の低さから埃を被っている状態だった。

「ブレーキは錆びてないが、タイヤの空気は抜けてるか……ちょっと待ってろ」

「これが自転車――……水車が二つ並んだ乗り物のようでございます」

「水車と違って、動かすには自分の両足を使うんだけどな」

「皆様、これを使って移動をなさるのですね？　そういえば見た覚えが――……」

「ああ。歩くより速いからな。二台あるし、乃艶にも乗り方を教えるよ」

「……！　ありがとうございます、和友さま！」

そう喜ばれるとこちらも嬉しいものだ。やはりイン子とは真逆のタイプである。

空気入れを使い、和友は自転車のタイヤへ空気を入れていく。

二台ともタイヤ自体が劣化気味だ。本格的に使うなら交換した方が良いだろう。

(ま、練習する分には大丈夫か)

一台はイン子に、もう一台は乃艶に貸し与え、三人はいつもの公園へ向かった。

「さて——自転車だが、そもそも乃艶は服装的に乗れるのか……？」

「そういやあんたの服ってめっちゃ動きにくそうよね」

「乃艶はこのような服しか着たことがなく——……しかし、ご心配には及びません」

両手で着物の裾を掴み、たくし上げる。真っ白い足が少しだけ露わになった。

意外と着物は機能的で、自転車に乗るぐらいの足の可動域は元々確保されている。

「これで、両足は存分に使えますゆえ——……ご教授くださいませ、和友さま」

「あ、ああ……。なんか悪いことしてる気分だ……」

「鼻の下伸ばす前にさっさと教えろやァ!!　間延びこそ真の邪悪ぞ!?」

「うるさい。……とりあえず手本を見せるから、よく観察してくれ」

その場で自転車に跨って、和友は二人の周囲を軽く一周した。

「——と、こんな感じだ」

「分ッッかんねーわ!!　ワンマンショーを見せ付けてさぞご満悦でしょうなあ!?」

「手本に対してワンマンショーとかいう難癖を付けるな!!」

「くるくる……こぎこぎ……?」

「乃艶は乃艶で何かダメそうだな……。とりあえず一つずつやるか」

頭の中で乗り方の手順を思い出す。子供の頃、久遠那に教えてもらったものだ。

(とはいえ……俺自転車って一瞬で乗れたんだよな……)

元々久遠那の指導が上手ではない一方で、和友の吸収力が異常だったからである。

自転車を乗りこなすのに苦労するという心境を、和友は一切理解不能だった。

が、本来他人に教えること自体は嫌いではない。

「まず自転車に跨って、片足を地面に、片足をペダルに乗せてくれ」

「ほい」

「ぺだる……この足置き場でございましょうか?」

「そうそう。信号とかで停まる時はその形だ。で、ペダルの定位置はここ」

足を乗せている側のペダルが、なるべく高い位置に来るように調整する。

「ペダルを漕ぎ出す力が最初の推進力になる。グッと踏み出す為にこうするんだ」

「……………」

「自転車は速度が出ていない方が転びやすい。これはバランスの安定が――」

「…………」

「重心は目線で変わる。常に背筋を伸ばして、真っ直ぐ前を見て――」

「…………」

「足先で漕ぐのではなく、下半身全体、特に腿で押し出すように――」

「ちょっと待てボケェ!!　おまッ……このボケェ!!　そしてナスゥ!!」

「何だ。まだ説明途中だぞ」

あくまで野球の話であるが、和友は天才肌であると同時に理論派でもあった。

そしてその理論を仲間へ教え込むことによって、彼らの地力を底上げしていた。

しかしこれは同じ高校生相手であるから通用していたのであって――

「の、乃艶には、なにがなにやら……」

「あたしらのレベルの低さ見くびんなよ!?　犬に芸仕込む時より優しげになれや!!」

――想像以上に低次元の相手に対しては、あまり効果的とは言えなかった。

「わ、悪かった。そうか……子供に教える感じじゃないとダメか……」

「心構えとしてはそんな感じよ。ほら、再びチャンスを与えてあげる」

何故教えを乞う側が死ぬほど上から目線なのかは謎だったが、和友は考え方を変える。

すう、と深呼吸をし――にっこりと恵比須顔になった。

「ぢゃあ、がんばっちぇぢてんちゃをこいでみちぇくだちゃいね？」

「どうちまちたか？　いんこちゃむ？」

「あやすなや!!　キショイわ!!」

「あ、ああ――……か、和友さま、この胸の高鳴りは……なんでごぢゃいまちゅか？」

「還んなや!!　赤子に!!」

「俺にどうしろって言うんだ……？」

「いや普通にやりゃあいいじゃん!!　最後に支払いが発生するプレイよこれは!!」

天才肌であるが故に、和友は完全か不完全の二種類しかない男だった――

「なるほど。んー……じゃあ、とりあえず漕ぎ出してみろ」

「そうそう、そんなんでいいのよ。んじゃ見てなさい」

「き、緊張いたします――……」

まずはイン子が勢い良くペダルを踏み出ビタァァァァァン!!　仕事が早い。

「アバーッ!!」

「ミリ単位で漕げてなかったぞ……」

少しも前進することなく、自転車は横転。イン子はダメージボイスを漏らした。

予想通りというか、お約束を守る女だ――和友はむしろ感心する。

今度は乃艶の方を見た。転んだような気配はない。

「…………」

まるで全ての時が止まったかのように、乃艶は両足をペダルに乗せて静止していた。

展示品の自転車にマネキンが跨っていると言えば信じる者も出るだろう。

「おお……逆に凄いな。じゃあ乃艶、そのままペダルを――」

「は――……話し掛けないで頂けませんか、和友さま……！」

「え？」

「こ、これ以上何か力を加えられると、の、乃艶は耐えられません――……！」

「ち、ちくしょう、もう一回よ……！」

――ドシャァァァァアアン!!

「モバーッ!!」

跨ったまま一切動かずに静止する乃艶と、乗ってから刹那で転ぶイン子。

同じことをしているのに、その姿はどこまでも対照的だった。

「静と動の対比なのか……!?」

もっとも両者に共通しているのは、自転車は一切前進していないということである。

性格や性質が真逆なイン子と乃艶だが、ここでも対極にある何かを披露していた。

「まあでも、見込みがありそうなのは明らかに乃艶だな」

乗れている、という意味で乃艶に軍配が上がる。和友は背後に回り、荷台へ手を掛けた。

「乃艶。俺が後ろから押すから、とりあえずそれで漕ぎ出す感覚を摑んでみよう」

「あっあっあっ」

ぐ、と和友は力を込める。普通はそれで自転車は前進するはずだ……が、一切動かない。

「ニュバーッ!!　（途中経過報告）」

「おい……！　ブレーキを握らないでくれ……!!」

「ぶ、ぶれーきとはなんのことでしょう——……？　乃艶はただ、動くのが怖いのです……」

仮に和友が50の力で押したとするなら、乃艶も50の力で抵抗している。

結果的にどちらも全く動かないという膠着状態が発生していた。

「相殺技みたいな真似をするな!!」

「こ、怖いのです怖いのです！　このまま動くと……どうにかなるのです！」

「ならんって!!　力抜け!!　ゆっくり動かすから!!」

「やっ、優しく……！　優しくしてくださいませ……！　ああっ、でも痛いのは怖い！」

「猥の波動ォオオオオ!!　（いつもの）」

相殺の天才なのか、どれだけ和友が力を入れても乃艶の自転車を動かせない。

そして二人を尻目にイン子は一人で砂まみれになっていた。

「くそっ……。じゃあ一旦乃艶はおいといて、次はイン子にする……」

「あたしは乃艶と違って転倒への恐怖がないから余裕ね」

「転倒以外出来ていないことに恐怖を抱けよ」

受け身が上手いので、汚れていてもイン子は傷一つ負っていない。

和友は先程と同じように、背後に回って荷台を両手で摑んだ。

「先に確認しておきたいんだけど、カズって今後ろ摑んでるのよね？」

「摑んでるぞ」

「……ホンマかぁ!?」

ペダルに足を置く前に、イン子がバッと振り向く。

当然和友は摑んでいる。ふー、とイン子は一呼吸して前に向き直った。

「と見せかけて再確認!!」

「摑んでるって」

「ならいいのよ」

どんだけ転びたくないんだ——和友は内心で溜め息をついた。

そしてイン子がペダルに足を掛けたので、力を込め——

「…………」

「摑んどるわバカタレ!!」

——ようとしたらサイレントでイン子がこちらをまた見ていた。

イン子は転びたくないのではなく、そもそも和友と信頼関係が絶無なのである。

「お前いい加減にしろよ……!!」

「あたしだって疑いたくないのよ？　でもね……過(よぎ)るんすわ。あんたが手を離してる可能性が」

「どうせ転んでもノーダメなら手離してても関係ないだろうが!!」

「いいから天が割れ地が裂けてもあたしの後ろ摑(つか)んでろオメェはよ!!」

「なにゆえたったこれだけのことで争いになられるのでしょう——……？」

静止状態のまま、乃艶(のえ)は二人のくだらない言い争いを眺めていた。

苛立(いらだ)ちをどうにか抑えながら、和友(かずとも)は一気にイン子の自転車を押す。

「おっ……おっ、おっ、おおお～！　動いとる～～～！」

「自転車だからな」

「これ漕(こ)ぐよりあんたに一生押させた方が楽じゃ～ん！」

「子連(こづ)れ狼(おおかみ)みたいになるぞ……」

動き始めた自転車に気を良くするイン子。後ろで摑(つか)まれているなら転ぶ心配もない。

「ほれほれ！　もっともっとスピード出せオェエェイ！」

鞭(むち)でも入れるようにイン子が煽(あお)り、後ろを振り向く。

——和友(かずとも)はそこに居なかった。

「すまん。疲れた」

「てッ……てンめェェエエエ!!　ぶち殺ヌバァアアアアアアア!!!」

ドズシャアアアアアアア‼

和友の不在に気付いた瞬間、イン子はバランスを失って横滑りしながら転倒する。

因みに和友は最初の数回思い切り押しただけで、以降摑んでいなかった。

「いやー、でもすごい進歩だぞ。漕いではないけど、ちゃんと動けただろ」

「目覚ましい成長でありましょう――……イン子さま」

「……そうね。今の感覚を忘れたくないから、もっかい摑んでくれる？」

「ああ。任せろ」

砂漠でひたすら前転でもしたかのような、砂だらけのイン子がそう頼んでくる。

てっきりブチ切れるかと思ったが、意外と冷静だ。和友は再び自転車の荷台を摑む。

「摑んでる？」

「摑んでるぞ」

「ツッツシャラァァ!!!」

和友が押す前に、イン子は自ら身体を真横に投げ出して自転車ごと転倒した。

あまりの勢いに、荷台を摑んだままの和友は空中で半回転しながら吹っ飛ぶ。

この女が受けた苦しみを忘れるわけがなかった。普通に復讐の機会を窺っていたのだ。

「合気の達人みたいなことするな……‼」

「ああ⁉　次あたしにナメた真似したら地球ごとブッ転がすぞ……‼」

「だからお前に教えるの嫌なんだ……」

「黙りゃァ!! 先に嫌がらせしたのはそっちやろがい!!」

「だ、大丈夫ですか、和友さま? ああ、砂埃を払えない我が手が恨めしい――……」

静止状態の乃艶は自転車を動かすことも降りることも出来ない。セルフ詰みだった。

「あ~っ♥ おねーさん、やっぱり自転車の練習してる……♥」

チリンチリン――ベルを鳴らしながら、一台の自転車が近付いて来る。

言うまでもなく愛羽だ。イン子がすぐさま立ち上がった。

「メウ……!! ご学友とのご予定はご終わりごそばせたのごしらぁ!?」

「敬語のような何かを使うな」

「おわったよ? それでヒマになったから公園にきてみたら……」

ぷぷぷ、と愛羽が片手を口に当てて笑いを押し殺す。

「あんのじょー♥ 矢吹丈♥ グリムジョー♥」

「今時の小学生はジョーも十刃も知らないはずだろう……」

「あの、和友さま、イン子さま。この童の方は?」

「前に言ったでしょ。メウっていうガキよ」

新顔が増えていることに愛羽も気付いたようで、自転車を停めて乃艶の方に駆け寄る。

「しらないおねーさんだ♥」

自転車静止状態の乃艶は会釈することすら出来ないが、とりあえず声だけ出した。

「乃艶と――……申します。改めて、お名前を伺っても？」

「ん。愛羽は洲垣愛羽っていうの。よろしくね、のえのえ♥」

「はい、愛羽さま。こちらこそよろしくお願い申し上げ――……あああっ！」

イタズラっぽい笑みを浮かべて、愛羽は乃艶の腕をつんと突いていた。

たったそれだけの刺激で、ぐらりと乃艶の自転車は大きく横に傾く。

が、どういう技術なのか、角度のついた状態で自転車はまた静止した。

「モトクロスのカーブで曲がる時ぐらい傾いてるぞ……」

「あはっ♥　のえのえもおねーさんと一緒でおもしろーい♥」

「あっあっあっ……」

流石にこのままにしておくと可哀想なので、和友がどうにか乃艶を助け起こした。

自転車からも降ろしてやったのだが、乃艶は自発的にまた跨って静止状態になる。

彼女なりに自転車に乗りたいという意欲はあるのだろう。進歩はなかったが。

「おうメウ!!　こちらＵＮＴＩＬのイン子ですけどぉ!?　何か用かコルァァ!?」

「お前今アンティルって言わなかったか？」

「うん。どーせおねーさん自転車の練習すると思ったから、いいもの持ってきてあげたの♥」

自分の自転車の前カゴから、愛羽は一対の小さな車輪を取り出した。

「鈍器……!?」

補助輪である。ああ、と和友が感心した。

「そういえばそういうのあったな……愛羽が使ってたやつか？」

「そうだよ～。おっきいのだから、大人用の自転車でもだいじょーぶなやつ♥」

「あたしにはこの拳があるから鈍器など不要……!!」

「暴力的発想から離れろバカタレ」

「察するに――……自転車の車輪に取り付けるものでありましょうか？」

乃艶へ説明するよりも見せた方が早いだろう。取り付け用の工具も愛羽は持参している。なので和友はイン子の方の自転車に補助輪を取り付けてやった。

「うっわ、ママチャリに補助輪ダッサ♥　バブチャリ♥　ばぶばぶ♥　ちりんちりん♥」

「バブチャリて」

「元々車輪が二つあるのに、更に二つ倍プッシュ……！　お得ね……！」

「神々しさすら感じます……四つ足の獣、その化身のような――……」

「え……？　マジでいってんの、おねーさんたち……？」

どうやら補助輪に対する感性が、人とそれ以外で異なっているようだ。

イン子は嫌な顔一つせず、ノリノリで補助輪を装備したチャリへと跨った。

「すっげ!!　転ばねえ!!　半端ねえ!!　どうしようもねえ!!」

「どうしようもあるだろ……漕げよ」

「ヒッヒホ～～～!!」

バランスを崩すことによる横転を補助輪はある程度防いでくれる。

とにかく転ぶことについて右に出る者が居ないイン子にとってはドンピシャだ。

アホみたいな奇声を発しながら、あっという間にイン子は公園を一周してしまった。

「あたしは今風と一体化してるぅぅ～～!!」

「なーんかおもってたリアクションとちがうんですけど……」

補助輪を嫌がるイン子を笑うつもりだった愛羽は、とんだ肩透かしを食らう。

「――でもまあ、おねーさんがカワイイからいいや♥」

しかしそれ以上にイン子が嬉しそうなので、愛羽は満足げに笑った。

「ああ――……乃艶もほじょりんを欲しく思います」

「まあアレを見せ付けられるとな……。普通は大人が付けるものじゃないんだが」

「ねえ、のえのえはどうして自転車に乗れないの？」

「その――……転ぶことは痛いことで、そして痛いことが乃艶は怖いのです」

「あー、わかる～。愛羽もはじめはそーだったよ。んー、でもね」

静止状態の乃艶の前に愛羽は立つ。そのままにかっと歯を出して笑った。

自転車に乗れない悩みについては、和友よりも愛羽の方に理解がある。

「勇気がだいじなんだよ。さいしょの一歩をがんばったら、すぐ乗れるから♥」

「勇気で――……ございますか？」

「そうそう。ほら、一回なにも考えずに、おにーさんにむかってこいでみて♥」

ぐいぐい愛羽に引っ張られ、和友も乃艶の前方に立たされる。

乃艶はじっと和友の方を見ていた。それに応えるようにして、和友は言葉を贈った。

「……頑張ってみろよ、乃艶。転ぶかどうかは、やってみなくちゃ分からないぞ」

「――はいっ。乃艶は、和友さまの方に向かって、進みます……！」

静止状態だった乃艶が、ペダルに力を込める。そこに迷いはなかった。

――ペダルを漕ぎ出す力が最初の推進力になる。グッと踏み出す為にこうするんだ――

和友のその説明を、乃艶はしっかり覚えていたのだ。

「……！　乗れてるぞ乃艶！　その調子だ！」

「すっご～い！　のえのえ才能あるよ♥」

転ぶことなく、乃艶は二人の元へと自転車を進める。

「これが――……風と一体化するということなのですね――……」

「よし！　そのままイン子みたいに公園を一周してみるんだ！」

「のえのえがんばれ～♥」

前進する乃艶の自転車にぶつかりそうだったので、二人はサッと道を譲る。

が、乃艶の視界から和友が消えた瞬間——

ベシャアアアアア!!　と、乃艶は一瞬で横転してしまった。

「ああーッ！」

「うわ、いたそ〜……のえのえだいじょーぶ？」

「怪我はないか？」

「は、はい……ご心配には及びません。それよりも、もう一度……！」

自転車を立て直し、乃艶はまた和友の方に向かって一直線に進む。

そして再び、和友はぶつかりそうなので自転車を避けたところ——

「ああーッ!!」

「……。のえのえ、なんかおにーさんが前からいなくなったらコケてない？」

「そんなはずはないと思うが……」

念の為に数回繰り返す。乃艶は……和友が視界から外れた瞬間絶対に転んだ。

どこまでも直進可能だが、それは和友が前方に居ることが前提のようだ。

「そんなはずあるじゃん！　まっすぐしか進めてないじゃん！」

「チョロQかお前は!!」

「ちょ、ちょろ……？　ううう、精進不足にありますれば……」

「うい〜っす。おうメウ！　ツーリング爆走ぞオラ!!」

意気揚々と補助輪の女が戻って来る。完全に乗りこなせるようになったらしい。

まだ乃艶(のえ)に教え込んでいる最中なのだが、ゴーイングマイウェイ(チャリンコ乗りたがり)な淫魔(サキュバス)だった。

「えー、でも今のえのえがんばってるトコだよ？」

「風になれねェやつぁ振り落とされンのよ……それが走り屋の定め」

「お前の走る姿はおっさんがおしゃぶり咥(くわ)えてる姿とほぼイコールだからな？」

とはいえ和友(かずとも)からすればありがたい。二人の面倒を同時に見るのは疲れるからだ。

イン子はアレだが愛羽(めう)は歳(とし)の割にしっかりしている。任せても大丈夫だろう。

「乃艶(のえ)は俺が教えとくから、お前らはツーリングとやらに行ってこいよ」

「すぐに乃艶(のえ)も風になりますゆえ――……先にお征(ゆ)きくださいませ、イン子さま」

「フッ……。〝上〟で待ってるわ」

「下だよおねーさんは」

飯までには戻ると前置きした上で、イン子は愛羽(めう)と共にツーリングへと向かった。

一方で乃艶(のえ)と和友(かずとも)は居残りトレーニング継続である――


「わっほほほほぉぉぉぉい!!」

「ちょっ、ま、まっておねーさん……。さっきからスピードはやすぎ……」

川沿いの土手の上を、補助輪付き(バブチャリ)の自転車で爆走する異常者が駆け抜けていく。

そろそろ太陽も傾く頃合いだが、イン子のスピードは一向に落ちる気配がない。

「どうしたどうしたメウ！　そんなんじゃ風にはなれねェ～ゾ⁉」

「べ、べつになりたくないいし……。てか補助輪つきでなんでそんなスピードでるの……？」

イン子はずっと座ったままペダルを漕いでいるが、愛羽は常に全力立ち漕ぎだ。

元々の自転車のサイズも違えば、そもそも種族的に馬力が違った。

「けっこー遠くまできちゃったし……。もうすぐ夕方だよ、おねーさん……」

「なぁぁ～～に言ってんのよ！　あの地平線の向こうまで〝疾風〟んぞ⁉」

「ひとりでいってよ……」

愛羽としては川沿いの風景を楽しみつつ、たまに休憩しながらのんびり行くつもりだった。

が、イン子は一切休憩を挟まずに常に前へ進み続けている。

「も、もームリ！　つかれた！　おねーさん、愛羽先にうち帰るかんね⁉」

「待てやオイ‼　チームを〝脱退〟たけりゃあたしを超えてからにしろ……‼」

「運痴のくせにこーゆーときムダに体力あるよね、おねーさんって……」

これ以上は付き合っていられない。というか家に帰れなくなる。

夕飯までに帰らねばならない愛羽は、ゆっくりと自転車を減速していく。

イン子は舌打ちしながら、さてこれからどうするかと思考を走らせる――が。

パァン‼

「ん？」

——破裂音がした。と同時に、イン子は圧倒的な浮遊感に包まれる。

「お、おねーさぁぁぁぁん!?」

元々経年劣化していた上に、大きめの石を踏んだことによるタイヤのパンク。

スピードも出ていたので、車体は躓いて大きく前へつんのめってしまう。

その衝撃でイン子はハンドルから手を離し、そのまま前方に吹っ飛んだ。

自転車から投げ出されるというか、自転車に思っクソ投げ飛ばされる感じだった。

愛羽が叫ぶがもう遅く、イン子は川の方向へ文字通り飛翔し——

「ヴォアアアアアアアアアアアアア!!!」

——バシャァァン!!

頭から川の中へとダイナミック入水、両足だけが水面より突き出るという美技を披露した。

「なんかテレビで見たことあるやつだ……!!」

夜、和友のスマホに知らない番号から着信が入る。誰だ、と思いつつ応答した。

「はい、もしもし」

『角と羽と尻尾をつけた、ジャージ姿のコスプレ成人女性に覚えはありますか』

この唸るような重低音は……警官の鬼怒である。和友は思わず背筋を正した。

（迷子カードから俺の番号に掛けたのか……）

名乗るとかそういうのをすっ飛ばして、速攻で本題である。怖い。

『交番の方で保護しています。パンクした自転車と一緒に。今すぐ迎えに来て下さい』

「は、はあ……。あのー……」

『どうかしましたか』

「自転車と一緒にそいつ処分しといてくれませんか……？」

『いいからとっとと迎えに来い……!!』

そのまま通話を切られた。かなり怒っている……さもありなんだろう。

「あいつ一日何回警察の世話になれば気が済むんだ……」

「あら？　かずくん、もうすぐ晩ごはんよ？　どこに行くの？」

「イン子さまは夕餉までには戻られると仰っていましたが――……？」

「……。なあ、母さん、乃艶」

「「？・？・？・」」

「——イン子をブタ箱に入れてみないか？」

「何を言ってるのかずくん⁉」

和友が割と本気の目だったので、久遠那は大層驚いたという——

《第十二淫　終》

《第十三淫＊バイト淫魔》

SUCCUBUS AND NEET R18

「すまん、和友（かずとも）！　明日一日だけバイト入ってくれないか!?」

「いきなりだな。何かあったのか？」

「いや、シフト入ってるバイトの子らが急に全員来れなくなってさ。人手が足りないんだ」

「琥太朗（こたろう）一人で回すのは？」

「オレは事務処理でどうしても手が離せなくて……悪（わり）ぃ、バイト代弾むから頼むよ」

「いいぞ。暇だし」

「サンキュー和友（かずとも）！　助かるよ！」

——という会話が昨日あった。琥太朗（こたろう）はカウンターで和友（かずとも）の到着を待つ。

バイト時間は午前11時～19時までの八時間勤務だ。

（和友（かずとも）と二人で仕事か……思えば初めてだな）

幼少期より和友（かずとも）と野球をしていた琥太朗（こたろう）だが、一緒にバイトしたことはない。

そもそも和友（かずとも）は野球漬けであったし、琥太朗（こたろう）は実家であるこの店を手伝っていたからだ。

歳（とし）を重ねてもまだお互いに未経験のことがある。にわかに琥太朗（こたろう）の頬が緩んだ。

（ちょっと申し訳ないけど、正直楽しみだ。早く来ねぇかな～、和友）

ピロリピロリ――自動ドアが開いて、入店音が鳴り響く。

すわ和友か、と琥太朗はそちらを振り向くと――


「うーっすコタ！　イン子様がバイトしに来てやったぞぇ～」


「チェンジ!!!」

「あぁ!?」

――イン子の一日コンビニバイト体験記、開幕……!!

＊

「和友が急病で寝込んだ!?　そんな連絡受けてないっスよ!?」

「だってカズ朝からぶっ倒れてたし。あの板触る元気すらなかったわよ」

いわゆる風邪を和友は引いてしまった。何とも琥太朗からすれば最悪のタイミングで。

元を正せば、少し前に川に突っ込んでずぶ濡れになったイン子が原因である。

その際へくしょいへくしょいと繰り返したイン子から、和友は何かしら貰ったのだ。

昨日も動けてこそいたが、実は妙な悪寒や身体の重さを覚えていた。

じゃあ一方で、何故元凶であるイン子はピンピンしているのか？

それはつまり——バカは何とやらである。病原菌に敗北るほど軟弱な淫魔ではない。

本淫も知らぬ間に、体内の常在淫魔菌があらゆる病原菌をボコボコにしたのだ……!!

「マジかよ……。野生の熊に接客させる店なんかどこにもねーぞ……」

「誰が野生の熊じゃい!!　仮に熊だったとしてもあたしは蜂蜜好きの黄色いアイツよ!!」

「アイツ熊な上に怠惰なんスわ……。ああ姐さんにピッタリか……」

イン子など居ない方が絶対にマシなのは言うまでもないだろう。

和友もどうにかイン子の出撃を止めようとしたが、病身で止められるはずもない。

もうすっかりイン子はバイトする気でいるようだ。

普段はニート気質なくせに、今日のイン子は鼻息をふんすと鳴らしていた。

「最近パチンコで負けててお金欲しかったのよね～。ギャラは百万ほどかしら？」

「姐さんに百万払うぐらいならその金で姐さんを追い払う対策に使いますわ……」

「ハハハ照れおってこやつめ！　あー、菓子パンを全力で握りてェ気分」

「やめて下さいよそれで脅すの……。はあ……んじゃ制服持ってきますんで」

用意していた制服は和友を想定した男性用のサイズだった。

琥太朗は急いでバックヤードに入り、女性用の新しい予備の制服をイン子へと渡す。

今日店番が居ないのは事実で、和友が体調不良になったのも仕方ないことだ。

その苦境をこの淫魔を使って乗り切る——神がとんでもない試練を店に与えていた。

「奥に狭いっスけど更衣室あるんで、これに着替えてきて下さい」

「おっけ～。大丈夫よコタ、チャンスであたしに打順が回ってきた気分でいなさい！」

「満塁を迎えた阪神打線並には期待してるっスわ……」※期待値0
鼻歌を歌いながらイン子は更衣室に向かう。何だかんだでバイトが楽しみなのだろう。

熱しやすく冷めやすい上にかなりの短気でしかも飽き性——それがイン子という女だ。

（やばい……。店長なってから今日が一番胃が痛い……。恨むぞ和友……）

琥太朗が胃痛を覚えてから数分後、制服に着替えたイン子がドヤ顔で戻って来た。

当然のように背中と臀部からは翼と尻尾が突き出ている。特殊なコスプレだった。

「どう？　似合う？　いや聞くまでもないわ——似合うッ!!」

「そっスね……。ていうかその羽と尻尾ってどうなってんスか……？　出てるけど……」

衣服の布地を突き破って生えているのかと思ったが、制服は別に破れていない。

無論イン子の為に制服へ専用のスリットも空けていないので、素朴な疑問だった。

「あたし淫魔だから、着てる服からいい感じに翼と尻尾が飛び出るのよ」

「はあ……よく分かんないっスけど、都合良くて便利っスね。あ、これ名札っス」

「でしょ？　あたし学生生活のほとんどをこの能力獲得の為に費やしたからよ」

（薄そうな学生生活だ……）

琥太朗急造の名札をイン子は胸元にぱちんと留める。

そこには手書き文字で『トレーニング中　インコ』と書かれていた。

「――それで、あたしは何すりゃいいわけ？　基本誰でも殴れるけど」

「誰か殴ることはまずない仕事なんで……。あー、レジ周りだけお願いします」

「レジ周りだけって？」

「カウンターから外に出なくていいってことっスよ。品出しとか陳列とかはもういいんで」

「ほ～ん（※分かってない）」

コンビニ店員は意外と覚えることが多い。それこそ一日で覚えるなど到底出来ないだろう。

なので基本的な業務であるレジ打ちだけをイン子には担当させる。

夜には夜シフトのバイトが来るので、そこで帳尻を合わせればいい。

とにかく琥太朗としては、店さえどうにか回せればそれでＯＫという判断だった。

「昼から割と客来ますから、今の内にレジの打ち方だけ覚えて下さい」

「おっけおっけ。あたしって同じ技は二度と使用せん系女子だから余裕よ」

「物覚えが死ぬほど悪いですって言ってるようにしか聞こえねえ……!!」

先行き超不安である。それでも琥太朗はとにかくレジ打ちの基本をイン子へ教え込む。

まだ昼前なので客足は程々である。最初の数回だけは琥太朗が横についた。

インコ

「……じゃあオレ奥の事務室で仕事してるんで、何かあったらすぐ呼んで下さい」

「何もねえから平気だって～。レジ打ちめっちゃ簡単だし～」

（一時間に一回は様子見るようにしよう……）

そう決心し、琥太朗が奥へ引っ込んでいく。いよいよイン子のワンオペタイムが始まった。


――ピロリン♪　ピロリン♪

入店音が早速鳴り響く。イン子は大きく息を吸い込んだ。

「ヘイラアアアアアアアアアア――――ッシェイ!!」

「⁉」

客は大学生ぐらいの男性だった。いきなり爆音で挨拶されたのでビビっている。

バイトの接客態度はガチるが料理はそんなでもない大衆居酒屋を彷彿とさせた。

（何だこの店員……）

男は何度かこのコンビニを使ったことがある。

しかし妙なコスプレをした店員が接客している姿を見るのは初だった。

「おい」

「は、はい？」

「挨拶されたらちゃんと返事しろ!!　社会の基本やろがい!!」

「⁉　あっ、す、すみません……」

その辺のマナーにうるさいイン子。男は小声で「こんにちは」と返す。

腕組みしながら、イン子は渋い顔で「まあよし」と納得した。

（名札は……ああ、トレーニング中で……名前はインコ？　痛い外国人かぁ……）

それだけで色々と男は納得したらしい。まさに現代日本人的な解釈であろう。

因みに琥太朗は『イン子』という表記を知っているが、あえてカタカナ表記にした。

狙いは無論、こういう効果を狙ってのことである。意外と琥太朗は辣腕だった。

――ピロリン♪　ピロリン♪

続いて他の客が入店する。近所に住む老人だ。

「…………」

「……。え⁉　挨拶しないんですか⁉」

「冷静に考えたら疲れるしめんどいわ。何よりあたしは常に挨拶される側でありたい」

（すげークズじゃん……）

そんな会話をしつつ、男はレジカゴをカウンターに置いた。

イン子はそこから商品を取り出し、逐一バーコードを読み取っていく。

「お会計１０６５円だってさ」

「だいぶ他人事ですね……。あ、ポイントカードあります」

「ふーん」

「いやふーんじゃなくて……」

「何？　ボクチンのカード自慢かぁオイ!?　おもちゃ屋でやって来いや!!」

「もういいです……」

そういえば琥太朗がポイントカード云々の説明をしていたが、既にイン子は忘れていた。

そして忘れている以上は業務範囲外である。男は諦めてポイントカードを財布に戻す。

「じゃ、じゃあ１１１５円出します」

千円札一枚と何枚かの小銭を、男はなるべく丁寧にコイントレーへ置いた。

イン子は無言で千円札と百円玉一枚だけレジに入れる。

「あ、あの、15円……」

「……？　あ、そういう」

残った小銭をイン子は己の制服のポケットにナイナイした。

「いやチップ的なのじゃないです!!　お釣りの調整なんです!!」

「はあ？　計算も出来ないのあんた？　１０６５円なんだから１１００円で充分じゃん」

従って残りの中途半端な金は自分への褒美であるとイン子は考えたらしい。

男はめちゃめちゃ頭を下げてどうにか懇願した。

「お願いです15円もレジに入れてみて下さい!!　後生ですから!!」

「チッ……。あたしの15円……」

「まだ僕のなんです僕の中では……!!」

仕方なく15円をイン子はレジに投入し、精算ボタンを押す。

するとお釣りである五十円玉が一枚だけ出て来た。

「ね？」

納得頂けましたか？　みたいな感じで男が緊張しつつもはにかむ。

「は？　いいから釣り銭取って店から出て行きなさいよ15円ドロボーが」

「…………」

しかしイン子はこの意味が一切理解出来ていなかった。計算が苦手な女なのである。

最終的に死んだような目をして、男は店から出て行こうとするが——

「おい!!　挨拶はどうした!!」

「……ありがとうございました……」

この日以降、男がここのコンビニを使うことは二度となかったという——……。

(グロいわ……)

そしてこっそりイン子の接客姿を見守っていた琥太朗(こたろう)は、この後トイレでちょっと吐いた。

カードリーダーが壊れたことにして、今日だけポイントカードを使えないようにする。

ポイントカードについて覚えられないイン子に対し、琥太朗が取った策だった。

釣り銭云々に関してはもう放っておく。その内理解出来るだろうと信じて。

——ピロリン♪　ピロリン♪　ピロリン♪　ピロリン♪　ピロリン♪　ピロリン♪

「クソァ!!　めちゃめちゃ客来るじゃん!!　もうその不快音鳴らすな!!」

昼時なので、サラリーマンや運送業者、近所の主婦達が続々と店にやって来る。

ヒィヒィ言いながらイン子は呪詛を叫ぶ。レジ前には長蛇の列が出来ていた。

「コタぁぁ!!　出番ぞ!!」

ヘルプを頼むものの、琥太朗は現在電話中のようで前に出られない。

ワンオペ時に混雑するという圧倒的恐怖を今まさにイン子は味わっていた。

「肝心な時に使えねえわねコタは……!!」

「おいネエちゃん」

頭に白タオルを巻いた、建設現場作業員らしき男がイン子を呼ぶ。

カウンターにはブラックコーヒーの缶しか置いていない。

「なによ」

「セッタの10」

「は？」

「セッタの10!!（怒）」

「あぁ⁉（超絶ハイパーウルトラミラクルデラックス怒）」

相手の怒りを受けて、その倍以上の勢いでキレ返すことがイン子は得意だった。

セッタの10——要するにタバコの基本銘柄と含有タール量を指している。

が、イン子にそれが何を指したものであるかなど分かるはずもない。

客の男は相当苛立ったのか、バンッとカウンターを平手で叩いた。

「いいからセッタの10取れや‼　使えねえ女だな‼」

「………………」

殺したろかコイツ——イン子は全身から殺意を放つ。

因みに店の張り紙には『タバコの銘柄指定は必ず番号でお願いします』とある。

なので意外にも悪いのは男であり、イン子側にはあまり非がなかった。

察するに、カウンター内にある何かをこの男は欲しがっているのだろう。

そこまで推測したイン子は、すぐにカウンターから出て来て男の前に立つ。

「ンだコラ？　やんのか？　客に手ェ上げんのか？」

「お前が取って来い」

「ハア？」

「欲しけりゃテメェでそのセッタだかバッタだか10匹集めて来いや‼」

男の背後へ瞬時に回って、そのケツを蹴り飛ばす。

言うまでもないが、客に手を上げることに対しイン子は一切の抵抗がない。

カウンター内に文字通り叩き込まれた男は死ぬほど困惑した。

「なっ……おい‼　客に何すんだよ‼　てか何やらせんだよ⁉」

「お前がこっから出ようとする度に殴ってそこに戻すからはよ取れやボケカス……‼」

「クソッ……。イカれてんなこの店員……」

冗談ではなくガチでイン子が言っていると察した男は、ブツクサ言いつつも従う。

カウンターの背後にあるクリアケースから、セッタの10を一箱取り出した。

「ほらよ」

「ハア？」

乱雑にタバコをカウンターに置いた男に対し、イン子は全身で疑問を呈する。

「何がハアだよさっさと会計しろや……！」

「さっさと会計すんのもオメェの仕事やろがい‼　はよしろや‼」

「俺がやんのか⁉」

「ったりめェだろが‼　列出来てんぞ‼　さっさと動け使えねえな‼」

「列作ったのはあんただよ‼」

「口答えすんなァ‼　ドタマのタオルにおでんの汁吸わすぞ‼」

自分でやるより客にやらせた方が早い——イン子の考えた奇策だった。

どういうわけか流れ的に、作業員の男がレジ打ちをすることになる。

イン子はカウンター脇からそれを腕組みして監視する現場監督と化した。

因みにレジはもう一台あるが、そこで分担してやるという発想には至らない。

「クソッ……何で俺が……」

「ブチブチ言ってんじゃないわよ!!　お客様の前では笑顔!!　殺すぞ!!」

「あんたが一番笑顔じゃないだろ……!!」

しかし意外にも男はイン子よりレジ対応が上手かった。

部下（部下ではない）の能力をイン子は素直に褒めることにする。

「やるじゃん」

「……学生の頃コンビニでバイトしてたから」

「じゃあ後よろしく。あたし奥で寝てるから何があっても呼ぶな。それと逃げたら殺す」

「いや俺この後現場で作業あるんですホントそれは勘弁して下さい……!!」

「ならぬ……」

厳しい声でイン子は男の懇願を却下する。列は大体捌けたのだが。

本能的にもうこの女には勝てないと感じ始めたのか、男は弱腰になっていた。

「どうすれば抜けられるんですか……？　この地獄から……」

「代わりの部下を見付けることね。それまではここで暮らすしかないわよ」

「ここ鉄塔(スーパーフライ)の中なンすか⁉」

足抜けする為(ため)には身代わりが必要——末恐ろしいシステムが構築されていた。

「あとさぁ、あんたの買ったセッタ？　とかいうのあんじゃん」

「あっ、はい」

「これ箱にセブンスターって書いてんだけどぉ⁉　どこがセッタじゃボケ‼」

「そう略すんです……」

「略せてねェだろが‼　『ッ』はオメェらが勝手に召喚してんだろがァ‼」

受けた恨みは忘れないので、セッタ事件についてイン子は作業員の男に詰め寄る。

セブンスター、略してセッタ。確かに若干納得しがたい略称ではある。

「何でこんな略称で呼ぶか言え‼　正直に言え‼　言わねば屠(ほふ)るぞぇ⁉」

「すんませんこれ吸ってるヤツ全員ちょっとイキってカッコつけてるだけなんです‼」

「度(ど)し難(がた)いほどのイキリね……。二度とあたしの前でこの略称を口にするな」

「はい……」

反省する作業員。完全なる上下関係がここに出来上がっていた。

「おーい、そこのコスプレしたお姉ちゃァん。客来てるんだけど～？」

今度はくすんだ色の金髪をした、細身でスーツ姿の男が現れる。

恐らくはホストか何かなのだろう。まあイン子には関係ないことだったが。

「なによ」

「マイセンライト、ボックス」

「ああ？」

「マイセンライト、ボックス‼（怒）」

「欲テそマ取!!!（怒怒怒怒怒怒怒怒怒怒怒怒怒怒怒怒怒怒怒怒怒怒怒怒）」

「何語⁉」

欲しけりゃテメェでそのマイセンとやらを取って来いよの略である。

が、ホスト男には通じるはずもなく、イン子と作業員の男はカウンターから出た。

そして無言でホストの両脇に立ち、同時に告げる。

「『入れ……』」

「え⁉　なに⁉　なんなの⁉」

新たなる生贄(いけにえ)が召喚された――……。

（バイト増えてんだけど……）

相変わらずイン子をこっそり見守っていた琥太朗(こたろう)は、その手腕にドン引きする――

*

（なんかお腹空いてきたわね～……。一生懸命働いてるから……）

カウンター内の椅子に座り、足を組んで今週発売の漫画雑誌（※商品）を読むイン子。

とっくにおやつの時間帯を回っているので、小腹が空いてきた。

「あの、店長、自分オール明けでマジ全然寝てなくて辛いんス……」

「ならぬ……」

「いやもうそこを何とか！　辛いんス！　倒れそうなんス！」

「ならぬ……」

大体どんな懇願もこの返答で握り潰すのがイン子のやり方だった。

知らない間に店長へ昇格しているが、ホストは名札を見ていないのかもしれない。

因みにガチで入れ替わり制であり、作業員の男に替わって今はこのホストが入っている。

「お願いします!!　家に帰らせて下さい!!　嫁と子供居るんス!!」

「チッ……。じゃあ最後に一ついいかしら？」

「は、はい!!」

「さっきあんたが買ったマイセン？　とかいうのあんじゃん」

「ええ、ええ」

「これ箱にメビウスって書いてんだけどォ!?　どこがマイセンじゃボケ!!」

「あ、いえ、それは……」

「略せてねェだろが!!　タバコを略して呼ぶヤツはバカしかいねェのか!?」

受けた辛(つら)みは忘れないので、マイセン事件についてイン子はホストに詰め寄る。

別にホストは略称であるとは言っていないのだが、勝手にそう断定していた。

因(ちな)みにマイルドセブン(マイセン)が名称変更してメビウスになったという経緯がある。

「何でこんなトンチンカン名で呼ぶか言え!!　お前ら日本語ナメてんのかぁ!?」

「これ英語スけど……。すんません、一応昔の名残っていうか……」

「——イキリか？」

「はい……イキリです」

「クソが！　金輪際二度とあたしの前でイキんじゃねえわよ……！　じゃあ帰ってよし」

「!!　あ、ありがとうございました!!　お疲れ様した!!」

大急ぎでホストは店から出て行く。賃金とかそういうのは一切頭にない。

とにかくこの地獄(カウンター)から抜け出せたことが嬉(うれ)しくてそこまで頭が回らないのだ。

「しっかし部下が居なくなったわね～。どうしよ……」

「すいませぇん、お会計お願いしていいかな～？」

営業途中と思しき小太りの中年男性が、カウンター前に立っている。

イン子は座ったままそちらを見て——そして気付いた。

「そっか。別にずっと部下を確保する必要はないじゃん！」

「あのー、お嬢ちゃん？」

「おっさん！　当店は己の力で会計する感じの店よ。あたしはその番人」

「んん？　あ、セルフレジ……ってことかい？」

「うむ……」

それが何かは知らないが、まあそういうことにしておいた。

イン子は中年男性——おっさんをカウンター内に呼び込む。

案外皆レジ慣れしているのか、おっさんもパパッと会計していく。

「ねえおっさんおっさん」

「なんだい？　おじさんはこう見えてレジ打ち経験があるからね。心配はいらないさ」

「肉まん買いたくない？」

「肉まんか……うん、最近食べていないな。よし、ついでに買っちゃおう！」

レジを操作して、おっさんは肉まんを会計に追加する。

それを確認し、イン子はスチーマーから肉まんを取り出してかぶりついた。

「え……？　どういうこと……？」

「なにが？」

「いやそれおじさんが買った肉まん……」

「は？　だから肉まん買いたくない？　ってちゃんと訊いたじゃん」

「……。あっ、そうかぁ！　（お嬢ちゃんに）買いたくない？　って意味かぁ！」

『肉まんいかがですか』ではなく『肉まん買ってくれや』のニュアンスだった。

それを今理解したおっさんは快活に笑い飛ばす。

「いやー、失敬失敬！　キャバクラでこういうのよくあるのにおじさんミスったよ！」

「もうおっさん用済みだから出てっていいわよ」

「おじさん今すげえキャバクラ行きたいわぁ！　こんな塩対応があったと言い触らしたい！」

中年男性のノリではあるが、菩薩並に性格がいいおっさんだった。

イン子の見た目が可愛かったからか、別段怒ることなく店から去っていく。

肉まんを平らげ、イン子は再び漫画を読む仕事に戻る。

「すみませーん、レジお願いします」

「当店は（略）」

そこから散発的に現れる客を、全てセルフレジ化でイン子は捌いた。

「……ウチはセルフレジじゃないんスけど何やってんスか姐さん……」

「だってこっちの方が楽じゃん」

「革命児すぎる……。ハンパねえ……」

カウンター内に琥太朗が現れる。心なしか最初の頃よりやつれたように見えた。

「てかコタお前‼　忙しい時に出て来ずに今来るとかナメた真似してんなぁ⁉」

「いやオレも忙しかったんですって……。とりま姐さん休憩取って下さい」

「言われなくても取りまくってやんよ〜。んじゃ、あとは時間まで全部やっといて」

「休憩は三十分なんで無理っス。それと奥の待機室にお茶とか置いてるんでどうぞ」

「うむ……苦しゅうない」

（さっきからちょこちょこ威厳を出すようになってんなぁ……）

何はともあれ業務上でエバり倒したいタイプなのだろう、イン子は。

従業員用の待機室には、ペットボトルのお茶と菓子類が机の上に置いてあった。

遠慮なくイン子はそれらを全部平らげ、椅子を横に並べて一眠りする——


「姐さん！　姐さんってば！　交代の時間っスよ！」

「んあ……？　もう三十分経ったのぉ……？」

「一時間経ちましたよ……」

「マジか！　ラッキー★」

「ここでその発言が飛び出んの怒りを通り越して尊敬すら覚えるっスわ……」

因みに三十分前に一度琥太朗は起こしたのだが、寝ぼけたイン子に殴られていた。

寝相が悪いというか、眠っている淫魔は人間よりも防備が強くなるのである。

これと一緒に暮らす和友のことを、いよいよ琥太朗は畏怖すら覚えつつあった。

「てか客少なくね？　もう何もしなくていいじゃん」

「まあ姐さんはね……。一応、この時間帯は客数元々少ないんスけど——」

店舗内には一切客の姿が見えない。繁忙時とはかなり差がある。

カウンターに出た琥太朗は、ちらりと視線を入り口の方に送る。

何かあるのだろうかと、イン子もそっちを目で追った。

「だぁーっはっはっはっは！」「マジやべえってそれｗ」「クソウケるわ～ｗ」

——コンビニの入り口付近で、ガラの悪そうな男子高校生数人がバカ騒ぎしていた。

いわゆる『たむろする』というやつである。琥太朗は苦々しい顔をした。

「何回注意してもあいつらがやって来て……他の客が敬遠して別の店行くんス」

「へ～」

「すげえ興味無さそう……。こっちとしては結構被害出てるんスよ？」

本来店に入るはずだった客を逃し続けるというのは、店長として痛手である。

琥太朗は見た目こそ金髪で派手だが、背は高くなく体格は華奢で、顔付きも年齢の割に幼い。

声色も中性的で、威厳や威圧感というものは一切持っていないのだ。

何度注意しても高校生がたむろするのは、そもそも琥太朗をナメているからなのだろう。

「オレに和友みたいなタッパありゃ、一発で追い払えそうなもんなんスけど……」

「でもカズ喧嘩弱いわよ」

「それは姐さんが強すぎるんスよ……。ともかく、気にしないで仕事続けて下さい」

「おうよ。因みにあのガキ共っていつ帰んの？」

「まあ、夜前になれば知らん間に消えてる感じっスね。それが何か？」

「いや別に～。ともかくコタは仕事してな！」

「お言葉に甘えます。じゃ、何かあったら呼「呼んでも来ねェだろ!!」根に持ってんな……」

事務室に琥太朗は下がる。再びイン子のワンオペタイムが始まった。

とはいえもう夕陽が眩しい時間帯で、悪ガキ共のせいで客も居ない。

イン子はニヤリと汚い笑みを浮かべ、呟く。

「使えるわね……」

ゆっくりとイン子はカウンターから出て、店外へと向かった――


「っべえわ～。マジKADOKAWAっべえって～」

「お前それ電撃文庫かよw　この世の終わりじゃんw」

「おれ……ガガガ文庫のことが好きだわ……」

「クルァァァアアア‼　そこの猥談に花咲かせるガキ共ーッ‼」

彼らが何の話をしていたのかは謎だが、少なくとも猥談ではないように思える。

ともかく、イン子は店を出て開口一番に高校生達を威嚇した。

「は？　何コイツ」

「いつもの金髪モヤシじゃなくね？」

「新しいバイトか？」

「てかおっぱいデカくねｗｗｗ」

「んだよ姉ちゃん。俺らに何か用か？　ゴムでも売ってくれんの？ｗ」

「想像以上の猿具合ね……。まあいいわ」

高校生の人数は五人。いずれも髪を染めてピアスなり剃り込みなりを入れている。

周辺には彼らが吸った後であろうタバコの吸殻がポイ捨てしてあった。

俗に言う典型的なＤＱＮ高校生達であるが、イン子にはその手の迫力など通じない。

「おいテメェら！　今からあたしの話を――」

べしっ……。話そうとしたイン子の顔面に何かが叩き付けられる。

その辺のディスカウントショップで買ったような、安っぽい黒革の長財布だった。

「マルボロメンソールボックス。買って来い」

「…………」

堂々と一人がイン子をパシらせようとした。落ちた財布をイン子は無言で拾い上げる。

「僕ら高校生だからぁ～。一人でタバコ買えないんでちゅ～。代わりに買ってきてくんね？」

「おっぱいちゃんどうせ結構歳行ってんだろ～？」

「その歳でそのコスプレはやべーってｗｗ　警察呼ぶぞｗｗｗ」

とりあえず財布を己のポケットに入れ――イン子は次の瞬間に消えた。

否、高校生達の動体視力では高速で動くその姿を追えなかったのである。

コンクリが砕けるぐらいの脚力で地を蹴ったイン子は標的の一人、その背後に肉薄。

自分に財布をぶつけたガキを、瞬き一つする間に店外設置のゴミ箱へ叩き込んでいた。

「「「……え……」」」

「あ～。このゴミでけェからちゃんと入んねえわね～。畳むかァ、～」

メキメキメキメキメキ……!!

「があああああああああああああ!!」

ゴミを小さくしようと、イン子は力任せに高校生の関節を外していく。

本来ならばこの場で八つ裂きにするのだが、バイトとしての最低限の礼儀だった。

「な……おいお前!!　何してんだよやめろ!!」

「やべーってこの女!!　イカれてる!!」

残った高校生達がイン子を止めようとバラバラに襲い掛かろうとする。

が、振り返ったその形相はまさに悪鬼そのものであり。

夕焼けよりも血の色に近い赤き眼光は、全てを破壊するまで光り続けた――

「おいカス共。復唱」

「「「ぼくたちは　永遠究極最強確変確定イン子女王陛下の　奴隷です」」」

「声が小せェわ!! 喉から屁でもコイてんのかボケ!!」

「「「ぼくたちは!! 永遠究極最強確変確定イン子女王陛下の!! 奴隷です!!」」」

折り畳んだヤツを椅子代わりにし、イン子は地面に正座させた高校生達にそう叫ばせる。

全員等しく顔面が腫れ上がっていた。元の顔の形が分からないレベルである。

女帝と化したイン子は、全員から取り上げた財布をチェックした。

「こいつはあたしが預かっておく……。そこのカスA」

「はっ、はい！」

「あたしの好きなところを10秒以内に12個挙げよ」

『付き合いたてのカップルかよ……』『約0・8秒に一個じゃん……』『浮かばねえ……』

そんなツッコミが残ったカス達の脳裏に浮かぶが、誰も（怖いので）口にしない。

一方、無理難題を突き付けられたカスAは――

「はい、スタート」

「あ……ああ……。あああっ……む、無理です……」

「やる前から諦めてんじゃねえゾ!! 言えェ!!」

「違うんです……。普通に好きじゃないんです……女王陛下のこと……」

「殺すぞオイ!! 正直であることが常に美徳であると思うな!!」

パワハラを鍋で煮詰めて押し固めたかのような超パワハラだった。

カスAは両目からボロボロと涙を零している。ガチで思い付かないようだ。

イン子は舌打ちをして彼らを震え上がらせ、ようやく当初の目的に立ち返る。

「あんたらさぁ――」

「す、すみませんでしたっ!! もう二度とこの店には近付きませ……」

「バカッ! 陛下の至言は最後まで黙して拝聴しろ!」

「殺されるぞ!」

「……。仲間に感謝することね。あと一文字でも喋っていれば――……」

あえてその先どうなるかは言わなかった。大体予想はつくだろうが。

「……とにかく、あたしがバイト終わるまであんたらここでダベっとけ」

「え……? 陛下、それは、どういう……?」

「くどいッ」

『言うほどくどいか……?』と皆は思ったがやはり誰も口にしない。

イン子の思考をあえて解説するならば、こういう流れになる。

普通に客来る↓忙しい↓めんどい

奴隷共が入り口で騒ぐ↓客来ない↓楽

……という、店のことではなく己のことだけを考えた、最低のやり方であった——

「いいからそこで騒ぎ続けろ奴隷共ッ！　返事ィ‼」

「「「キュ……キュインキュインキュイン‼」」」　※確定音

凄まじい返事であった。イン子はゆったりとした動作で店内へと戻っていく。

ついでに折り畳んだ奴隷の関節を全部元に戻しておいた。女王の慈悲である——

「何で高校生のガキ共が外で並んで正座してんスか……？」

「しらね」

（絶対何かやったわこの人……。よく見りゃ全員ボコボコだし……）

様子を見に来た琥太朗だったが、先程と明らかに状況が一変していた。

イン子は素知らぬ顔で、今度は大判コミックスを読み耽っているだけだ。

——というわけで、そこからは何か問題が起こることもなく、終了十分前となる。

「姐さん。そろそろ交代のバイト来ますし、ちょっと早いっスけど上がって下さい」

「お、もうそんな時間か～。んー、疲れた～～～」

（途中からずっと漫画読んでただけなのに疲れんの？　って言ったら殴られそうだ……）

――ピロリン♪　ピロリン♪

イン子が着替えに戻ろうとしたところ、入店音が響く。

見ると、高校生達が申し訳無さそうにカウンターへやって来ていた。

「どうした奴隷共。まだ任を解いた覚えはないわよ」

「奴隷て」

「「「じょ、女王陛下！　お願いがあります！」」」

「女王陛下て……」

どういう世界観なのか琥太朗には一切分からなかった。

とりあえず異様な関係性が構築されたことだけはハッキリとしているが。

「わ、我々の財布を返して頂けませんか⁉」

「ならぬ……」

「ああこの財布ってやっぱこいつらの……」

カウンター脇には財布が雑に五つ積まれていた。

おおよそ彼らの財布だと琥太朗は推測していたが、案の定である。

「そ、そこをなんとか‼　学生証とか色々入ってるんです‼」

「ならぬ……」

「いや返してあげましょうよ……。半泣きっスよこいつら……」

「まあ返してやってもいいけどぉ～」

イン子は一つ財布を摑(つか)んで、高校生の内の一人に手渡そうとする――が。

渡す直前でひょいっとまた取り上げた。

「な、何を、陛下……？」


「十万だ、……」


「「「「!?」」」」

「この財布達はあたしがここで販売している商品、……！　一つ十万で売ってやらァ……!!」

「極悪過ぎますって姐(ねえ)さん!!　ヤクザでもやんねーわそんなの!!」

根本的にイン子は人間に容赦のない人外であることを琥太朗(こたろう)は思い返していた。

が、別にそういうのは無関係で、単にイン子の淫魔性(いんませい)が終わっているだけだと考え直す。

「でも僕ら、高校生で……十万なんて大金はとても……」

「ねェなら親の財布から抜いて来い!!　あたしも昔やってたけど結構バレンティン!!」

「バレてないのかバレてんのか微妙に分かりづらいっスわその言い回しは……」

「やっぱり女王陛下も過去にやんちゃやってたんですか……？」

「まあね。魔専校(マセンコウ)の〝頭(ヘッド)〟として魔貫校(マカンコウ)の連中を一人で潰したことあるわ」

「すげぇ……」「ぱねぇ……」「やべぇ……」「かっけぇ……」「こえぇ……」

「ナメック星人だらけの学校に通ってたんスか？　って、そうじゃなくて！」

　これ以上は流石(さすが)に人道的見地から見て見過ごせない。

　琥太朗(こたろう)は取りなすように、イン子と高校生達の間に躍り出た。

「姐(ねえ)さん。もうこいつらを許してやって下さい。財布も返してあげましょう」

「「「「金モヤシ……」」」」

「チッ……。おい奴隷共！　最後に一つ言っておくわ」

　イン子が何か言おうとした途端、高校生達は背筋を伸ばして気をつけの姿勢になった。

「この金モヤシ……コタはあたしの舎弟よ。そしてオメェらは奴隷！　つまり……カスA!!」

「は、はいっ!!」

「どっちが格上か言ってみろ……!!」

「金モヤシさんです!!」

「違(ちげ)ェわ!!　金モヤシ店長だろがぁ!!　畳まれてぇのか!?」

「きっ、金モヤシ店長です!!」

「訂正する箇所が微妙に違うんスけど……」

　徹底した上下関係を叩(たた)き込み、イン子は一人一人に手渡しで財布を戻していく。

高校生達はそれを涙ながらに受け取り、深く一礼していた。

「卒業式かよ」

「お前らは毎日帰り際にこの店で買い物していけ……返事ィ!!」

「「「「キュインキュインキュイン!!」」」」

「返事……?」

こうして問題のある高校生達は、イン子の奴隷兼固定客と化して帰っていった。

着替えを終えたイン子に対し、琥太朗は給料袋とレジ袋を手渡す。

「こっち給料で、こっち廃棄のパンとかっス。今日はお疲れ様でした」

「案外楽しかったわ。お金欲しくなったらまた手伝いに来るから」

「いえ二度と来ないで下さい　ガチで」

「ああ⁉　あたしの見事な働きっぷりを見てねえのかぁ⁉」

「見た上での最終評価っスよ……。あ、袋にスポドリとか入れたんで和友にもよろしく」

「ん。まあ半分あたしが飲むけど」

というわけで、イン子は鼻歌交じりに店を後にする。

揺れる背中の翼と尻尾を眺めながら、琥太朗はぼそりと呟いた。

「……最強の害虫はそれ以外の害虫をマジで全部駆逐するんだなぁ……」

この日以降しばらくの間、琥太朗(こたろう)のコンビニに厄介客が現れることはなかった。

なので売上増加に繋(つな)がったのだが——それが害虫(イン子)のお陰かどうかは不明である。

*

「ただいま～」

「おかえりなさい、いんこちゃん。お仕事どうだった？」

「めっちゃ疲れた～。早くごはん食べたい～～」

「もう支度は出来ておりますゆえ——……御手(おて)をお洗いくださいませ」

「おう。あ、そういやカズどんな感じ？　生きてる？」

「今は眠ってるけれど、生きてるわ。のえちゃん達の看病のおかげ♪」

「ご心配には及びません——……イン子さま。万事無事にありますれば」

「別に心配してないし～」

今晩の食卓は和友(かずとも)を抜いた三人で囲むことになった。

そして今日一日バイトをして、イン子は一つの事実に気付く。

「働いた後に食う飯は……うまい!!」

でも別に働かずに食っても久遠那の飯はいつも美味いとも気付いた――

《第十三淫　終》

《第十四淫＊看病縁魔》

SUCCUBUS AND NEET R18

「38度7分……高熱ね。かずくん、今日のバイトは無理よ？」

「いや……でも、琥太朗との……約束が……」

「こたろうくんには、お母さんから言っておくから――」

「いいって……あとで、自分で言うから……」

「無理されてはいけません、和友さま――……」

「んじゃあたしが代わりに行くわ。コタんとこ」

「いんこちゃん……優しいのね？」

「……イン子……」

「感謝しろよオイ～？　あたしのこの女神のような慈悲深さによぉ～」

「……死ね……」

「何でじゃグルァア!!　先にお前を永眠させんぞ!!」

「い、イン子さま。何卒鎮まりください……。病身に響きますゆえ……」

『お前がバイト出来るわけないだろ引っ込んでろ』と和友は言おうとした。

が、高熱で意識が朦朧としており、最終的に出て来た言葉が死ねだった。

さて——色々あって和友は風邪を引いて熱が出てしまった。

看病してやりたい久遠那だが、生憎今日は平日で朝から仕事だった。

「おばさんは仕事で、いんこちゃんはこたろうくんのところでバイト——」

「ってことは、今日カズの面倒を見れんのは——」

「……！　不肖乃艶、身命を賭して和友さまの看病にあたります——……！」

——和友の未来は、乃艶の手の中に委ねられた……！


「じゃあ、何かあったら連絡してね？　それと、大事なことはここに書いてあるからね？」

「はい、久遠那さま。お心遣い痛み入ります——……」

「いってら～」

メモ書きを乃艶に渡して、久遠那は仕事に向かった。

相当しんどいのか、現在和友は眠っている。二人は一旦乃艶の部屋へと向かった。

感染るといけないので、あまり同じ部屋に居るなという久遠那の指示である。

「ああ——……和友さま、心より快復をお祈り申し上げます……」

「心配しすぎだって。別に死にゃあしないんだから、テキトーに構えときゃいいのよ」

昼前にバイトが始まるので、イン子も後少しで家を出なければならない。

「しかし、イン子さま——……」

「つーかあんたの部屋何もないじゃん。あたしの部屋みたいに漫画とか置けば？」

「あの部屋はイン子さまの部屋ではないと存じます……」

「口答えするなァ!! カズのものはあたしのものだから何ら問題ねェわ!!」

「い、いひゃいれひゅ、ひんほひゃま」

元物置である乃艶の私室には、畳んだ布団と将棋盤しかない。かなり物寂しい部屋だ。

教育的ジャイアニズムを後輩の頬に叩き込みながら、イン子はふと気付く。

（あー、そういやノエとカズを長時間二人っきりにさせせんのちょっとまずいかも）

「うう……頬が痺れております……」

初日にあったような、乃艶が和友を襲うということは現在まで一度もなかった。

乃艶自身もそのことを覚えておらず、その手の兆候を発することもない。

むしろ日を追うごとに、乃艶は和友達との暮らしに適応し、馴染んできている。

しかしそれでも、長時間二人っきりにさせるとどうなるかは分からないだろう。

特に今は和友が弱っている。力の弱い乃艶でも、簡単に組み伏せられる状態だ。

別にイン子は乃艶を信じていないわけではない——が、割り切りはあった。

——自分達は人外で、そして和友は人間である。

ふとした瞬間に悲劇が起こったとしても、何ら不思議ではないのだから。

（んー……どうしよ。めんどくせぇなあ……。でもカズ死ぬとアレだしなぁ）

「あの、どうかされましたか、イン子さま――……？」

「……あ、そっか。便利なのが一人居るじゃ～ん！」

「べんり……？」

「ちょっとカズの部屋行くぞノエ！」

――謎の板。スマホのことをイン子も乃艶もそう認識している。

ともかく人間達はこの板を触っては眺め、時間を無駄に潰して楽しむ。

そしてイン子が知っているスマホ知識として、この板は別の板と念話可能ということだ。

「それは――……和友さまのすまほ、でありましょうか？」

「おうよ。つまりあたしのものでもある」

「それは些か暴論に――……」

「あぁん？」

「な、何でもありません、イン子さま。乃艶は口を閉じておりましたゆえ」

部屋に放置してあった和友のスマホをイン子は拾い上げた。

この板は普通に触っても結界のようなものが張ってあり、操作することが出来ない。

（しかーし！　抜け道があることをあたしは知っている！）

この板は持ち主——つまり和友の顔を認識すると、その後素直に言うことを聞く。

イン子は適当にスマホを触って、和友の寝顔を認証させた。

「おお……。インこさまは、すまほを使いこなせるのですね」

「ま、あたしもこっち暮らしを始めて長いからね。当然よ」※まだ数ヶ月
無論スマホの使い方などほぼ知らないイン子だが、普段和友の操作をチラ見はしている。

どうにかこうにか当てずっぽう操作を続けると、最終的に目的を達することが出来た。

通話機能——その発動である。

パポp『はい今下ですっっ‼』

「はっや……。秒で繋がったじゃん……」

コール音が一回鳴るか鳴らないかの速度で、通話先の相手——茉依が応答した。

茉依からするといきなり自分のスマホに和友からの着信があったのである。

なのでそれはもう音に迫る速さで応答したのだが、イン子には知る由もない。

「おうマイ！　刀持ってダッシュであたしん家集合な！　あばよ‼」

『え？　ちょ、イン子さ——』

赤いのを突っつくと念話が終わる。それもイン子は知っている。

なので早々と通話を切った。今回の要点をまとめて話すのが面倒だったのだ。

どうせ茉依はここへ来るに決まっている、という確信もある。だって無職だから。

「イン子さま、今の声の主は――……？」

「マイっていうあたしの……んー……戦友？」

「戦友――……でございますか。交友関係がとても広いのですね、イン子さまは」

「あんたもそのうちこうなるわよ。後でマイが来たら顎で使いなさい」

ブブブブブ……と、茉依から折り返しの着信が入っている。

振動がキモいのでイン子は和友のスマホを部屋の隅の方にぶん投げておいた。

「あ、そろそろ時間だ。んじゃあたしバイト行くわ～。あとよろしく～」

「は、はいっ！　命ある限り、乃艶が和友さまをお守り致します――……！」

「いやあんたが危ねえからマイ呼んだんだけど……まあいいか」

こうしてイン子も出掛けてしまい、いよいよ乃艶と和友だけになった。

「和友さま――……よくお眠りになっております」

朝に薬を飲んだからか、和友は多少安らいだ表情で眠っていた。

乃艶は久遠那に渡されたメモ用紙を改めて確認する。

のえちゃんへ

・お昼ご飯は作り置きがあるのと、かずくん用におかゆを作っています。

（ヤケドに気を付けて、温めて食べてね）
・お昼を食べたら、かずくんにお薬を飲ませてあげて下さい。
（コップにお水を入れて持っていってあげてね）
・今日は早めに帰るから、あんまり心配しなくても大丈夫よ♪
（かずくんは男の子だから体が強いの♪）

大体は昼時に対する乃艶への指示だった。
風邪の時は眠るのが一番なので、あまり和友に構わなくてもいいということだろう。
じーっとメモを穴が空くほどに眺め、乃艶は声に出して音読する。
「お……ご……は……り……きがあるのと、かずくん……におかゆを……っています」
久遠那は一つ勘違いをしていた。乃艶は奈良県民である、という勘違いだ。
イン子に手紙を贈った時は、外国人であると思っていたので全文漢字抜きで書いた。
今回は乃艶が日本人だと思っている以上、漢字などを織り交ぜて普通に書いている。
「……よ、読めません……」
だが乃艶は——ひらがなだけしか読めなかった……!!
ひらがな以外なら読めるイン子と真逆である。相補性があると言えよう。
が、その相方となるイン子は不在なので、メモの内容はほぼ分からない。

「ど、どうしましょう――……。ああ、浅学な己が恨めしく思います……」

嘆いたところでどうにもならない。今すぐひらがな以外を理解する手段もない。

乃艶は一旦袂にメモを戻す――その時だった。

ピンポーン。二十楽家のインターホンが来客の訪問を告げてくる。

「こ、この音は……確か、外の黒箱を押下した時の音であると、久遠那さまが――……」

インン子の適当インターホン説明から、乃艶は情報をアップデートしている。

しかし久遠那が普段どうやって訪問の対応をしているか、そこまでは知らなかった。

仕方がないので、乃艶は直接玄関に向かい、ドアをほんの少しだけ開いた。

「はぁ……はぁ……。あ、あれ……？　イン子さん……じゃない……？」

息を荒らげた茉依が、片手に小太刀を握り締めて立っている。

雑なイン子の呼び出しに全力ダッシュで応えたのだろう。人の良さが全開だった。

扉の隙間から、ぺこりと乃艶は頭を下げる。

「乃艶と――……申します。貴女さまのお名前を伺っても……？」

（あ、こん人が例の飛縁魔……）

和友との会話に出て来た、渦中の妖怪を茉依はじっと観察する。

（強そうやなか。少なくともイン子さんに比べたら遥かに……って、いかんいかん！）

相手が人間ではないだけで、警戒し情報を集めようとする……退魔師時代の悪い癖だ。

ぶんぶんとかぶりを振って、一旦茉依は退魔師的思考を追い出した。

「あの、どうかされたのでしょうか――……？」

「えっ⁉ あ、ごめんなさい。今下茉依と言います。インン子さんに呼ばれたのですが」

「まあ！ 貴女さまが茉依さまでございますか。イン子さまの戦友という――……」

「せ、戦友……？ ちょっとは認めてくれてるのかな……。で、そのイン子さんは？」

「イン子さまなら、ばいと――……なるものに出立されました」

「バイト⁉ イン子さんなのに⁉」

本淫が耳にしたらキレそうな言い回しだった。茉依の本音が滲んでいる。

イン子は茉依を無職と見ているが、茉依もまたイン子をニートとして見ているのである。

乃艶はこくりと頷き、二十楽家の扉を全部開いた。

「イン子さまより茉依さまのことは伺っておりますゆえ――……お上がりくださいませ」

「は、はい。お邪魔します」

一体何の用事なのだろうか。先導して歩く乃艶の後ろを、茉依はついて歩く。

そしてやって来たのは――和友の部屋だった。

「ここは和友さまの部屋にして、イン子さまの部屋でもありますが――……」

「基本は二十楽くんの部屋なんじゃないかな……」

「今はなるべく、大きな音を立てないようお願い申し上げます――……」

そう言われたので、素直に頷く。そしてしずしずと乃艶が部屋に入り、茉依も続いた。

「二十楽くんが寝てる――って、もしかして体調悪い⁉　顔色が……」

「ご明察にありますれば――……和友さまは今、病に倒れております」

「そ、そんな時にわたしがお邪魔しちゃっていいの？」

「イン子さまは、茉依さまが来たら顎で使えと――……そう乃艶に言付けています」

「ひどい……」

ただ、何となくイン子の思考を茉依は追うことが出来た。

和友の看病をしろ――というような気を利かせて呼びつけたのではない。

(乃艶さんを見張れってことやんね、イン子さん)

わざわざ刀を持って来いと言ったこともあって、間違いないだろう。

意外と心配性というか、和友のことをイン子は考えている。茉依はくすりと笑った。

「……？　何かおかしいことがありましたでしょうか……？」

「ああいや、特に……あはは。それで、二十楽くんの容態は？」

「薬を飲んで今は安静にしていると――……出立前に久遠那さまが」

「そうなんだ。じゃあわたしに出来ることは特になさそうかな？」

「いえ、お恥ずかしながら、茉依さまにはこちらを拝読して頂きたく存じます――……」

久遠那が書いたメモを、乃艶はやや伏し目がちに茉依へ渡す。茉依はすぐに目を通した。

「大体内容は分かったけど……もしかして、乃艶さんって字が読めないの？」

「はい――……乃艶はひらがな以外が読めないのです。己の無知を恥じ入るばかり……」

「イン子さんと真逆みたい……。ある意味すごい相性って感じだよ……」

読めないことを恥じ入るのも真逆である。イン子はひらがなへキレ散らかすだけだからだ。

まだ話して少ししか経っていないが、確かに乃艶からは全く危険性を感じない。

和友が保護をしてあげたくなるのも納得である。

（乃艶さんが捨て犬って感じなら、イン子さんは狂犬やけん……落差があるとよ）

「……うぅ……」

「！　か、和友さま！」

うなされているのか、和友が苦しそうな声を漏らす。

すぐに乃艶は傍へと駆け寄り、ベッドからずり落ちていた和友の片腕を胸に抱く。

「ああ、おいたわしや――……」

（……ん？）

「可能であるならば、乃艶が代わって差し上げたい――……」

（あれ？　これ……もしかして……）

「和友さま――……」

腕をベッドに戻し、乃艶はぴたりと己の額を和友の二の腕にくっつけた。

乃艶はイン子とは真逆。そう例えた茉依は、まさに正鵠を射ていた。

潤んだ瞳、赤らんだ頬、とろけそうな視線、艶のある声音。

茉依の中にある乙女回路は、乃艶のそのような様相をピタリと言い当てる！


「好いとーよ!!」


「はい……？　どうされました、茉依さま？」

「いやもうバリ好いとーよ!!　すこすこの好いぃ～ばい!!」

「？？？？？　その、どういう意味のお言葉なのか乃艶には——……」

茉依は心のどこかで余裕と、そして油断があった。

和友の交友関係は広くなく、またその中に女性はほぼ自分しかいない。

ほぼ、と付くのはイン子という例外処理があるからである。

イン子と和友の関係性は、いわゆるギャルゲーにおける攻略対象外キャラ同士に近い。

お互いがお互いに興味がないというか、ともかく茉依から見てイン子は安全であった。

だからこそ時間はたっぷりあり、ゆっくり和友と仲を深められれば——そう考えていた。

(こ、こげな形でライバルば出現するなんて思っとらんかったとよ!!)

しかし乃艶は違う。イン子と真逆……つまり和友にかなり好意的だ。和友ガチ勢だ。

そして人ならざる者特有の、人には持ち得ない美貌を持っている。

和友が彼女を保護したがった他の理由に、男子特有の下心があると茉依は察した。

「その上同居してるって……こげんこと許されると!?　むぶぁ!!（中ダメージ）」

「あの、茉依さま――……お静かに願います」

「はぁ……はぁ……。ご、ごめんね……。ちょっとこう、焦ってるの……」

「何か焦燥されることがおありなのでしょうか？」

「まあね……。あなた関連でね……。ところで乃艶さん、ちょっと質問いい？」

「はい。なんなりと」

「最近悪いことしてない……？　どんな悪事でもいいから教えて……？」

持って来た小太刀をチラつかせながら、茉依は据わった目で問う。

何かしら罪があるのならその場で斬ったろ的な魂胆である。イン子じみた真似だった。

「悪事……差し当たっては一つ。先日、イン子さまのあいすを食べてしまいました」

「それは、なんていうか……既に断罪されてそう……」

「はい。就寝時、布団の上でイン子さまに寝転ばれるという罰を――……朝まで受けました」

「多分それ上でイン子さん先に寝ちゃっただけなんじゃない……？」

当たりである。朝に二人の寝姿を目撃した和友は「亀の親子か」と呟いていた。

（き、斬れんばい。いやまあ、本気で斬るつもりはなかったけども）

演技で人を騙すような悪意ある異形――もし乃艶がそうなら逆に茉依は喜んだだろう。

だがやはり乃艶は善性が強い。話すだけでもその清廉さが伝わってくる。

むしろ自分はどんだけ小物なんだと、茉依は一転して自己嫌悪に陥った。

「……乃艶さんは、二十楽くんを心配してるだけだもんね……」

「仰る通りです。茉依さま、何か乃艶が和友さまにしてあげられることはありませんか？」

「え？　うーん……汗を拭いてあげるとか、身体を冷やしてあげる、とか？」

「即ち、拭くものと冷たいものが必要であると――……そういうことでしょうか？」

「そうだね。わたしはお邪魔してる立場だから、そういうの勝手に使えないけど」

意を得たりと乃艶は頷き、小走りで部屋から出て行った。

ふう、と茉依は一息つく。小太刀は必要なさそうなので、その辺りに転がしておいた。

そして改めて、自分がどこに居るのかという現実に目を向ける。

（そ、そういえば……ここ、二十楽くんの部屋とよ！）

和友の部屋に来るのは二度目だが、一度目は緊迫した状況だった。

なので比較的落ち着いた状態で異性、それも気になる相手の部屋に入るのは初めてだ。

（こっ……心なしか、二十楽くんば匂いが充満している気がするばい）

意識すると急にドキドキしてくる。その和友は自分の目の前で眠っている状態。

とりあえず茉依は――スマホのカメラ機能を起動して、バーストで和友を連射撮影した。

カシャシャシャシャシャシャシャシャシャシャシャシャ!!

（ね、寝顔っ！　可愛(かわい)か……♥　体調ば悪いけん、それがまた儚か感じがして……♥）

寝ている男の寝顔を一方的にカメラで撮りまくる……倫理的にはアレだろう。

しかし茉依(まい)自身すら気付いていないことだが、茉依(まい)は──変態の素養があった……!!

（せっかくやけん、一緒に写っちゃおう……♥♥♥）

自撮りモードにカメラを切り替え、和友(かずとも)の枕元へシュバっと動く。

迅速かつ静粛に、茉依(まい)は和友(かずとも)とのツーショットをカメラロールへ十数枚叩(たた)き込んだ。

退魔師時代に得た技術を今まさに遺憾なく発揮している。前職に生まれて初めて感謝した。

「あの、茉依(まい)さま？　一体何をされているのでありましょう──……？」

「ピャア!!（小ダメージ）」

和友(かずとも)に配慮して己の気配を殺していた茉依(まい)だが、一方で周囲の警戒を怠っていた。

部屋に戻って来た乃艶(のえ)は、茉依(まい)の奇行を不思議そうに眺めている。

「のののののの乃艶(のえ)さん！　こ、これは、その……儀式！　快復の儀式なの!!」

「まあ！　であるならば、乃艶(のえ)にも是非、その儀式のお手伝いを──……」

「ならぬ……!!」

「!?」

どこぞの淫魔(サキュバス)でも憑依(ひょうい)したかのような明確なる拒絶だった。

無論、乃艶と和友のツーショットを阻止するという茉依の子供じみた嫉妬心だ。

ならぬのなら……ならぬのだろう。乃艶はすぐ諦め、茉依へ報告を行う。

「拭くもの、並びに冷やすもの。取って参りましたゆえ」

「そ、そうなんだ。どこにあるの？」

「ここにありますれば——……」

着物の袂から、乃艶は何かをポツポツと取り出し、和友の顔に置いていく。

冷気を帯び、白く薄く煙る——そのツヤ（略）

「どんぐりばい!?」

「冷やしどんぐりに——……ございます」

キンッキンに冷えたどんぐり達は、氷のごとく和友の顔中にくっついていった。

一見すると顔中からどんぐりを生やす化け物っぽい見た目に和友が仕上がっていく。

「なんでどんぐり冷やしてたの……？」

「有事の際に備え——……乃艶は二十楽家の至る所にどんぐりを仕込んでおりますゆえ」

「越冬前のリス……？」

まあでも冷えるには冷えるので、和友はちょっと気持ちよさそうだった。

飛縁魔はどんぐりと親和性の高い種なのだろうか。茉依の疑問が深まる。

乃艶は冷や※どんの効果に満足し、次は清拭物を袂から取り出す。※冷やしどんぐりの略

「本来は秘蔵しておくつもりでしたが――……他に適切なものが見当たらなく」

綿と化織を黒染めし、腰から腿（もも）までを覆う形状をした、男子専用の肌着。

己の秘宝とでも言わんばかりに、乃艶（のえ）はそれの名称を口にした。

「和友（かずとも）さまの――……ぱんつでございます。こちらで、汗を清拭（せいしき）致しましょう」

「も゜っ゜っ゜っ゜（大ダメージ）」

いきなり刺激物（婉曲的表現（えんきょくてきひょうげん））が出て来たので、茉依（まい）は奇声と共にひっくり返った。

だがここで怯（ひる）むわけにはいかない。とにかく理由を知ることにする。

「な、ななな、なんでそのような逸品が乃艶（のえ）さんの手元にあるの!?」

「夜、寝苦しい時はこれを使えと――……以前、イン子さまが与えてくださりました」

言うまでもないが和友（かずとも）には無断である。イン子なりの対策なのだろうが。

因（ちな）みに普段は乃艶（のえ）の部屋にある枕、その枕カバーの間に挟んで隠している。

「悪事働いてるじゃん!!　どっ、どうやって普段これを使うのでしょうか……!?」

「嗅いだり食（は）んだり、被（かぶ）ったり――……とても気分が和らぎ、安眠を得られるのです」

「変態だよ!!」

お前もじゃい――もしイン子がこの場に居ればそう言っただろう。

しかし茉依（まい）が指摘したことはその通りであり、乃艶（のえ）は――変態の素養があった……!!

「こ、こんなの不健全だから！　そっ、それはわたしが預かっておきます！」

変態Aは変態Bから至宝を奪おうとする。すっ……と、変態Bは袂にそれを隠した。

「なりません――……茉依さま。これは乃艶のものでありますゆえ」

「和友くんのだよ‼　あ、いや、二十楽くんのだよ‼」

「いいえ。下賜された以上、乃艶のものでございます」

「みんなのものだよ‼」

「乃艶のものです」

「誰のものでもないよ‼」

「乃艶のものなのですっ！」


「じゃあ試着とかありますか……⁉」


変態Aは地球一周半ぐらい譲歩した。つまり地球半周分攻めたのである。

試着――その言葉の意味が変態Bには分からず、小首を傾げるに留まった。

「それは、どういうことでございましょうか？」

「いやまあ、ちょっとこう、お試しというか……貸してあげる的な？」

「なるほど。であるならば問題ございません。よしなに――……」

いいからお前ら汗拭いたれよ――もしイン子が居ればそう言っただろう。

もっとも貸すだけなら問題ないようで、乃艶は至宝を茉依に手渡した。

この辺りの素直さもイン子とは真逆だ。御しやすい、とも言える。

「こ、これが……！　二十楽くんの……っ!!」

胸が尋常ではないほどに高鳴っている。いやもう高鳴るとかじゃなくて爆鳴っている。

全力疾走した後のような荒い息で、茉依は和友のそれをよ、い、し、ょ、う、と、し、た、──

「……今下……？」

「（人゜間゜の可゜聴゜域゜を超゜え゜た高゜音゜）!!?」

「ああっ！」

ギャーギャー騒いでしまったからか、どうやら和友が目を覚ましてしまったようだ。

背後の和友に突如声を掛けられ、茉依は驚愕と共に珍宝（意味深）を放り投げてしまう。

これを粗末に扱うわけにはいかないと、乃艶がダイビングキャッチで見事回収する。

プロ野球の珍プレー好プレー的な光景が、和友の目の前で繰り広げられた。

「……何してるんだ……？」

「べ、べべ別に！　二十楽くんが体調悪いってイン子さんに聞いてそれでっ！」

「今し方、和友さまの汗をお拭きしようと段取りを整えておりました──……」

「ああ、なるほど……余計な気を使わせてごめん。着替えるよ……」

和友はふらつきながら立ち上がった。同時に、常温に戻ったどんぐりーズが落下する。

身体は重く、もうこれに疑問すら持てない。その様子を、変態A&Bは正座し直視している。

「……。あの。着替えるんだが……」

「えっ？　あ、うん、そうだね。気にしないで？」

「乃艶らは黙して見守っておりますゆえ——……」

「下着も替えるんだが……」

「汗かいちゃってるもんね」

「その不快感は推して知ることが出来るでしょう——……」

「………。裸に……なるんだけど……」

「それが——」

「なにか——……？」

「俺が間違ってんの……？」

ぼやけた思考ではまともなツッコミも思い付かない。

自分が寝ている間に貞操観念が逆転した世界にでも転移したのだろうか。

いやそんなはずはない。和友は絞り出す声で「出て行ってくれ」と懇願した。

「……？？？」

「いや……絶対ここは……疑問符を浮かべたような顔をする場面じゃない……」

ともかく二人を廊下に退出させる。和友は大きく深呼吸をした。

——が、瞬間、己へ突き刺さるような視線を感じる。

見ると、扉の隙間から肉食獣のごとき四つの瞳がこちらを凝視していた。

「……ドアが開いてるぞ……」

「あれ……？　乃艶さん、このドア……」

「壊れて完全に閉まらない——……そのような可能性が」

バタン。和友は無言で扉を閉めた。或いは自分は悪夢の中にでも居るのだろうか。

今現在持っている変態性については、変態Aの方に分がある。

が、変態BはAとの出会いにより、急速にそれを伸ばしつつあった。

そして二名の変態ーズは両者共に高め合い、互いに未知の領域へ至ろうとしている。

変態と変態のファイナルビッグバンかめはめ波や！　和友は死ぬ。

「……あいつが傍に居てくれと思う日が来るとは……」

あの小ざっぱりとした淫魔を、熱に浮かされた今は求めてしまうぐらい追い込まれていた。

茉依と乃艶。こいつらは出会わない方が良かったのかもしれない——

「和友さま。お食事の用意が整いました——……」

「と言っても、おばさまの作ったおかゆを温め直しただけなんだけどね」

和友が着替えている間、二人は昼食の準備をしていたらしい。

お盆の上に湯気の立った白粥と水、そして風邪薬を載せて運んでくる。

「……悪い、ありがとう」

ベッドで上体を起こした体勢の和友は、乃艶からお盆を受け取ろうとする。

が、ひょいっと乃艶は取り上げるようにしてお盆を渡さない。

「……。乃艶……？」

「食べさせてあげた方が病に効果的であると——……茉依さまから先程教えを受けました」

「今下……？」

「いっ、医学的にガチなんだよ⁉　ググってくれてもいいよ⁉」※めっちゃ嘘

「……スマホが見当たらない……」

「じゃあもう仕方ないよね‼　大丈夫、雛鳥のごとく二十楽くんはじっとしてて‼」

今下ってこんなやつだっけ……？　薄ぼんやりと和友はそう思った。

身体が辛いので、もう受け入れるしかない。和友は首肯するしかなかった。

「では、僭越ながら乃艶めが——……えいやっ」

「熱ぁ‼」

ホッカホカの粥をスプーンに乗せて、乃艶は和友の口に突っ込んだ。

冷ますという工程を挟まぬ給餌――お笑い芸人の領分であろう。

「の、乃艶さん！　冷ましてあげなきゃダメだよ！」

「ああっ！　申し訳ございません、和友さま！　こっ、殺してくださいまし！」

「い、いや、大丈夫……。そんな気にしなくて……」

「しょーがないなぁ!!　わたしがお手本を見せてあげる!!（クソデカ声量）」

お椀とスプーンを乃艶から受け取り、今度は茉依が粥をすくう。

そしてふーふーと息を吹き掛けてきちんと冷まし、和友にスプーンを含ませた。

「……おいしい？」

「まあ……うん」

いつもの母親の味であるが、ちょっと奇妙な感覚があるのは事実だった。

気恥ずかしさで顔が熱いのか、元々の熱なのかは既に和友には分からない。

「良かったぁ～」

にっこりと微笑んだ茉依は、再び粥をすくって――自分も食べた。

「…………。何でお前も食べるんだ……？」

「え……？　それは、まあ……」

和友が口に入れたスプーンを己で舐めしゃぶる――そういうことである。

ほとんど無意識的に茉依はこれをやってしまった。

（確かに冷静に考えるとちょっと変ばい）※だいぶ変

とはいえ言い分がないわけではない。さらりと茉依は答えた。

「毒味……？」

「食べさせる前にやるやつだろそれは……!!」

ていうか母さんが俺に毒盛るかバカタレ——まで言おうとしたが言葉が出なかった。

やっぱり今日の茉依はどこかおかしい。いつもはもっとまともなはずだ。

熱で正常な判断が出来ない和友でも分かる異常性がある。ぶっちゃけ怖い。

「茉依さま、茉依さま。次は乃艶の番です！」

「あ、そうだね。順繰りだもんね」

ふんすと鼻を鳴らして、乃艶が同じように粥をすくい、口で吹いて冷まし、食べさせる。

その後もう一度すくって自分で粥を食べるところまで完コピしていた。

「美味に——……ございます」

「今まで食べたおかゆの中で一番おいしいまであるよ！」

「……感染るぞお前ら……」

乃艶もどこかおかしい。茉依に引っ張られる形になっている。一つの比喩が和友に浮かぶ。

（ヤンキーと仲良くなったヤツもヤンキーになるアレだ……）

正確に言えば変態と変態が惹かれ合い、目覚めているのだが、細かい部分は一緒だろう。

とにかく和友は白粥を食べ（させられ）、そして薬を飲んだ。

「……じゃあ、ちょっと寝るから。色々とありがとう、今下と乃艶」

「いやいや、気にしないで。早く元気になって、また一緒にお散歩しようね？」

「乃艶も、和友さまと将棋を指す日を心待ちにしております――……」

ひと心地ついたものの、体調は依然として悪いままだ。

体温は上がっているのに、手足の先と身体の芯が寒空に晒されたかのように冷たい。

悪寒というやつだ。和友は布団を首元まで引っ張った。

「……二十楽くん、もしかして寒いの？」

「……多少。我慢出来るぐらいだけど……」

「そうなんだ……」

「お辛い状態であるとお察し致します――……」

可哀想だなぁ、みたいな声を出しながら、茉依と乃艶がごそごそと布団の中に入ってきた。

「…………。なんで……？」

「え……？」

「人数の暴力で俺が間違ってるみたいな空気にするのやめて……」

二人はそれぞれ和友の両側に寝そべっていた。

磁石のS極とN極になったのか、中央の和友を挟み潰す勢いで密着してくる。

「ほんともう……感染るといけないので……離れてくれ……」

「しかし、それでは和友さまが凍えてしまいますゆえ――……決死なのでございます」

「我が身の犠牲を覚悟で二十楽くんを温めないといけないいんだよ？」

「俺雪山で遭難してんの……？」

ゴリ押しの論理と行動力の前に、病身で立ち向かえるはずもない。

（ていうか……俺より体温高くないかこいつら……）

自分が悪寒に苛まれているからだろうか。変態ーズの熱がすごい。

相応に柔らかく、甘い匂いがして、風邪とはまた別でくらくらとしてくる。

どうせなら元気な時にしてくれよ……と、僅かに存在する和友の欲が嘆いていた。

「とにかく……寝るから……。しばらくしたら離れてくれ……」

「はぁ……はぁ……っ」

「すんすん……」

「お返事ィ……！」

二人は息を荒らげたり匂いを嗅いだりしている。大型犬と一緒に眠る感じがした。

これを放置し、どうにか睡魔に身を任せようと、和友は一生懸命目を閉じる。

その中で一つ、こいつら俺のこと嫌いなのかな――と、そう思わざるを得なかった。

夕方、早めに帰宅した久遠那は呆気に取られていた。驚く言葉も出て来ない。

乃艶の出迎えがないのを不思議がりつつ、和友の様子を見に行ったところ——

「ど、どうしてかずくんとのえちゃんとまいちゃんの三人で寝ているの……⁇」

——ベッドの中で三人川の字になりながら眠りこけていたのである。

両サイドの二人は満足げに眠っているが、中央の和友だけ若干寝苦しさに喘いでいた。

おっかなびっくり、久遠那はベッドに近付いて、二人を起こす。

「あの、まいちゃん？　のえちゃん？」

「……ん、んん。…………はっ！」

「んむ——……久遠那さま。おはよう——……ございます」

「おはよう。かずくんの看病をしている内に、眠っちゃったのかな？」

ベッドに入り込む理由はよく分からないが、久遠那は持ち前の優しさでそう解釈した。

この変態共が変態であるとは思わない。見た目はどちらも清純っぽいのがああ厭らしい。

一方で目が覚めた茉依は、己の状況を把握すると同時に青ざめていった。

「あ、ああ、あの、おばさま」

「どうしたの、まいちゃん？　顔色が悪いけれど……」

「わたし何したんですか……？」

「知らないわ⁉　おばさん今帰ってきたところだから⁉」

「ううう、うわああああああぁぁ!!」

ベッドから飛び降りて、茉依は小太刀を回収し脱兎の如く駆け出す。

久遠那が呼び止める前に、「お邪魔しましたぁぁ」と叫びながら、茉依は去っていった。

寝起きで冷静になり、己が果たして何をやっていたかを正確に理解したのだろう。

「どうしたのかしら、まいちゃん……。晩ごはん食べていけばいいのに……」

「急用があるのやもしれません。茉依さまには大変お世話になりました――……」

乃艶もベッドから離れ、床に散らばっていた元冷やどんを拾い集めている。

本当に何があったのだろうか。疑問に思いつつも、久遠那は和友の額に手を当てた。

「朝よりも熱は下がってそう。乃艶ちゃん達の看病のおかげね♪」

「そう言って頂けると、恐悦至極にございます。全ては――……和友さまのためですゆえ」

どんぐりを袂に戻し、乃艶も久遠那と同じように和友の額に指を這わせる。

とても冷たくて、自分の指先にある熱が吸い取られていくようだ。

体温が下がったのは元気になっている証拠と、久遠那が乃艶に語り掛ける。

それを受けて、自分は今日頑張ったぞと、乃艶は力強く笑った――

＊

「……っていうことがあったんですけど……」

家に帰り、すぐに茉依は育子へと、今日何があったのかの定期報告（笑）を行う。

電話先の育子は、すうと大きく息を吸った。

『君性欲強ッッッッッッッッッッッッッよいなぁ!?!?!?!?!?!?!?!?!?!?』

「性っ……ちょっと！　本気で気にしてるんですから言わないでくれます!?」

『ひヱ〜〜〜〜!!　《沙散華》の性欲圧しゅごいぃ〜〜〜!!（椅子から転げ落ちる）』

見えもしないのにリアクションまで入れて、育子は茉依を煽り倒した。

――今日の自分は理性的ではなかった。

茉依は強く自省する。大胆過ぎるというか、自分で自分が分からない。

「あ、あんなこと……するつもりはなかったのに。ごめん、二十楽くん……」

『まあ風邪引いてる男は勃ちが悪いからな。ああいうのはエロ漫画の中だけだぞ、うん』

「…………。育子さん、もしかして喜んでません？」

普段の相談だと舌打ちがセットで入るのに、今回は一切それがない。

むしろ顔は見えないがそのウキウキ具合が声音に乗って伝わってくる。

『私も君と同じく性欲が強いからな！　仲間が増えて嬉しい！　性欲激強ナカ〜マ★』

「育子さんなんかと一緒にしないでください!!」

『なんか、ってどういうことだ貴様ァ!?　差別意識が性欲と共に浮き出てますよぉ!?』

「…………。うち、育子さんこと嫌いばい」

『拗ねるな。事実を基にしたジョークだ。あー、話は変わるが、例の件だが——』

飛縁魔について、資料室で出来る限り調べて欲しい。

茉依が依頼した現職とは、当然この育子だ。もっとも育子は現場からは退いているが。

『——上の許可が下りない。どれだけ掛け合っても突っ撥ねられる』

「え？　育子さんの権限だけで資料閲覧出来ないんですか……？」

『部長クラス以上の権限か、稟議での認可が必要だ。そういう位置付けの資料なのだろう』

「……それって」

『私も詳しくは知らないが——飛縁魔は危険だ。現職の退魔師に情報すら与えたくない程に』

「…………」

飛縁魔が危険。本当にそうなのか。茉依には全く確信が持てない。

あの飛縁魔——乃艶は、とても善良だった。和友が好きという一点では自分と気さえ合う。

考え込み始めた茉依に対して、育子は諭すようにして忠告を残す。

『君の理念には賛同しない。私は、異形は全て例外なく滅ぼすべきだと今も思っている』

「……はい」

『私の個人的背景も多分にあるが——何より、君のそれは、辛くて仕方がないぞ』

《第十四淫　終》

《第十五淫＊城淫魔》

──人と異形を繋(つな)ぐ仕事。茉依(まい)は己のやりたいことをそう表した。

それだけ聞いても全くピンとこない。茉依(まい)が補足的に続ける。

「えっと、まず異形って様々な要因で発生するんだけど」

「妖怪みたいに昔から居るのと、イン子みたいに人間(おれ)が喚(よ)ぶのと、他にもあるのか？」

「うん。そのまま発生……つまり、ある日突然この世界に生まれるの。そこそこ頻繁に」

「そんなポンポン生まれてるとは考えられないんだが……」

「まあ、大体は人間に敵対的で、すぐ退魔師が討滅しちゃうし」

普通に生きている中で、一般人が異形と遭遇することはまずない。

それはつまり、退魔師達が陰ながらにずっと動いているからだ。

「でも、その中の一部は、人間の世界に適応して馴染(なじ)もうとするの」

「イン子的なやつ？」

「あれはかなり特殊というか、オープン過ぎるんだけどね……」

人の目につかないところで隠れ住むか、或(ある)いは人に化けて人の中に交ざるか。

争いを好まず、ただ生きることだけを望む異形も確かに居るという。

因みにイン子は自分が淫魔だと一切隠さないので、相当例外的な存在だ。

「ただ、そういう異形も見付け次第、退魔師は討つの。優先度は低いけど……」

「容赦ないな……」

「そうだね……ほんとにね。それが、わたしはずっと嫌だったから」

「つまり、そんなただ生きたいと願う異形の連中を、今下が救うってことか」

「救うって言うと大袈裟だよ。繋ぐ、ぐらいが一番適切だと思う」

自分の知らない世界で、高校卒業後の茉依はずっと過ごしていたのだ。

和友では及びもつかない体験もしてきたのだろう。

やりたいことが見付かった茉依は、以前よりもずっと眩しく見えた。

「……立派だな、今下は。俺と同じくずっとダラダラ無職なのかと思ってた」

「自分でも起業したいって思うとは考えてなかったよ。二十楽くん達のおかげ」

「よせよ。俺は何もしてない。けど、応援する。今下のやりたいこと」

「ありがと！　じゃあ、早速一つお願いがあるんだけど――」

＊

前にファミレスで茉依と交わした会話を、和友はぼんやりと思い返していた。

(俺は――はあ、何がやりたいんだろうな)

夢や目標、展望などはない。かと言って単に適当な就職がしたいわけでもない。

以前に比べて焦りや不安はないが、それでも考えることは尽きないものだ。

開き直りつつも――和友は、自分の道を探さねばと思う。

「おいコルァァ!!　ボサッとせずにさっさと引け!!」

「和友さまの――……手番でございます」

「ん、ああ」

現在、三人でトランプのババ抜きをしている。茉依に比べると圧倒的な落差だ。

しかし思い詰めたところで解決などしない。和友は思考を切り替えた。

イン子の手札から和友は一枚引こうとする……前に、必ずカードを物色した。

一枚ずつ相手のカードに指を軽く置いては離し、イン子の顔色を逐一確認する。

(セーフ、セーフ、セーフ……)

「……(ニヤリ)……」

(はいアウト、ジョーカー持ってんなコイツ)

表情筋が野に放たれた女ことイン子は、ポーカーフェイスが苦手だった。

『こいつババ引きおるで~!!』と言わんばかりに反応してしまうのだ。

というわけで和友はあえてその弱さに乗ってやった。

「ハッハァ～～!!　何とは言わないけどざまあ!!」

「いやー、ツイてない」

「息を呑むほどの攻防でありましょう――……」

（そうでもなかったけどな……）

イン子に比べると乃艶はまだまともだ。頑張って表情を隠そうとする。

それでも和友にすれば筒抜け――つまり。

「はいあがり」

「結局またカズが一抜けかい!!　んでまたあたし対ノエかい!!」

「和友さま、とてもお強い――……見習いたく存じます」

「まあ、表情隠すのには慣れてるし」

「おうクール系主人公ブッてんなよてめェ!!　カッコよくねえから!!」

「ブッとらんわ。野球やってたからだよ」

投手である和友は、なるべくマウンド上で己の焦りを隠すタイプだ。

どれだけ危機を背負っても無表情で、とにかく目の前の打者に集中する。

更には相手打者をよく観察することにも長けており、巧みに敵を翻弄した。

つまり、こういうカードゲームにおいて、意外と和友は強かった。

「ノエェ‼　どこにババ持ってんのか言えェ‼」

「い、言えません――……！」

「先輩命令ぞ⁉　逆らうんけェ⁉」

「うう……」

　一騎打ちは終盤戦であり、次にジョーカー以外を引いた方が勝つ。

　そしてジョーカーを持っているのは乃艶なので、イン子は真正面から脅しにいった。

「そこまでして勝ちたいのかお前……」

「ったり前よ！　勝ちに勝る勝利なし……‼」

「当然のことをそれっぽく言っても別に賢く見えないからな？」

「の、乃艶は――……右にじょーかーを持っておりますゆえ」

　圧に屈したのか、乃艶が白状する。イン子が汚い笑みを見せた。

　イン子は自分から見て左側のカードを、根菜の収穫時のように引っこ抜く。

「はいあたしの勝ぁぁ――ってこれババやないかぁーッ‼　騙したなお前⁉」

「い、いえ、ですから、イン子さまから見て右側だと」

「余計な気を回すなァ‼　生きとし生けるもの全ては主観で生きてんのよ⁉」

「コントやってるみたいだなお前ら」

　因みに次で乃艶がカードを見事揃えたので、イン子がビリになった。

無様なその負け姿を見届けつつ、和友は外出の準備をする。

「おや――……和友さま、いずこへ？」

「コンビニ行くならおやつ買って来い！」

「違うって。今下に呼ばれてるんだ」

「マイに？　なんで？」

「物件を一緒に見て欲しいってさ。俺を選ぶ理由はよく分からんが――」

「ごめん二十楽くん、遅れちゃって……あれ？」

現れた今日の茉依はいつものジャージや私服ではなく、スーツ姿だった。

髪の毛をまとめ上げ、膝上までのスカートに黒いストッキング。

普段よりも大人びて見える――スーツの力って凄いと和友は思った。

「おっすマイ。ママさんみてえなカッコしてどしたん？　あんたこっち側でしょ」

「凛とした容貌――……すてきでございます、茉依さま」

「イン子さんに乃艶さん。来てくれたんだ！」

「強引に付いて来たって感じだけどな……」

こっち側という謎の扱いも気にせず、茉依は二人を受け入れた。

勝手に来たとはいえ、人が増えるというのは両者にとって実はありがたい。

（前の今下ちょっとおかしかったし、今日二人で行動するのは若干アレだったからな……）

（この前二十楽くんに変なことしたけん、二人っきりは恥ずかしいとよ）

看病事件が意外と尾を引いていた――……。

さて、茉依は起業するにあたって現在まで色々と動いているらしい。

その詳細は和友には知り得ないが、どうやらオフィス候補を今日は見に行くようだ。

「知り合いの人が管理会社を通して、格安物件を紹介してくれたんだ」

「その知り合いの人ってもしかして、現職の退魔師って人か？」

「うん、そうだよ。何から何までお世話になってるから、今度何か贈らなくちゃ」

無論その人とは育子のことであるが、和友やイン子とは面識がない。（名前は知っている）

オフィス候補地はかなり町外れにあるようで、四人は結構な距離を歩いた。

「遠いんだけどぉ!?　こんなことならチャリ乗ってくれれば良かった!!」

「も、もう少しだから……。ていうかイン子さん自転車乗れるんだね」

「ナメんなよ～？　あんなもん猿でも乗れるから」

「じゃあお前猿以下だぞ」

未だにイン子は補助輪派だ。補助輪なしで自転車に乗る日はまだまだ来ないだろう。

そうこうしている中で、ようやくオフィス候補となる場所が見えてきた。

「「「これは……」」」

高い壁が建物の周囲をぐるりと囲っている。

その壁に囲まれた建物は、幾つかの塔が組み合わさった形をしていた。

作りは（見た目が）レンガ状で、所々にある半円型の窓からは薄桃色の光が漏れている。

戦争で拠点になったり、偉い人が住んだりするこの建物の名称は――

「城じゃん!!　この国その辺に城生えてんの!?　王政ぶっ壊れとんかオイ!?」

「立派な建築物に――……ございます」

「……。いやあの、今下これラブh」

「ちょっと待ってぇ!!　もっかい地図見直すからぁ!!」

城であるが城ではない。いや、もしかしたら人によっては愛の城かもしれない。

現代日本において『城』と訊けば、100人中8人ぐらいはこの手の城を挙げるだろう。

イン子と乃艶、和友と茉依で城に対する解釈が全く異なっていた。

茉依はただでさえ性欲方面であらぬ誤解を和友に与えている。※言うほどあらぬわけでもない
このままではマズイと、何度も地図やスマホで目的地を確認した。

「やっぱりここなんだけど……」

「ホントか？　ちょっと見せてくれ」

「城なんて久々に見たわ～。ガキの頃こういうとこに住むのが夢だったのよね」

「一人で住むには少々持て余すのではないでしょうか――……?」

「別に一人とは限んねえわい!!　あたしの奴隷共がウジャウジャいんのよ!!」

イン子の支配欲が刺激される建造物、それが城である。

一方で和友は茉依から地図を受け取り、自分でも色々と確認してみた。

「……。ここだな」

「でしょ!?　ほ、ほら!　やっぱりわたし間違ってなかったんだよ!!」

「この場合間違ってる方がありがたいんだが大丈夫か今下……」

「ねー。ウダウダやってないでさっさとこの城陥落さない?」

「管理会社に問い合わせてみたらどうだ?」

「さっきから電話してるんだけど、全然繋がらなくて……」

もしかしたら、見た目が現代版の城なだけで、中は普通なのかもしれない。

その可能性に賭けて、一旦四人はここに入ってみることにした。

「っしゃらァ!!　城攻めじゃい!!」

気合の声を吐きながら、先駆けとしてイン子が城門に突っ込んでいく。

――同時に、城門の自動ドアが開き、中から腕を組んだカップルが出て来た。

「猥の波動ォォォォァァアアアア――――――――ッッ!!!」

天地をひっくり返されたかのように、イン子は背中側から地面へと倒れ込む。

「むしろこの城の雰囲気から猥の波動を感じ取れなかったのか」

「これイン子さん大丈夫なの……？　何かの病気とかじゃなくて……？」

「身体は無事　頭はお察しだ」

「時折——……イン子さまはこのように突如として崩折れるのです」

茉依がイン子のこのふざけた発作を見るのは初だった。

もっとも茉依は全然驚いてもいないし、言うほど心配もしていなかったが……。

「……なんなのぉ……」

青い空を見上げて、イン子はいきなりの猥の波動に当惑していた。

今更だがこの建物からは猥の波動をプンプンと感じる。

城であることにテンションを上げすぎていて気付かなかったのだ——


城の内部、一階部分は小さなエントランスホールとなっている。

正面には受付、壁の一面には部屋番号と小さなライトがセットで付いていた。

意味はよく分からないが、部屋番号によってライトが点いていたり消えていたりする。

受付は最低限会話が出来るだけの穴しか空いておらず、受付人の姿は分からない。

パチ屋の景品交換所みてえだな……とイン子はぜえぜえ言いながら思った。

「うっぷ……。猥の波動めっちゃ濃いじゃんここ……。なんで……？」

「外観からは想像出来ませんでしたが——……面妖な雰囲気が漂っております」

「説明するのも面倒だし、とりあえずあるがままを受け入れてくれ」

「受付で訊いてくるね。多分場所が違うだろうから、その時はさっさと出よう！」

茉依が受付の方で色々と会話し、持参の書類などを見せている。

そして機械的な動きで戻って来ると——掌を上に向けて差し出してきた。

「……部屋の鍵をいただきました……」

「やっぱここなのか⁉」

「わ、分かんないんだよ！　でもすごいスムーズに話が進んだから……！」

「合ってんならそれでいいじゃん。あたし休みたいから早くして」

言うまでもないが人外二名は城の存在を知らない。（淫魔なら知っとけと和友は思う）

そして人間二人は城になど入ったことがない。

オフィス候補を見に来たはずなのに皆で城へインする——謎だった。

「城なのに微妙に廊下狭くない？　こんなもんなの？」

「俺に訊くな……。今下なら分かるんじゃないのか」

「ふふ……二十楽くんは今わたしの手汗を見たらドン引きすると思うよ」

「お拭き致しましょうか、茉依さま？」

「大丈夫だよありがとね乃艶さん……」

城は8階建てで、茉依が受け取った鍵は309号室の部屋だった。

靴を脱いで中へ入ると——まずはクソでけえベッドが出迎えてくれた。

「ベッドでっか！　宿屋じゃんここ！」

イン子がいきなり大の字になってベッドにダイブする。

ぼいんぼいんと先輩が跳ねるのを見て、乃艶も真似をしてベッドに跳んだ。

「………。オフィス……？」

「お、お昼寝に使うんだよきっと!!」

「その言い訳は苦しすぎるぞ……。というか部屋の間取り図とかは？」

「これだけど……」

寝具や家具の有無があるものの、部屋の間取り自体は確かに図と同一である。

「……。どうするんだ？」

「管理会社へ確認の電話が繋がるまでは…………滞在で」

「…………ご休憩…………」

「うまいこと言わないでね……」

単に時間を潰すだけなら、ビジネスホテルとそう変わらないだろう。

和友と茉依は一脚だけある二人掛けのソファに並んで座った。

「おっ！　冷蔵庫にコーラと水とお茶入ってんじゃ～ん！」

ベッドで転がり倒した後に部屋の物色をするイン子。

備え付けの冷蔵庫があったので当然開き、ペットボトルのドリンクを取り出している。

「勝手に飲むなバカタレ！」

「ちゃんと存在をあんたらに周知した上で飲むからセーフ」

止めた時にはもう遅く、イン子はコーラをぐびぐびと飲んでいた。

乃艶(のえ)には水を、和友(かずとも)にはお茶を放り投げる。

「飲んでも構わないのでしょうか――……？」

「おっけおっけ。つーか飲んで欲しくないなら普通冷蔵庫に入れないっしょ」

「たまに真理を突いたこと言うよね、イン子さんって……」

「まあ喉は渇いてるけど……。こういうのって会計時どうなるんだ、今下(いました)？」

「……。ねえ、二十楽(はたら)くん。さっきからどうしてわたしにちょこちょこ訊(き)くの？」

「いや、俺こういうとこ入ったことないから……」

「わたしもないんですけどぉ!?」

「え……？　ないのか……？」

「ないよ!!　初めてだよ!!　二十楽(はたら)くんどんな印象持ってたのわたしに!?」

「まあ……それなりの……」

何がどうそれなりなのかは濁しておいたが、ニュアンスは茉依に伝わったようだ。

かなりムッとした顔で和友を睨んでくる。失言だったと今更気付いた。

「いいよいいよ。どうせわたしは性欲激強の女ですよ。ご存知のように！」

「そこまで言ってないぞ……」※存じてはいる
「おーいカズ！　マイ！　ノエ！　ちょっとこっち見て！」

険悪な雰囲気になりそうだったが、いつの間にか姿を消していたイン子の声がする。

声がした方を三人は振り向くと、突然イン子の姿がガラス越しに映った。

「このボタン押したら風呂場丸見えになんだけどｗｗｗ　バカじゃねｗｗｗｗ」

風呂場に入ったイン子は、ガラスのスモーク機能のオンオフを繰り返していた。

「バカはお前だろ……」

「摩訶不思議な光景です。茉依さま、どうしてあのような機能が――……？」

「だからわたしに訊かないでよぉ!!　いじめなの!?」

「そっ、そのような心積もりは毛頭ございません！　不用意な発言でした……」

「ああいうバカが楽しむ為の機能って思えばいいんじゃないか……」

「おもしれ～ｗ　こんなの風呂入ってる姿を見せたいやつ以外使わ……ん……？」

自分の発言に何かを感じ取るイン子。尻尾がピンっと張った。気付いたのだ。

この機能は笑わせる為に存在するのではなく、エロス目的だとしたら……？

「アアア————————ッッ!!!」

ガラス越しに風呂場でひっくり返るイン子の姿がハッキリと見えた。

「介護する時使えるのかもな……この機能」

「お風呂場って危ないもんね……」

「和友さま、茉依さま。こちらの小袋は何でございましょうか？」

ベッドのヘッドボードには、ティッシュ箱と共にもう一つ何かがトレイに置いてある。

それに興味を持った乃艶は、一つ手に取って二人へと見せた。

数センチ四方の大きさで、個包装された、一見するとガムでも包んでいるかのような——

「捨てなさいそんなものは!!」

慌てて和友が乃艶からそいつを取り上げた。

「え？　菓子類のように思えるのですが——……がむ、のような」

「一文字違うんだよね……」

「あんまりイン子みたいにあちこち触るんじゃないぞ、乃艶」

そう咎めつつ、和友は己のポケットにガム（の遠い親戚）をサッとしまい込んだ。

じーっとその様子を茉依が一部始終見ている。

「……二十楽くん。それ元の場所に戻さないの？」

「え？　あ、いや、ちょっとこう……研究サンプルとして……」

「こういうアメニティを勝手に持ち帰るのはどうかと思うな」

「俺……一回も実物を触ったことないから……今下と違って」

「だからわたしもないんですけどぉ!?　失礼しちゃうよホント!」

ぷんすか状態の茉依も、残っていたブツをシュッと回収して内ポケットに入れる。

茉依は別に興味がないとは言っていない——そういうことである。

「油断も隙もない宿屋ねここは……。あー疲れた」

やつれ気味のイン子が戻って来る。ベッドへぼふっと倒れて横になり、乃艶を顎で使った。

「おーいノエ、そこのテレビのリモコン取って」

「はい、イン子さま」

「やめといた方がいいぞ……」

部屋には薄型液晶テレビが備え付けられている。

さも観てくれと言わんばかりだったので、イン子はリモコンの電源ボタンを押した。

『Ｏｈ!　ＯｈＹＥＳ♥　ＹＥＳＹＥ「オ——————ッッ!!!」Ｃｏｍｅ　ｉｎ!!』

——電源を入れた途端、パツキンの白人美女がバルンブルン揺れている映像が流れ出す。

こういう場所のテレビは、標準的に有料チャンネルが設定されていることが多い。

無論、お互いの気分を高める為で、運営側からの厚意である。

まあイン子からすればテレビを点けた瞬間に腹パンされるようなものであるが……。

予想外の猥の波動により、口から泡を吹いて白目を剝き、イン子は気絶する。

「だからやめとけって言ったのに……。乃艶、リモコン貸してくれ。消すから」

「…………」

テレビと和友を見比べ、乃艶は無言でリモコンを茉依にパスした。観たいようだ。

「おい……!!」

『シィイイーッ　シィイイイーッ』※洋モノ特有の猥の呼吸・壱の型
「別にこんなの今観なくていいだろ……。今下、リモコン貸せ……或いは消せ」

「…………」

茉依は素直に和友へ応じる。リモコンを黙って和友へと渡した。

溜め息と共に、和友はリモコンの電源ボタンを押すが、何も反応しない。

妙なリモコンの軽さも気になったので裏側を見てみると——電池が抜かれていた。

「お前ッ　この一瞬で……!?」

「リモコンは渡したよ」ドヤァ……

「そんな『出し抜いたったわ』的な顔をするな!!」

今更ながら、和友は思い出す。イン子を抜いた状態で乃艶と茉依が共に居るという意味に。

いつの間にか乃艶と茉依は二人で並んでテレビに釘付けになっていた。

こっそり手に入れたエロビデオを一緒に観る中学生男子を彷彿とさせる光景だ。

『YEEEEEEES！　Oh～～～♥♥　Ah（ブツッ）』

「「ああーっ！」」

和友はテレビの電源プラグそのものを引っこ抜いて、完全に元を断った。

シンクロするような声を二人は上げて、和友の行動に抗議する。

「かっ、和友さま！　このような――……生殺しでございます！」

「今いいところだったんだよ⁉」

「AVの今いいところって何⁉」

お前何しにここへ来たんだ――和友がそう咎めると、茉依は「あ」と正気に戻った。

同時に、茉依のスマホに着信が入る。画面には『大麻育子』と表示されていた。

「ごめん、ちょっと電話出てくるね」

「ああ」

和友と乃艶から離れ、部屋の入り口付近へ茉依は移動し、着信に応じた。

「……はい、今下です」

『うぃ～～～っす。どう？　その物件？　いい感じではないかね？』

「……やっぱり知っていらしたんですか。育子さん、最低です！」

『いや性欲の強い君にピッタリやと思てぇ‼　どうせ二十楽を連れ込んでンだろォ⁉』

「…………。連れ込んでないです。一緒に付いて来てもらっただけです」

『同じじゃボケェ!! 援交の言い訳か!! えっ、てかもう吸ったり吸われたりした後すか⁉』

「まだ何もしてないですっ!! こっちは真面目に物件探ししてるんですよ⁉」

『まだ? ひゑ〜〜!! 《沙散華》の未来予想図しゅごいぃ〜〜〜!! (椅子から転げ落ちる)』

「わたしをいじめる為だけに電話してるんですか……?」

『それもあるが、そうでもない。すまない、今下。部屋番号と間取り図に手違いがあった』

「えっ」

『309号室じゃなくて9、、、903号室だ。受付に話は通しているから鍵を貰い直せ』

「903って……あの、ここ8階建てじゃ?」

『その部屋は元々、退魔師が使っていた隠れ家だからな。一般客が立ち入る場所ではない』

「……。まずそういう施設に何で隠れ家作るんです?」

『ほら、退魔師って性欲強い連中多いから〜。利便性の追求的な?』

「育子さんぐらいですよそんなの!」

『ふっ、褒め言葉ですらあるな。……さて、最後に一つ教えておいてやるがね——』

「……?」

『——備え付けのコンドームは別に持って帰っても構わんが、分厚いのでオススメしない』

「もっ、もももももっ、持って帰りゅわけないでしょう⁉」

『粟、麦、稷……稗〜〜〜〜〜〜〜〜〜〜〜〜!! (階段から滑り落ちる)』

ドガシャァァァン！　と、凄まじい物音が電話先から響いた。

育子が全力でリアクションを取ったのだろう――茉依は無言で通話を切る。

「おかえり、今下。何か分かったか？」

「あまり優れた顔色ではありませんが――……」

「……。部屋番号、違うんだって……」

「は……？」


というわけで気絶しているイン子を叩き起こし、四人は部屋を移動する。

受付で鍵を貰い直して、ドリンク代６００円を茉依が支払った。

『――エレベーターで8階のボタンを5連打したら、9階に着く』

そう受付の人間に言われたので、8階のボタンを指示通り押すと――

「ほ、ホントに9階に着いちゃった」

「どうなってるんだこの城……」

「なんとも摩訶不思議な仕組みでありましょう――……」

「いいじゃんいいじゃん、隠れ家っぽくてさ～。あたしこういうの好き～」

エレベーターホールからは廊下が真っ直ぐに一本延びている。

突き当たりに扉があり、それ以外に扉はない。階段もない。９０３号室だけがあるフロア。

（非常時どう逃げるんだこの部屋……）

そんなことを考える和友（かずとも）だった。一方で茉依（まい）は鍵を差して扉を開き、イン子が突入する。

「おお〜〜！　広い〜〜〜！」

「思ったより……普通だな」

「ホントだ……。さっきの部屋と全然違うよ……」

部屋と部屋の仕切りとなる壁を取っ払っているからか、この部屋は広い。

更にはオフィスデスクとチェアも既に幾つか用意されていた。

ソファもあれば観葉植物もあり、シュレッダーにメタルラックも最初から完備。

外観からは考えられないほどに、内装がしっかりとしたオフィスだった。

「見てみノエ！　景色すっげーわ！」

「まあ……！　壮観な眺めでありましょう――……」

イン子がブラインドと窓を開くと、遠くに街の中心部が見える。

最上階だけあってかなりいい景観だった。そよ風も気持ちがいい。

「普通っていうか、ここ……かなり良くないか？　見た目はともかく」

「う、うん。予想外というか、予想以上だよ。オフィスここにしよっと」

「でも、結構するんじゃないのか？　家賃というか、テナント料というか」

「それが…………5000円なんだよね」

「ゴッ……安すぎるだろ⁉　毎月それだけでここ借りれんの⁉」

「……年間なんだけど……」

「絶対何かあるってここ‼　この階層で１０００人は死んでないとおかしい‼」

ニートの和友でも分かる相場の狂いっぷりに、しかし茉依は肯定的である。

「退魔師関連のアレだし、そういう……特別割引？　なのかも」

「大量虐殺が数回起こっていないと有り得ないレベルの安さだぞ……」

「な〜にウダウダ言ってんの？　おうマイ！　ここあたしの席ね」

デスクの上に座って、イン子が天板をバンバンと叩く。早速縄張りを作り始めていた。

「お前……野良犬でももうちょいニオイ嗅いでからマーキングするだろ」

「うっせバーカ！　あんたの席ねェから‼」

「席も何も、ここは今下の会社だ。俺達は関係ないわバカタレ」

「あ、それなんだけど――二十楽くん、わたしと一緒に働いてくれないかな？」

「………。へ⁉」

さらりと茉依が――和友にすれば――とんでもない提案をしてきた。

あまりに突飛であることは茉依も分かっていたのか、すぐに手を振って訂正する。

「そ、その、別に正社員とかじゃなくて、バイト的なお手伝いだよ⁉」

「だとしても唐突過ぎないか……⁉」

「きみのやりたいことが見付かるまででいいから！　ねっ、お願い！」

複数の狙いが茉依にはあった。そもそも和友を今日呼んだのも、勧誘する為だ。

「いやでも、俺そういう退魔師関係のこと一切知らないんだが……」

「別に知らなくてもいいよ！　むしろ、大事なのは理解度だから！」

「理解度……？　異形の存在への？」

「うん。人とは異なる存在に対する理解がある人って、あんまり居ないので……」

茉依がちらりと視線を移す。その先に居るのは二名の異形。

ヘンテコクソバカ淫魔と妖怪の飛縁魔。それらと上手く暮らす、ニートの青年。

本人に自覚がないだけで、和友はもうとっくに――普通側の人間ではなくなっていた。

そしてそんな人間を味方につけることは、茉依のやりたいことにとって重要なのだ。

和友は悩んだが……そもそも自分を必要としてくれる人間が居ること自体がありがたい。

「……ま、暇だしいいか。応援するって言ったしな。俺でよければよろしく、今下」

「やった！　これからよろしくね、二十楽くん！」

飛び跳ねて茉依が喜んでいる。野球以外でこうも自分の能力を求められたのは初だった。

もっともそれは和友の解釈であり、茉依の狙いはもう一つある。

（これで二十楽くんと一緒の時間増えるばい！　オフィスラブとよ～～♥♥）

この心の声を育子が聞いたら、屋上から飛び降りるほどのリアクションを見せるだろう――

「んじゃあたしが組織のトップで、次にマイ、その次にノエ、奴隷がカズね」

「……え⁉」

さも当然のようにイン子が話をまとめた。思わず茉依が上ずった声を出す。

「ちょっと全体的に猥の波動が気になるけど広いし、ゴロゴロするにはいい感じだし～」

「ま、待って。別にイン子さん達も雇うと決めたわけじゃ……」

「おあ⁉　あたしへの恩義を忘れたんか貴様ァ⁉　かつて拳を交わし合った仲ぞ⁉」

「それ本気で死ぬかと思ったわたしのトラウマ候補なんだけど⁉」

「ノエとあたしを仲間外れにするってんの⁉　ひっど　えっぐ　泣きそう　泣いてる」

乾いた表情でイン子は泣き真似をした。乃艶もぼそりと声をこぼす。

「乃艶も――……ばいと、というのをしてみたく存じます……」

「お前らな……。今下は遊びで起業するわけじゃないんだ。困らせるな」

「……い、いいよ。それじゃあ二人も雇います……」

根本的に押しに弱いというか、人が良すぎる茉依の性格が出た。

「いいのか⁉」と和友は驚くが、改めて茉依は頷いた。

「理念を考えると、これが当たり前の会社にしたいから」

二人を受け入れることはしても、拒絶だけはしない。そういう理念がある。

「茉依さま――……身を粉にして尽くしますゆえ、よろしくお願い致します」

「あたしの名刺？　とかいうの作っといて。ババアとかメウに見せたいから」

「あはは……すぐ作ります」

「本気で困ったならイン子についてはすぐクビにすべきだと思うぞ……」

名刺、という単語を耳にして、しかし和友も思い当たることがある。

「……そういえば、社名とかって決めたのか？」

「『Pイン子様と愉快な仲間たち　～烈風319Ver～』でいいじゃん」

「お前は黙っとれ!!」

屋号となる名称を決めなければ、そもそも会社として始まらない。

流石に茉依の個人名義ではないだろう。こほん、と茉依は小さく咳払いした。

「社名は、《サザンカ》って名前にしたんだけど……どうかな？」

「サザンカ――……花の名称でありましょうか？」

「うん、そうだよ。と言っても、元々はわたしの討名なんだけど」

「討名……って何だ？」

「えっと、退魔師のコードネームみたいなのかな。業務中は大体こっちの名前で通すの」

「アホみたいな集団ね」

「イン子さんのそれもわたし達からすれば討名みたいなものなんだよ!?」

真名、つまり茉依にとっての『今下茉依』がそうである。

これを異形に知られると、何かと不都合がある。捕捉されやすい、術に使われる、などだ。故に退魔師は真名を隠して討名を使う。遥か昔からの決まり事だった。

一方イン子も淫魔の文化的理由（?）から真名を隠して和友にイン子と名付けさせた。

よって退魔師がアホみたいな集団なら、イン子はただのアホという図式が成り立つ——

「まあ何だっていいからさっさと名刺作れオラ!!　自慢してェのよ!!」

「これ以上なく肩書きだけが欲しいんだな……」

「まだ色々準備があるから、実際に業務を動かすのはもうちょっと先になるけど——」

改めて茉依は三人の顔を見る。

「——その時になったら、みんなの力を貸してね？」

人と異形を繋ぐ企業、《サザンカ》。その始まりに連なるは、人間二人と異形二名。

この会社がやがて、人と異形の在り方を変える——かどうかは、誰にも分からない。

「まあとりあえずめでてぇから今からマイは何か奢りなさいよ。部下に優しくしな！」

「イン子さんわたしの上じゃなかったの!?」

「奢られる時だけ下!!」

「エレベーター並に上下する立場だな……」

「ばいと——……楽しみでございます」

《第十五淫　終》

《第十六淫＊BBQ淫魔》

SUCCUBUS AND NEET R18

「バーベキューがしたい」

「……王手」

「まあ——……どうしましょう」

「バーベキューがぁぁ〜……」

助走をつけてイン子は走り込み、将棋盤にスライディングをぶちかました。

両者の駒が衝撃でバラバラと吹っ飛んでいく。

「した〜〜〜〜〜〜〜〜〜〜〜〜〜い!!」

「「…………」」

が、和友と乃艶は無言で駒を拾い集め、先程までの盤面を完全再現した。

多少の妨害では最早動じない。どちらも記憶力がそこそこ良かった。

「…………」

イン子はふう、と息を吐く。そのまま無言で将棋盤を枕にして仰向けに寝そべった。

この状態では盤上が一切見えない——が、乃艶は集中しており、構わず一手指す。

ぺち、と桂馬がイン子の額に乗った。

「む……。そう来たか」

「簡単に負けるわけにはいきませんゆえ――……」

驚くべきことに、二人はイン子の顔面を透過した上で盤面が見えていた。

二人の視線をあえて可視化するなら、イン子の顔面上にマス目が見えるのだろう。

ベチィ！　と、和友が気持ち強めにイン子の右頬へ金を打つ。

「ふんッッッ」

腹筋の要領でイン子は起き上がり、顔面の駒をぶっ飛ばした。

そして和友のスマホを拾い上げ、無理矢理顔認証のパスを突破し、通話機能を起動する。

電話先は――琥太朗だった。

プr『おいっす。どうした、和友?』

「はっや!!　お前らそういう選手権にでも参加してんのかぁ!?」

『うげ……姐さんじゃないっスか……。何スか……?』

明るい声音から一転して、死ぬほど嫌そうな声で琥太朗が応じた。

「勝手に俺のスマホを使うなバカタレ!!」

こういう余計な部分については、イン子は異様な習熟速度を見せる。

そして無視すればいつか諦めると思ったが、それも想定が甘かった。

「イン子さま――……不撓不屈というお言葉がよく似合うお方です」

「この根性だけは見習うべきものがあるな……。腹立つけど……」

「コタ‼　あたしバーベキューしたいんだけどぉ⁉　準備して‼」

『えーっ……いつっスか？』

「今日か明日！」

「無茶苦茶言うんじゃない……」

『んじゃ明日は日曜だし明日でいいっスかね？　やっとくんで』

「おう。細けえプランはカズに言っといて。んじゃ」

「何でオーダーに応えられるんだよ琥太朗も‼」

そのツッコミが琥太朗に届く前に、イン子は通話を切ってスマホを和友へ返していた。

バーベキュー……川なり山なり海なりで肉なり野菜なり魚なりを焼くなりするアレである。

案の定乃艶がこの単語を知らなかったので、和友はそう教え込んでおいた。

「野焼きに――……ございますね？」

「いや全然違うぞ……」

「やっぱコタは使えるわ〜。舎弟からあたしの右腕に格上げしてやってもいいレベル」

「格下げだろ……。いきなりバーベキューがやりたいとか何なんだお前は……」

イン子曰く――この前愛羽と一緒に河原をチャリで爆走していた時のこと。

その際河川敷でバーベキューをしている連中を見たらしい。

そして普通に「バーベキューやりて～」と考えた。以上!!

「あたしも向こうでよくバーベキューやってたから、それ思い出したのよね」

「お前の世界にもあるんだな、バーベキューって。そういうの無いとばかり」

「外で何か焼く文化なんざ世界の数だけあるってことよ。自惚れんなタコ!!」

「あァァァ――――した大雨になァァ――――――あれッッ!!」

「やめッ……やめろ!!　好晴を願え!!　ノエェ!!」

「黒南風に　涙あふるる　イン子さま　　乃艶」

「意味分かんねェけどてめェ今何か雨乞いっぽいこと言ったろ!?　泣かす!!」

ギャーギャーと今日も三人は騒がしかった――

＊

というわけで、翌日。イン子の執念が勝りめちゃくちゃ快晴だった。

場所は多目的グラウンドのある、いつもの河川敷だ。

「若い子たちの遊びにおばさんなんかが参加していいのかしら？」

「当たり前じゃ～ん。バーベキューはみんなで楽しむものだからママさんも来なくちゃ！」

参加者の中には久遠那の姿もあった。二十楽家からは四人全員参加である。

「あっ、こんにちは！　今日はよろしくお願いします！」

「ちわーっす。今準備してる途中なんで、もうちょい待ってて下さい」

集合場所では琥太朗と茉依が既に器材の準備を行っていた。

二人共久遠那の姿を認めると、その場で頭を下げて一礼する。

「まいちゃんに、こたろうくん……先に準備させちゃってごめんね？」

「ははは、全然構わ「いいのよこいつらあたしの舎弟だから」小遣いくれてもいいんスよ？」

「わたしは戦友のはずじゃ……？」

「悪いな、琥太朗。今下も。すぐ手伝うから」

「おう。まあオレもこういうのお前とやりたかったたし、あんま気にすんなよ」

近くに琥太朗の軽トラが停めてあり、荷台にはまだ荷物が幾つか置いてある。

本当に一日で全部揃えたらしい——凄まじい琥太朗の実行力と言えよう。

和友は持って来た軍手をして、ひとまず荷を下ろしていくことにした。

一方でイン子は持って来たレジャーシートを広げ、そこに乃艶と久遠那と共に座る。

「キリキリ働けお前らァ！　この為に朝から何も食ってねェのよあたしは!!」

久遠那に膝枕してもらっている状態で、イン子がそう吠えていた。

行楽においてはしっかりと己の腹具合を調整するタイプの淫魔である。

「でもね、いんこちゃん。こういうのを手伝うのもとっても楽しいことなのよ？」

「乃艶も――……皆様に力添えしたく思います」

「けどあたしああいうのよく分かんないし～。知ってるヤツがやるのが一番じゃん？」

「そ、そう言われると困っちゃうわ……。お手伝いは大事なのだけれど……」

「いいよ、母さんはそこで待ってれば。何もしなくていいから」

大型のパラソルをレジャーシートの近くにザクッと刺して、和友が言った。

「普段仕事で疲れてるだろ。今日ぐらいはゆっくりするといい」

「かずくん……。じゃあ、お言葉に甘えようかな？」

「言うじゃねえのよ。ならカズ!!　ジュース三人分持って来な!!」

「それにどうせこのデカい粗大ゴミの世話で疲れるし」

小石を拾い上げて、和友はイン子の額に投げ付けておいた。抜群のコントロールである。

「ゴルァアア!!　ノエェ!!　あいつぶっ殺してこい!!」

「は、はいっ！　和友さま、乃艶にも何かお手伝い出来ることがありますれば――……」

イン子の指示（？）で、乃艶も準備に参加していく。とりあえず和友の横についた。

その光景を眺めながら、くすりと久遠那は微笑む。

「のえちゃんも、すっかり馴染んじゃったね。良かったわ♪」

「は？　そんな心配してたん？　ママさん」

「それは、もちろん。のえちゃん、とってもいい家柄の生まれだろうし……」

乃艶が家出娘である、というのも久遠那はやはり多少気掛かりのようだ。

それについては心配しなくていい、と和友達が言うので表に出さないようにしているが。

「家柄関係ある？　てかあたしも割とえーとこの生まれだから！」

「そうなの？　思えばおばさん、いんこちゃん達のこと何も知らないわねぇ」

「過去なんて今が楽しけりゃ無関係じゃ～ん。ママさん頭撫でて～♥」

イン子の発言には一理あると久遠那は思う。過去は無関係、確かにその通りだ。

嫌な過去をずっと引きずって生きていた自分や和友には、染み入る言葉でもある。

お願いされたので、久遠那はすぐにイン子の頭をとても優しく撫でてやった。

「――きれいな髪ね、いんこちゃん♪」

「でしょ～。淫魔だしぃ～」

ウへへ、みたいな汚い声を漏らしつつ、尻尾がゆらゆらと揺れた――

「洲垣愛羽ともうします！　本日はおまねきいただき、ありがとうございます！」

「おっすメウ！　やっと来たかぁ」

「いつの間に愛羽を呼んでたんだ……」

そろそろ焼き始める頃合いで、愛羽が現れ、そしてきっちりと挨拶していた。

かなり教育の行き届いている小学生であろう。育ちが良いらしい。

初顔合わせということで、琥太朗達も愛羽に名乗っていく。

「こたっちと、まいねぇと、くおなママだね！　愛羽のことは愛羽って呼んでくださ～い♥」

「姐さん交友関係マジ広いな……。パチー婆とも友達だったし……」

「イン子さんコミュ力だけはめちゃくちゃ高いもんね……」

上は老婆から下は小学生と、イン子の対人関係に二人は若干引いていた。

「さて、じゃあ始めるか。適当に焼いていこう」

「そだな。そっちのテーブルに紙皿とか色々置いてるんで各自でお願いしまーす」

和友と琥太朗で網の上へ肉や野菜を置いていく。

「あの、おばさま。お酒買って来たんですけど、一杯どうですか？」

「あら……それじゃ、一杯だけいただこうかしら？」

クーラーボックスから缶チューハイを取り出し、茉依が紙コップに注いだ。

それを久遠那へと渡すと、くぴりと口を付ける。「おいしい♪」と微笑んだ。

「二十楽くんも何かお酒飲む？」

「あー……いや、俺はやめとく。お茶にするよ」

「うん、分かった。持って来るね。仁瓶くんは？」

「オレも運転あるしコーラで頼むわ～」

「マイィィーッ!!　酒注げーッ!!　はよせぇーッ!!」

「まいねぇ、ジュースついで〜♥」

「ちょ、ちょっと待ってね!?　身体は一つだから!!」

レジャーシートに並んで座っているイン子と愛羽が騒いでいる。

既に給仕みたいなポジションに茉依が落ち着いていた。

「和友さま——……あちらの南瓜が悲鳴を上げております」

「ん、ああ……よっと」

乃艶に指示され、カボチャをひっくり返す。いい感じの焦げ目がついていた。

見張り番のように、じっと乃艶は網を監視している。

「……そんなに肩肘張らなくていいからな、乃艶？」

「ですが、万が一食材が焦げてしまった場合、取り返しが——……」

「いいのいいの、バーベキューって焦げてナンボだしさ。乃艶ちゃん真面目だなぁ」

「焼くのは俺と琥太朗でやるし、乃艶も向こうでイン子達と待っていいぞ」

「いえ——……乃艶は、和友さまのお傍でお手伝いしますゆえ」

半歩下がって、しゃなりと乃艶が頭を下げた。

琥太朗持参のアウトドアチェアに腰を下ろしている久遠那は、その様子を眺めている。

「二十楽くん、お皿とお箸と飲み物ここに置いておくね！　あ、タオル持ってるから！」

「悪い、今下。って、タオル……？」

スポーツタオルを持参していた茉依は、和友の額の汗を拭いてやった。

我が家の洗剤ではない匂いがする。ちょっと不思議な感覚だった。

「手術中かよ」

「自分で拭けるんだが……」

「いやー、ほら、ウチの野球部の女子マネってこんなことしてそうかなって……」

「それでも汗は自分で拭くって」

「てかオレらの野球部小さいから女子マネ居なかったぞ今下さん」

少しばかり照れた様子で、茉依はそそくさと場を離れていく。

久遠那はくいっと紙コップを傾けながら、その様子を眺めていた。

「お～。もう焼けてきてんじゃ～～ん！」

「そうだな。そろそろ食べ頃――」

網に接近したイン子は、恐るべき速度で肉だけ全部己の紙皿に載せていった。

あっという間に網の上は焼き野菜だけになる。

「っしゃオラァ!!　メウーッ!!　肉ぞー!!」

「わ～い♥　おねーさんのサイテーっぷりはともかく、おいしそ～♥」

「マナーとかそういうの守れバカタレ!!」

「山賊と変わんねえ……」

「たまに思うんだけど、イン子さんってほぼ犬みたいなところあるよね……」

カチカチとトングを鳴らして威嚇するように、和友はイン子へと近付く。

「少しはこっちに回せ……！　バーベキュー経験者なら分かるだろそのくらい！」

「は？　バーベキューって妹が準備して肉焼いてあたしが食って妹が片付ける行事だったし」

「おねーさんの妹って前世でなんかワルいことしたの？」

「お前の妹の不憫さはともかく、ここでは俺らのマナーに従え！」

「…………」

無言でイン子は皿の肉を一気に全部口の中へ入れた。

自制の利かないハムスターの如く、両頬が肉でパンパンに膨れ上がっている。

「羽と尻尾焼くぞバカタレが‼」

「（もっちゃもっちゃ……）」※喋れない

「イジきたないおねーさん、かわいい♥　のらいぬ♥　のらねこ♥　のらさきゅばす♥」

もういいわコイツ……と、和友は溜め息と一緒に焼き場へ戻っていった。

今や当たり前になった二人のやり取りを、久遠那は焼き野菜を食べながら眺めている。

そうしてもう一度酒をこくりと飲んで——脳裏に一つの事実が浮かび上がった。

（かずくんって今すっごいモテてないかしら……？）

本人が気付いているかは謎だが、親から見れば息子へモテ期が明らかに到来していた。

常に半歩下がって主人に付き従う、古風の良妻のような乃艶。

かつての同級生という枠を超えて、果敢にアタックしている茉依。

何だかんだ言って和友へかなり懐いている（ように久遠那は思う）イン子。

そして久遠那から見て、三人全員がとても可愛らしい女の子である。

さぞ息子もドギマギしていることだろう――そう思い、和友を改めて確認する。

「乃艶、まだそれは生焼けだから取るなよ。今下！　向こうの肉取ってきてくれ！」

（一生懸命に……お肉を焼いているわ……!!）

与えられた役目を忠実にこなすのか、和友はひたすら汗を流し肉と野菜を焼く。

周囲の可愛い子達へ何かしら心を惹かれる様子は――なかった。

（昔から生真面目だから……。今はバーベキューのことしか考えてないのかしら……？）

「二十楽くん、お肉取って――……うひゃあ！」

ビニール袋に詰められた徳用の肉を持っていた茉依が、小石に躓いた。

そのまま前に転びそうになるが、和友が上手く抱き止める。

「っとと……大丈夫か？」

「……あ……うん……」

ニートの割に厚い胸板に抱かれ、茉依は顔を真っ赤にしている。

和友は彼女をそっと離し、肉の袋を受け取り、一言。

「顔赤いぞ、今下。あんまり飲み過ぎない方がいいんじゃないか？」

「そ、そうだね。気を付けます……」


（あなたのせいなのよ!?）


その顔の赤みはアルコールなど関係ない――久遠那は思わず叫びそうになった。

曲がりなりにも女性を胸に抱いて、思うところが何もないのだろうか。

バーベキューそっちのけで、久遠那は刺すような目で息子を監視した。

「和友さま、乃艶もその――……とんぐ、を使ってみたく存じます」

「ん、ああ……予備はないから、俺のを使ってくれ」

乃艶にお願いされたので、和友は自分のトングを渡す。

かなりぎこちない感じで、乃艶は蟹のハサミみたいにトングを構えた。

「こ、こうでございましょうか……？」

「いや、持つところはもうちょっと真ん中ぐらいにしないと、挟む時苦労するぞ。ほら」

和友は——軍手越しだが——乃艶の手に自分の手を重ねて、覆うようにした。

そうして子供に教え込むように、一緒に手を握り、トングの使い方を教えている。

「こんな感じで、肉やら野菜をひっくり返してくれ」

「は、はい……」

頰を朱色に染めて、乃艶は小さい声で答えた。あまり説明は聞いていないように見える。

一方で和友は「これで分かっただろう」的な感じで満足していた。

(素でやっているの……？　それを……？)

これは……これはアレではないか？　久遠那の中に一つの確信が生まれる。

無意識的に女性を弄ぶような真似をする息子を形容する言葉。


(かずくんは……天然ジゴロの女たらしでスケコマシ……っ‼)


実子への評価としてはほぼ最低だった。

しかしある意味的を射ているであろう。和友は変に異性へ鈍感なところがあった。

現れた当初の乃艶のような、異様なほどの熱情には気付くが、日常的なそれには疎い。

茉依は高校の（性欲が強そうな）同級生で、乃艶は（性欲の強そうな）妖怪でしかないのだ。

イン子に至っては嚙んでくる犬ぐらいの印象しか持っていない。

野球漬けの青春時代と、以降の引きこもり生活は、歪んだ童貞モンスターを作っていた。

「和友、口開けてくれ」

「ん」

琥太朗は素直に口を開けた和友へ、焼いた肉を箸で突っ込んでいた。

もぐもぐと和友は網を見ながら咀嚼する。

「うまい」

「な」

（こたろうくん！？！？！？！？！？！？！）

すげえ光景を見たというか——もうほとんど夫婦みたいなやり取りだった。

久遠那は直感で理解する。この中で最も和友の心を摑んでいるのは琥太朗である、と。

勿論それは長年の友情から来るものなので、恋情とはまた別種だとはいえ——

「お前も食えよ、琥太朗」

「今手ぇ離せないから食わせてくれ」

「子供か……ほら」

今度は和友が琥太朗に食べさせていた。二人からすると特に何でもないやり取りだ。

（……友情なのよね……？）

しかし酔いが回り始めたからか、久遠那はその疑問を潰すことが出来なかった……。

「肉～肉肉～♪」

「……いんこちゃん、ちょっといい？」

「なーに、ママさん？　肉食べたいなら取ってきてあげるけど」

「かずくんと将来結婚してってお願いしたら……してくれる？」

「いやちょっとそれは……キツいですね……」

思わずイン子がそんな口調になるぐらい、唐突な願いだった――

＊

息子の（無意識的な）女癖の悪さに衝撃を受けつつも、基本は楽しい時間だった。

大体肉は焼き終わり、後はもうダラダラと過ごすだけである。

（結局かずくんは三人……いえ、四人の中で誰が一番好きなのかしら……）

そんなことを久遠那（くおな）は考える。自覚はなくとも、好意を一番持っている相手は居るだろう。

女の勘で、このまま和友（かずとも）がぼんやりしていると何かマズイことが起きる気がするのだ。

なので誰かとくっつくなら早めの方がいい――親としての願いである。

「ねぇねぇこたっち、なんか遊べるものもってきてないの～？　ヒマ～」

「あー、遊べるモンか。あるにはあるけど、ガキにゃ向いてねーかもなぁ」

そう言って、軽トラの助手席から琥太朗は何かを取り出し、持って来る。

使い込んだ野球のグラブと白球だった。数人分あるようだ。

「野球かぁ。愛羽、野球ってやったことないんだよね。まいねぇたちは？」

「わたしも全然……観ることは多いけどね」

「それが何であるかの知識すら有しておりません……」

「俺と琥太朗は経験者だな」

「そしてあたしに至ってはプロレベルの打者よ？　光速スイング見せたらァ!!」

「バットねーっスよ、姐さん。あと何でそんなすぐバレる嘘つくんスか……」

アホだからである――インア子は乃艶と愛羽、茉依にグラブを渡して自分も装着する。

グラブとボールがあるなら、やることと言えばキャッチボールだ。

「えーっ、愛羽グラブのつかいかたとかしらないんですけど！」

「の、乃艶も全く分かりません。これは……巨大な手を模したものでしょうか？」

「違う違う。グラブはこうやって、利き手と逆の手に――」

和友と琥太朗で、乃艶と愛羽にグラブの装着方法や使い方を教えている。

イン子と茉依はその辺を知っているので、先に始めることにした。

「っしゃ行くぞオラァ!!　魔球投げっから!!」

「ちょっ……！　わたしも初心者なんだけど……!?」

「消し飛べ!!」

到底キャッチボール時に発するようなセリフではなかった。

イン子の全力投球は正面に居る茉依へ——一切届かない。

むしろ離れて座っていた久遠那の方に結構なスピードで球が突っ込んでいく。

「バカタレーッ!!」

反射的に和友が横っ飛びし、ベアハンド※キャッチで何とかそれを捕球した。※素手で捕ること
「おにーさんすっご……」

「キャッチボールなんだから正面へ山なりに緩く投げろ!!　危ないだろうが!!」

「つーか姐さん死ぬほどノーコンだけど肩強えーな……藤浪※かよ」※琥太朗の好きな選手だぞ♥

怒られたイン子はしゅんとする——わけもなく、深刻な顔でぼそりと呟いた。

「あたしイップスかもしれんな……」

「絶対違うよ!?」

「今下!!　そいつ殺せ!!」

パワーはあるがミート力はゼロ、肩は強いが制球力皆無、それがイン子である。

能力値をレーダーグラフ化したら針山みたいになっていることだろう。

とりあえず和友と琥太朗で、全員に基礎から教えることにした。

「投げる時は腕じゃなくて肩から回すようにして、大きく投げてみてくれ」

「こう？　おにーさん？」

「日常においては取らぬ動きにつき、中々に難しく思います――……」

「狙ったところに投げるのって大変だよね……。投手ってすごい……」

「姐さんゆっくりオレに投「捕れるもんなら捕ってみろォ!!」ドッジボーラーだな……」

各々が楽しそうに遊んでいる。久遠那はそんな彼らを、目を細めて眺めていた。

少し前では考えられなかった。こうして、息子と一緒に外へ出ること自体が。

今もまだ、実は己が夢の中に居るのではないのかと思う。

（いんこちゃん、みんな、ありがとう――）

自分の人生を物語と呼ぶのなら、久遠那のそれはとうに終わっている。

そう考えれば、必要以上に傷付く必要がないから。

だが――生きている限り、物語に終わりはない。

「母さん」

和友が近くに寄って来た。目線を合わそうとしない。何か思うところがあるようだ。

「どうしたの？」

「あー……いや、その、嫌ならいいんだけど」

「……？」

「——キャッチボール、一緒にやらないか。昔みたいに」

出来の悪い作文を初めて見せるかのような、そんな恥ずかしげな所作で。

和友(かずとも)はグラブを久遠那(くおな)に渡し、そして久遠那(くおな)は受け取った。

終わりなく続く物語が、これからどうなるのかは誰にも分からない。

しかし、『今』だけを切り取って、もし評価を付けるなら——

「うんっ♪」

——二十楽久遠那(はたらくおな)は間違いなく、幸せの中にあることだけは、確かだった。

《第十六淫　終》

《第十七淫＊合コン淫魔》

『ごめん今下ちゃん！　合コン来てくれない!?　人数足りないの！』

「ええっ!?」

オニゲシメディカルの元同僚からいきなり連絡が来たところ、そんなお願いだった。

予想外のことに茉依は声が裏返る。

「で、でも、わたしちょっとそういうの……苦手っていうか……」

『大丈夫！　座ってるだけでいいから！　お願いっ!!』

元同僚曰く幹事を務めているのだが、欠員が出て焦っているとのことらしい。

合コンは人数を合わせてセッティングする――幹事としてはそこに穴を空けたくない。

辞めたとはいえ、別に同僚達と仲が悪いわけではなかったので、茉依に話が来たようだ。

「うー……。ほ、ほんと、座ってるだけだからね？　一次会で帰るからね？」

『全然それでオッケーだよ～。でも今下ちゃん彼氏居ないんでしょ？　これを機にどう？』

「大丈夫だよ……今すごくいい感じの人が居るので」※居ない
『そうなの？　ともかく、日時と場所は後で連絡するから！　ありがとねっ！』

嬉しそうな声音で、元同僚は通話を切った。はあ、と茉依は溜め息をつく。

頼まれると断れない――茉依の昔からある悪い癖だ。

（合コンて行ったことすらないとよ）

茉依の退魔師現役時代は忙しく、休みの日は家で寝てばかりだったので縁がなかった。

先程の元同僚は後方支援組、いわゆるデスクワークが中心なのでその辺りに強い。

同じ会社なのに部署や配属でえらい違いだったな……と茉依はぼんやり思う。

（あ、育子さんへ定期報告ばせんと……）

いつもの定期報告を行おうと、茉依はスマホを手に取る――


「そういやさ和友、ゆとりーズ一塁手の吉村って分かるか？」

「ああ。あんまり喋ったことないけど、捕球は割と上手いな」

琥太朗とキャッチボールしていると、そんなことを切り出してきた。

今日はゆとりーズと老害ーズの草野球試合の日だ。もう恒例行事になりつつある。

「吉村のツテで今度ゆとりーズで合コン開くらしくてさ、オレも誘われて行くんだけど――」

「ほう。案外やり手なんだな、吉村」

「――お前は来ないよな？」

「行く行く……って何だその誘い方は⁉」

いやむしろ誘われてねぇわ——琥太朗の意味不明な問いに和友は思わずボールを逸らす。

きょとんとしながら、琥太朗は不思議そうにこちらを見ていた。

「ん？　いやだって、和友そういうの興味無いだろ？　オレも似たようなモンだけど」

「無いわけ無いだろうが！　俺童貞だぞ⁉」

「それは知ってるけどさ……。え？　もしかして和友、合コン行きたいのか……？」

「行きたいって！　出来ることなら俺も彼女とか作りたいって！」

「そっかぁ。相変わらずマジで罪深い男だなぁ……。まーいいか」

色々と言いたいことがあった琥太朗だが、その全部を喉元で留めておいた。

こういうのも和友の魅力なのだろう。うんうんと一人で頷いている。

「んじゃ吉村に言っとくわ～。どうせオレら数合わせだし」

「何で彼女居ない俺達が既に数合わせ扱いになるんだ……？　ともかく、頼んだ」

というわけで和友は人生初合コンに参加することとなった。

なお、今日の試合は老害ーズの超妨害により、ゆとりーズの敗北である——

「「本日は皆様よろしくお願いしまーす！」」

個室居酒屋の一室で、女性陣側の幹事と男性陣側幹事の吉村が声を揃えた。

人数は幹事含めて5対5の合コンとなっている。

――が、和友と琥太朗は相手側の参加者を見て顔を歪めていた。

「今下……」

「今下さんじゃん……」

その中に見知った顔……茉依が参加していたのである。

「……ええー……」

なので茉依も口をぽかんと開けて、ほとんど放心状態だった。

「ではですね、今回はオニゲシメディカルの方々と我々……」

しかし幹事達にとっては知ったことではなく、挨拶を続けようとするが――

もぐもぐもぐもぐもぐもぐもぐ……。

――お通しとなる枝豆を一心不乱に食っている何かがそこに居た。

男性側参加者に紛れている、赤ジャージのコスプレ女、イン子である。

「食う前に話を聞けバカタレ」

「は？　だまれ」

和友が注意するが、イン子はそう一喝して枝豆をぷちぷちやっている。

「なあ……。どうして姐さん連れて来たんだ……？　合コン終焉んぞ……？」

「俺が連れて来たわけじゃない……。何でか知らんがあいつに予定が筒抜けだったんだ……」

どこで話を聞き付けたのか、イン子は和友が合コンをするということを知っていた。

正確には合コンという存在は知らないが、どこか外で飯を食ってくるという認識である。

久遠那の飯も美味いが、たまには外食でタダ飯も喰らいたい――……。

そういう欲望を持っていたイン子は、自分もその合コンとやらに行くことを決心。

そして開催日となる今日、ゆとりーズ側の参加者が一名謎の当日欠席。

穴埋めについて一塁手の吉村が悩んでいる間に、しれっとこうして参加していたのだ。

なので人数比はともかく、男女比は4対6とアンバランスになってしまっている。

なお、ゆとりーズの連中はイン子の凶暴性を知っているので、誰も逆らえない。

(((何で淫魔がここに……?)))

そして女性陣となるオニゲシメディカル側も、イン子の存在に面食らっていた。

曲がりなりにも退魔関連で働いている彼女達は、イン子の正体がすぐに分かったのである。

「と、とりあえず、後でちょっとしたゲームとかも企画してるので……」

「お互い自己紹介をしたら、楽しく食べて飲んで交友を深めましょう!」

「マイ~!　お酒飲みたいんだけど何か頼んで~!」

「…………」

幹事の司会進行をガン無視して、イン子が向かいに居る茉依に酒を催促した。

が、茉依はしれーっと目を逸らして、聞こえていないフリをする。

合コン相手の五人中三人が知り合いで、しかもその中の一人が同性の異形である。

その辺りの関係性を知られたくないという、茉依なりの抵抗だった。

「あ？　シカトかぁ!?　耳遠いんすかぁ!?　マアア――――――ウイッツッ!!」

茉依をネイティヴっぽくマウィと呼んでみるが、やはり応じなかった。

「ね、ねえ、今下さん。あの淫魔と知り合いなの……？」

「……ウウン、シラナイヨ？」

「目がもう泳ぎ切ってるんだけど!?」

茉依の横に居た元同期が小声で訊いてくるが、茉依は必死に誤魔化そうとした。

無視されてムカついたイン子は、枝豆のガラを茉依にポイポイと投げている。

「やめろって。大人しくしとけよ頼むから」

「は？　だまれ」

「それで俺への対応を終わらせるな!!　ぶっ飛ばすぞ!!」

「うっせえ!!　シカトぶっコイてるマイが悪いんじゃい!!　あたしは被害者ぞ!?」

「ジャイアンが被害者ぶる感じっスわ……」

「あのー、自己紹介を始めたいので、静かにしてもらえると……」

幹事から注意され、和友と琥太朗は頭を下げる。イン子はムスッとしていた。

既に雲行きが怪しい合コンだが、とりあえず自己紹介が始まる。

「……二十楽和友です。取り立てて良いところはありませんけど、よろしくお願いします」

和友は適当に自己紹介を済ませた。肩書きのない自分は合コン向いてないな……と思う。

が、女性陣はにわかに色めきだっていた。

「ねえねえ今下さん、あの二十楽って人かなり良くない？」

「そう？　あの人多分裏で100人は人殺してるからやめた方がいいと思うな」

「どういう根拠で⁉」

肩書きや経歴はクソゴミな和友だが、見た目だけはいい。むしろそれしかない。

そして茉依は和友がこういう場で無双可能な人間であると分かっている。

なのでとりあえず和友の評判を地に落とすのが今の茉依の最優先事項であった。

「若鶏の唐揚げ‼　たこわさ‼　イン子‼　フライドポテト‼　ビール‼　淫魔‼」

「木を隠すなら森の中みたいな自己紹介っスね……」

店員呼び出しボタンを超連打しながら、イン子が一応名乗っておいた。

男側は元々イン子がアレなことを知っており、女側はやべえ淫魔であることを理解する。

「そこの女！　あたしが今言ったのに加えてこのページにあるの全部頼んどいて！」

「いや、今回コース料理なんですが……。勝手に一人で頼むのは……」

「オフコォース‼」

「コースをキャンセルするみたいな意味合いで使うな」

早速幹事をコキ使うイン子。檻から逃げた猿の方がまだ理性的に行動しているだろう。

「どうせなら乃艶が来た方が遥かにマシだったな……」

「そういや乃艶ちゃんどうしてんの？　姐さんと一緒に来そうなものだけど」

「あー、いや、家で寝てる」

「寝てる？　随分早えーな。まだ19時過ぎだぞ？」

「最近早寝遅起きなんだよ、乃艶。疲れてるのかもしれん」

こちらの暮らしに馴染み始めて、今ようやくその反動が来ているのかもしれない。

元々は奈良県の山奥に居たのだから、そういうこともあるだろう。

「あの、二十楽さんって趣味とかありますか？」

段々と飲み物や料理が運ばれて来た頃合いで、参加者の一人が和友に声を掛けた。

いきなり趣味を問われ、和友は少し困惑しつつも応える。

「えーっと……野球、です」

「観る方ですか？　やる方ですか？　あたしも野球好きなんですよ～」

(嘘くせぇ)

冷ややかに琥太朗が分析していた――

「観るのはたまに……やる方が好きですし、得意です」

「バットで人を殴るのがだよね？」

「今下さん!?　急にどうしたの!?　初対面の人だよ!?」

「いや殴らんわ」

ぬるっとした茉依の余計な一言に、思わず和友はツッコミを入れる。

暗黙の了解でお互い初対面を装っているが、茉依はじっとりと和友を見張っていた。

「何で邪魔するんだ今下……」

「さあ、どうしてだろうな？　オレらが邪魔なんじゃね」

適当に琥太朗が――その答えは知っているが――返事した。

一方で和友に話し掛けた女性は、茉依へ苛立ちを露わにしている。

「ねえ、今下さん。狙ってる人が同じなのは分かるけど、それフェアじゃないよ」

「………。ごめんなさい……」

叱られると普通に反省する素直さはある女だった――……。

「うぇ～い、飲んでるかぁ、マイ～～？」

席移動の時間はまだなのだが、イン子が勝手に動いて茉依にウザ絡みを始めた。

既に顔は赤くなっており、右手には生ビールのジョッキを握り締めている。

「あの、イン子さん……って方、初対面ですよねわたし達？」

「はぁ～～～？　のーみそがそのでけぇ乳に移動したんかあ⁉　オォン⁉」

「バーベキューの時より酔ってんな姐さん……」

「泣き上戸とかじゃなく、酔うと真っ当にウザさだけが倍増するのもムカつくな……」

ド直球のセクハラを受けている茉依は、嫌そうな顔でイン子を押し退ける。

が、イン子は押したら倍以上の力で跳ね返ってくるような超反発枕系淫魔だ。

腕を強引に茉依の肩へ回し、うへらうへらと笑っている。

「お酒臭いよイン子さん……。飲み過ぎだってば……」

「こいつぅ、あたしの戦友だから～。一緒に殺し合ったのよね～～♥」

「ご、誤解です。殺されそうになったから抵抗しただけです」

（あんまり変わらんぞ今下……）

酔ったイン子は茉依のグラスも勝手に飲み干し、唐揚げを幾つか素手で掴む。

「あ～～～ん♥」

「あぁぁ……んんんん……」

イン子が唐揚げを一気に全部茉依に頬張らせた。かなり無理矢理に。

頬が膨らみ、リスっぽい見た目に茉依が仕上がる。ちょっと可愛いと和友は思った。

「おいちぃ？　あいやおいちぃに決まっとらァ!!　褒めてぇ♥」

「（ごくん）え、えらいね～、イン子さん」

「声が小せェわ!!　横のお前も一緒に言え!!　讃えよあたしを!!」

「ええ!?」

茉依のみならず、隣に居た元同期すら巻き込んだ鬱陶しさの大爆発だった。

それを眺めながら、琥太朗はぼそりと呟く。

「今下さんって菩薩の生まれ変わりじゃねえの……？」

「俺ならもうあいつ殺してるわ……」

そう考える和友だが、ここまでやられても茉依はイン子を許しそうである。

（ホント良いやつだな……今下って）

結果としては和友から茉依への好感度は割と上昇した――


「ごっめ～～～ん★　遅れちゃっぴ～～～～★★★」


――いきなり部屋の扉が開き、誰かが飛び込んで来た。

短めの黒髪ショートカットがよく似合う、ビジネススーツ姿の美女。

年齢は見た目だけではよく分からないが、自分よりは上だろうと和友は直感的に思った。

遅れて来る参加者が居るとは誰も聞いていない。無論幹事も知らない。

が、オニゲシメディカル側の参加者は、全員声を揃えた。

「「「大麻室長!?」」」

「育子さん!?」

㈱オニゲシメディカル　第一開発部　開発課　商品開発室　室長――大麻育子。

茉依の直属の元上司であるその人が、まさかのサプライズ参戦!!

「いや誰だよ……」

「確か今下の元上司だったはず……」

琥太朗は謎の闖入者に顔をしかめ、和友は一応聞き覚えがあることを思い出す。

そして酔っぱらい淫魔は育子の顔をひと目見て――

「オロロロロッロロロロロロロロロロロロッロロロロロロロ!!!」

「イン子さん!? だっ、大丈夫!?」

「いやあああああーっ!?」

――茉依の服にイン子はいきなりゲロを吐いた。史上最低の行為であろう。

悲鳴を上げたのは茉依の同期だが、茉依はむしろイン子の背中をさすっていた。

「もう聖母の生まれ変わりだろ今下さん……」

「むしろ人間じゃないのは今下のように見えてくるな……」

「わッ、猥の波動ってレベルじゃない……猥の塊じゃんソイツ……」

ビクンビクンと蠕動するイン子。これまでで一番ダメージを受けていた。

そのイン子曰くの猥の塊――育子は、冷ややかに淫魔を見下す。

「育子さん！　その、今は――」

「大丈夫だ、今下。それが何かは見れば分かる。第一、仕事上がりに仕事などしない」

それより……と、育子はぐるりと部屋を見渡す。

一塁手の吉村、琥太朗、和友、その他一名と順繰りに視線を移し——そして。

「ちゅき♥♥♥♥♥♥♥♥♥♥♥♥♥♥♥♥♥♥♥♥♥♥♥♥♥♥♥♥♥♥」

音速で和友へと肉薄した育子は、強引にその腕へ抱かれるようにして入り込んだ。

飼い犬ならば可愛らしい光景だが、成人以上の女性がやるそれは不気味ですらあった。

「ちょっ……育子さん⁉　なんばしょっとね⁉」

「ねえ、誰なの室長呼んだの……？」

「誰も呼んでないよ……。てかあの噂ってホントだったんだ……」

大麻育子！　またの名を合コン荒らしの育子‼

突如として社内の誰かが開いた合コンに現れ、男を漁るだけ漁って去っていくという！

それはまさに荒らしにして嵐！　肉欲の爆弾低気圧‼　成人向けゲリラ豪雨!!!

なお、どれだけ隠しても絶対合コンに現れることから、一部では化け物扱いされている‼

「ね～え？　おにーたんのお名前おちえてく～だちゃい♥」

「……二十楽和友です」

「あーっ！　《沙散華》から聞いたことあるぅ～♥♥　これは運命の生乳首ッッッ」

恐るべき速度で育子は和友の服の中に手を入れて、片方の乳首を指でつまんだ。

「うわぁ⁉」

「育子さ「うるせェぞゲロ女ァ‼　はよ洗ってこいよそれをォ‼　臭ァァ‼」はい……」

二面性があるというレベルではなかった。人格が多数あるのかもしれない。

一喝された茉依はすごすごとトイレへ向かう。ついでにイン子も連れて行った。

「はァ〜ぁ、イケメンのスメル子宮にクるわぁ……♥　おいお前ら！　生中一つ‼」

「「「は、はいっ‼」」」

「姐さんの生き別れの姉妹とかじゃねーのかこの人……」

琥太朗はもう辟易していたが、和友が困っているのは見過ごせなかった。

「あのー、大麻さん？　でしたっけ。和友嫌がってるんで離れ――」

「君は巨根か？」

「は……？」

「巨根なら構わんが、巨根じゃないなら君のようなヒョロ助は私の範囲外だ　失せろ」

「マジ意味分かんねえんスけど、それ以上やるならセクハラで警察呼びますよ」

「呼べよ勝手にさァ‼　その警官が巨根なら万々歳じゃ‼　婦警なら殺す‼」

「オレ姐さんより嫌いだわこの人」

「俺も……。さっきからずっと乳首イジってくるんだが……」

育子はまだアルコールが一滴も入っていないのにこれである。

むしろ何かキメてからやって来たのかもしれない。名前も名前だから……。

「大麻室長。あたし達真面目に合コンやってるんで、そういうのは……」

「3570戦中6298勝0敗——これが何か分かるか、総務課の田澤」

「え⁉　い、いや、全然……」

「私が合コンで男を持ち帰ってヤった回数だ」※まともに考えないでください　育子はまともじゃないので
「バケモンじゃん……」

琥太朗の直喩が光る。まさに歴戦の猛者……育子の貞操観念はとっくに枯死している。

これでも社内では権力者だからか、育子が来たことによって女性陣は萎縮していた。

「あの、大麻さん。いい加減離れてくれませんか……」

「えぇ～？　育子って呼んでぇ♥　育子もズッ友きゅんって呼ぶからぁ♥♥♥」

「呼びませんし、呼ばなくていいです……。離れて……」

全然育子が離れない。万力のような握力で和友の服にしがみついている。

この怪物じみた力の強さもイン子を彷彿とさせる。アレな連中は総じて怪力自慢なのか。

「大麻室長、二十楽さん嫌がってますから……」

「黙れ経理課の村井。いいか？　合コンのコツは狙撃にある」

「は、はあ」

「男が選り取り見取りであると考える内はまだ素人だ。ベテランは最初から一匹しか狙わん」

「人を匹で数えるのはどうかと思います、室長……」

「合コンのベテランって響きほど虚しいモンもねーな……」

さっさと彼氏作って結婚でもしろよ……と琥太朗は思ったが口には出さないでおいた。

育子は合コンの最初から最後まで、徹底して標的を一人に絞り狙い続ける。

終始その毒牙を個人へ剝き続けるというわけであり、今回においては和友が獲物だった。

「だからぁ〜。お前らズッ友きゅんに色目使ったら前線にトバすぞ　上長権限で」

「「「ひっ」」」

職場の上下関係をそのまま合コンに持ち込む——最低の上司であろう。

狙った獲物は絶対逃さない上に、他の障害は全排除するのが育子の流儀だった。

「ね〜え？　この後ホテル行くぅ？　それとも育子のおうち来るぅ？」

「自分のおうちで……」

「行っていいんスかぁ⁉　ツピュウゥウゥ！（口笛）　誘うじゃん‼」

「いや帰らせて下さいって意味なんです……」

「マジで大麻さんいい加減に「君は巨根か？」初手それで入るのやめろ‼　ムカつくな‼」

育子は生ビールのジョッキを引っ摑み、飲む……ように見せかけてわざとこぼした。

バチャっと和友の下腹部から股間辺りにビールのシミが出来てしまう。

「うわ！　冷たっ！」

「ごっめ～～～ん!!　こぼしちゃっとぅあ～～～♥♥」

「ぶっ掛けたって方が正しいスよ……」

「拭いたげるね～♥♥」

ジュゾゾゾゾゾゾゾゾゾゾゾゾ!!!　ヅヅ……ヂュルルルルルルルル!!!

シミになった部分に吸い付いた育子は、おぞましい音を立てて乾燥を試みた。

「拭いてないですよ!!　吸ってますよ!!」

「合コンで鳴らすなよンな音!!」

「ぷはッ　あ～ひじき酒うッま……」

「ひじき酒て」

「オレ初めて聞いたぞそんな単語……。トコトンやべーなこの人……」

「大丈夫だよ、ズッ友きゅん♥　育子のおくちはダイソンより吸うから♥」

「カービィか何かですか？」

確かに服の一部分はもう乾いていた。人間乾燥機として芸能界でやっていけそうである。

育子は続いて和友の股間部分にダイソンしようと——

「いやそこは流石にダメですって!!　やめて下さい!!」

「ここが一番ウマいんスわぁ!!　濃いのよ味が!!　ダイソンもそう言ってる!!」

「言ってねえよ」

キュイイイ……と、育子の口部からは既に人間を辞したような音が漏れ出ていた。

これで股間を吸われるのは、様々な意味でヤバそうである。

「……育子さん。いい加減にしてください」

「い、今下……。たすけて……」

手洗いより戻って来た茉依が、額に青筋を立てながら育子を引き剝がそうとする。

だが十年単位の油汚れよりしつこい育子はまだ離れようとしない。

「やめろ今下。私は君に怒っているのだが？」

「知りませんよそんなの！　育子さんが怒られるならともかく！」

「いや貴様こんな上物を独り占めしてたやろがァ!!　共有財産ってご存知!?」

「こうなるのが分かってたから伏せてたんですっ!!」

和友の名前などは育子に教えた茉依だが、顔写真だけは送っていない。

付き合いが長い為、茉依は育子が超肉食系であることを知っていたからだ。

「——今下。男の価値とは何か言ってみるがいい」

「な、なんですか急に。性格とか内面じゃないんですか？」

「はいブーッ!!　正解はちんぽの大きさと身長と顔ですわ!!　君大丈夫!?」

「大概の人間はあんたより大丈夫だよ」

「さ、最低ばい……こん人……」

ハイパー外面主義が育子の価値基準だった。

育子理論でいくと、和友は身長と顔の基準を満たしていることになる。

なので残る知りたいことはたった一つ——たった一つのシンプルな答えだ。

「ズッ友きゅんのチン長おせ～て♥　通常時と臨戦時♥♥　及び平素の剝け具合も♥♥」

「余すとこなく知ろうとしないで……。そもそも測ったことないです……」

「大体オレも一部しか知らねえことをあんたなんかが知れるわけねえよ」

「年長者として恥ずかしくないんですか育子さん!!　わたし達と干支が一回り——」

「おい干支の話を私の前で出すな!!　殺すぞ!!」

3●歳の花盛り（自称）な育子に、若者から干支や年齢の話をするのはタブーである。

どついたろかコイツ——育子がぷんすかと茉依へ怒った、その時だった。

バシャッ……。誰かのお冷が、育子の顔面にぶち撒けられた。

ぽかんとして育子は顔を上げると——そこには一淫の異形が。

「…………」

クソ以下のド汚物を見るような目で、イン子は冷徹に育子を見下す。

無言で育子は立ち上がり、グビッと生ビールを口に含んだ。

ブーッ!!

そしてそれを悪役レスラーの毒霧攻撃のように、イン子の顔面へと噴く。

両者共に肩から上がずぶ濡れの状態で、ただ無言で睨み合った。

「「…………」」

イン子は育子の鼻の穴に絞った後のレモンを突っ込む。

育子はイン子の鼻の穴に誰も食べないパセリを突っ込む。

ポンッ……という間抜けな音を立ててそれらが同時に地面へ落ちた瞬間、両雌が吼えた。


「「こいつ殺す!!!」」


ボグシャア!! イン子の右拳と育子の右拳が交差し、互いの顔面に突き刺さる。

「い、イン子さん⁉ 育子さん⁉」

淫魔ではなくイン子という個体に限っての話だが、育子はとても危険である。

猥の塊と称した育子は、そこに在るだけでイン子の身体を蝕む毒と化すからだ。

己に一生危害を加えてくるモノを排除したいと思うのは、生物として当然である。

そして育子という女は、そもそも淫魔というか異形全てが大嫌いだった。

今は茉依という可愛い元部下の手前、イン子を見逃しているだけに過ぎない。

が、こちらに危害を加えてくるのなら討滅する。退魔師として当然である。

「全身からクソみてェなニオイがプンプンすんのよあんたは!!　死ね!!」

「テメェも全身からゲロのニオイしかしねーわ淫魔(ゴミ)が!!　殺す!!」

早い話が——イン子と育子(いくこ)は水と油では喩(たと)え足りないぐらいに、相性が悪かった。

ジョッキで頭を打ち付け、皿で顔面をしばき、醤油(しょうゆ)をぶっかけ合う。

ルール無用のバーリ・トゥード開催に、店内がにわかにざわめき始めた。

「ちょっ……!　姐(ねえ)さん!!　やばいって!!　喧嘩(けんか)はマズイっス!!」

「やめろイン子!!　(ホントはちょっと気が晴れたけど)　やめろ!!」

「育子(いくこ)さん落ち着いてぇ!!　お店の中なんですよ!?」

男性陣全員でイン子を、女性陣全員で育子(いくこ)を押さえつける。

が、それら全てを振り回す勢いで、イン子も育子(いくこ)も止まらなかった。

「闘牛かこいつらは!!」

異形であるイン子はともかく、人間なのに育子(いくこ)もアホみたいに強い。

というかイン子と素手で互角に渡り合うなど、最早(もはや)人間の範疇(はんちゅう)を超えているだろう。

流石(さすが)は茉依(まい)の元上司なだけあると、和友(かずとも)はどこか他人事(ひとごと)のように考えた。

「「殺(ヤ)アアアアア————ッッッ!!!」」

「狂暴化したちいかわみてえだな……」

半ば呆(あき)れ気味に、琥太朗(こたろう)のツッコミが虚(むな)しく響く。

一方で幹事はもうどうしようもないと考え、警察に通報していた――

「またお前か……。いい加減しょっ引くぞ……」

「ケンカは良くないであります！　仲良くしましょう！」

げんなりした鬼怒と、厳しい表情の美晴が店外でそう咎める。

イン子、和友、琥太朗、茉依、育子以外の全員は二次会に行ってしまった。

お前らとはやってられんわ、二度と合コンに来るな――全員そんな顔をしていた。

当然店からも出禁である。弁償がないだけまだ情があると言えよう。

和友達も被害者側なのに一纏めにされているのは若干理不尽ではあるが。

「いやケンカじゃねェし。この後殺すからコイツ」

「コイツみたいな淫魔を殺すのが私の仕事なんだがね」

「……ああ⁉」

「仲良く！　するのであります‼」

「バカにはバカが引っ付くモンだな……。大麻さん、貴方社会人ですよ？」

「そうだ。因みに歳の割にめっちゃ出世してるぞ私は。歳の割に‼（若年アッピル）」

「じゃあもっと規範的な行動を心掛けて下さい。名刺を見る限り、管理職でしょう貴方」

「てか君めっちゃ私の好みだわ～。この後ホテルどう？　あとチン長おせ～て♥」

「な、ななな、何を言っているのでありますかあなたは!?」

「うるせェ婦警は黙ってろ殺すぞ!!」

「こっ、怖いであります!!」

「もう署まで来いお前……!!」

鬼怒が育子を強制連行していく。育子は一瞬だけ振り返り、和友に向けてウインクした。

「ズッ友きゅん、ばいちゃ★　近い内にまた会おうね♥♥」

「嫌です」

断固拒否だった――……。

「では本官もこれにて。イン子氏、もう我々の世話になっちゃダメでありますよ？」

「おめーらが勝手にあたしを世話してくるだけじゃん」

「増長した犬のような思考っスね……」

「犬猫なら可愛いんだけどね……」

「いつもすみません、町尾さん。明日保健所に連絡しておきますので」

「殺処分までは求めてないのでありますが……」

ともかく美晴も去っていく。何とか急場は凌いだと言えるだろう。

はあ、とイン子以外の三人が大きく溜め息をついた。

「仕事の上ではね……本当にすごいし、頼れる人なんだよ……」

「それを補って余りあるモラルの低さはどうなんだ……」

「マジぶっ殺してェわあいつ。あんなのがあたしの街に居るって考えただけで吐き気する」

「姐さんの中では街すら己のモンなのか……」

四人はとぼとぼ歩き出す。全員かなり疲れていた。

「……今下、送っていくよ。琥太朗はイン子と先に帰っててくれ」

「え、えええ⁉　ど、どうしたの急に⁉」

和友は琥太朗に目配せする。ああ、と琥太朗は大体察した。

(今下さんにクリーニング代渡すんだな……。罪深いことするわマジで)

イン子が居ないところで和友は茉依へフォローするつもりのようだ。

帰り道は別方向なので、そのままイン子と琥太朗、茉依と和友で別れた。

ピューピューとのんきに口笛を吹きながら、イン子は琥太朗に語り掛ける。

「いやー、でもまあ割と合コンっての自体は楽しかったわ。よくぞあたしに教えた、コタ」

何故イン子は合コンのことを知っていたのか？　それは、琥太朗がこっそり教えたからだ。

「……まあね。やっぱオレ思うんスよ。和友に女はまだ早ぇなって。オレで充分だなって」

「は？　こっわ……」

――育子よりもイン子よりも、本当に恐ろしいのは――……。

《第十七淫　終》

【重要機密資料　飛縁魔（社外秘）】

異形種別：日本固有種・妖怪

危険度：Ｓ級認定（最優先駆除種）

外見的特徴：平時は人間とほぼ同一、飢餓時※印字の薄れで読めず※の発現
雌型のみ存在し、雄型の個体は未確認　又、総じて美貌を有す

能力的特徴：淫魔種と近似　以下にその特徴を記す
吸精による人間種の捕食　妖術遣い　格闘戦は不得手
男性への圧倒的優位性（魅了）　人間の強制発情（性差問わず）

種族的特徴：淫魔種と異なる　以下にその特徴を記す
圧倒的支配欲　男、特に為政者に寄生することを好む
同種同士による生活共同体の発足、拡大

異種間による生殖を行わず、同種間にて生殖を行う
精気に対する依存度　生存に必須とされる
対話による人間種との共存は不可（これは淫魔種も同様と思われる）

備考：編纂時における日本国内の飛縁魔分布は、奈良県の一部と福井県の一部にのみ存在
天保十二年、当時の退魔師と飛縁魔の間で大規模な闘争発生　鎮圧後、談合が成立
飛縁魔の一切が共同体外へ出ることを禁ずる　尚、編纂時現在も監視継続中
その禁を破った際、日本国内全退魔師の威力を以て殲滅する旨も了承済
但し、談合の効力は日本国における元号が十度変わるまでとした

《以下、編纂者の飛縁魔に対する私見及び雑記につき、真偽については熟考されたし》
日本古来の淫魔種と折り合いがつかず、過去にその全てを国外へ追放したとされる
我々人間に性欲が在る限り、それを操る淫魔種及び飛縁魔は真の意味で人の天敵である
政治のみならず、退魔師も男性社会につき、両種の危険性は言うに及ばず
前者は関与する所では無いが、少なくとも後者については女性退魔師の育成が急務
結論、今後も飛縁魔が人間社会より隔絶され続けることを強く願うものである——

俺がそのガキと出会ったのは、ほとんど偶然みたいなものだった。

別に目的があったわけじゃない。ただ、立派な建造物だとは前々から思っていた。

冒険心ってやつかもな。俺は、そのでけえお屋敷にこっそり潜入してやった。

まあ、つまらない場所だった。どこを見ても女しか居やしねえ。

その目を掻い潜り、俺は屋敷の最奥、陽の当たらない陰気な場所まで辿り着いた。

まだお天道様は空の真上って時なのに、ここは真夜中ってぐらい真っ暗だ。

さて、こういう場所を何と呼ぶのか。牢獄？　座敷牢？　何でもいいや、関係ねえ。

「――誰か、そこにいらっしゃるのですか」

「……！」

ビビったぜ。こんな草木の一本も生えねえような場所に、誰か居るってのか。

俺は最大限警戒し――いつでもトンズラこけるよう――その声の主に近付く。

夜目は利く方だ。じゃねえと生きてけねえからな。

――まだ年若い女のガキだ。俺は不思議に思い、声を掛けてみた。

「お嬢さん、ここで何してんだい？　どんな酒樽も腐るような暗所だぜ？」

「何をするとは――……どういうことなのでしょうか？」

「おっと、悪いね。俺ぁオツムが良くねえ。そういう問答は他所で頼む」

「畏まりました――……では、そのように」

変なガキだな。全部が全部変だから、どれか一つだとも言えねえ。

俺はこいつへ聞こえるように、大きく溜め息をついた。

「奥にお宝の一つでもありゃあ、搔っ払ってやろうと思ったが……ガキ一人じゃな」

「おたから——……とは？」

物を知らねえガキだ。こんな所に詰め込まれてるのなら、お察しか。

「大事なモンだ。それが何かはそいつによる。誰だってそいつが欲しいのさ」

「貴方さまは、とても物知りなのですね」

「そいつは違うぜお嬢さん。俺より物を知らないあんたがおかしいんだ」

「そうなのでしょうか——……。あの、もう少しだけ、お話をしても？」

「構わねえが、俺ぁコソ泥みたいなもんだ。機を見たら出て行くぜ？」

それでもいい、とガキは頷いた。コソ泥の意味は分かっちゃねえだろうな。

ただ、正直な話——俺は奇妙な安心感を覚えていた。

何かにってわけじゃない。この女と会話を交わすことそのものに、だ。

その内俺は気付くんだが……結局、俺にとってのお宝は、このガキだったのさ。

「ここは奈良県の山奥だ。それ以上のことは俺も知らねえ」

「奈良県の——……山奥」

「ああ。どこを見ても山しかねえぞ。ちらほらとこういう屋敷はあるがな」

もう何度目になるだろうか。俺は今日もガキに会いに来ていた。

ザル警備な屋敷だから、ここに辿り着くこと自体は容易だ。

俺のハナクソみてえな脳みそよりも、このガキは無知である。

そして誰かに何かを教え込むのは、それなりに快感を伴う。

そういった理由もあって、俺は足繁く通っている。笑えるな、通い妻かよ。

「あの――……今日は、貴方さまへお渡ししたいものが」

「どうした、藪から棒に。催促した覚えはねえぞ」

「おたからの話を聞いて、ずっと考えておりました。我が身の宝とは何か、と」

ガキは深刻な顔付きでこちらを見ている。俺は黙って促した。

「それは、我が身そのものでありましょう――……」

「はあ？」

「何も持ち合わせておりませんゆえ、我が身を捧げます。どうぞ」

そうすることで、俺に何かを報いることが出来ると考えたらしい。

恐らくは、初対面の時に宝が欲しいと俺が言ったことを覚えていたのだろう。

俺は最大限呆れたような声を出して、ガキを制した。

「いらねえって。俺の身には余る……っつーか、欲しくもねえモンはお宝じゃねえ」

「おたからとは、それぞれ異なるものなのでしょうか——……？」

「そうだ。例えばだ。こいつは、俺が今朝拾ったどんぐりだ」

取り出したそれを、俺はガキの方へ転がしてやった。

物珍しそうに、ガキはどんぐりを拾い上げては手で弄んでいる。

「俺はこいつの使い方を知ってる。よって俺にとっちゃお宝みてえなもんさ。だが——」

あんたにとっちゃただの木の実でしかない——俺はそう言おうとした。

が、ガキは瞳を文字通りガキみたいにキラキラさせていたんだな、これが。

「どんぐり——……未体験の心地です」

「ええ……。どんなガキだよ……」

「これが、貴方さまのおたからでありましょうか——……？」

「まあ……そういうことにしとく。そんなもん、外では無限に転がってるが」

奈良県の山奥だしな。が、ガキがそれを知らないってことは、そうなんだろう。

この闇の中から出たことがない——ってことだ。

憐れだと素直に思う。同情する。誰だってこいつにそう思うはずだ。

この屋敷の連中以外は、だろうが。ああ、と俺は嘆息した。

「やるよ、俺のお宝。お嬢さんがこの先どうなるかは知らねえが、気が向いたら集めな」

「そんな、何もお渡しせずにただ受け取るだけなど——……」

「もう充分受け取ってるからいいのさ。俺ぁ毎日暇でね、それを潰せる礼だよ」

「ありがとう――……ございます」

ガキは笑った。晴れやかに笑った。こんなクソ暗い場所で、お天道様みたいに。

「……っ!!」

――そして、倒れた。「へ?」と、俺は間抜けな声を上げた。

「……ぁ……ぁ……」

呻いている。いきなり過ぎて頭が追い付かねえ。どうしたんだ、こいつは。

倒れたガキが、顔を上げた。青白い光が――眼光が――俺を捉えていた。

嵐の中、濁流に放り込まれた心地だ。俺の本能が全てを察する。

そうなったらもう、どうやっても助からねえのさ、と。

「……そうだよな。普通に考えりゃ誰だって分かる」

屋敷の人間は誰もここに近寄らない。ガキはじゃあ普段何を食ってんだ?

正解は一つだ。何も食っちゃいない。

「――ここの屋敷の連中は、お嬢さん含めて、人間じゃねえんだな」

それも……最初から薄々分かっていた。当たり前なんだよ。

ただ、俺は嬉しかったんだな。そんな経験なんて普通は出来ねえから。

ガキが俺を捕らえる。今度は眼光じゃねえ、肉体的にだ。

「おかしいと思ってたぜ、ったく」

もう俺の声はガキに届かないだろう。諦観は過ぎると覚悟ってものに変わる。

そしてその覚悟は、相手への情が含まれると、多分……慈愛ってものになるのかな。


「いいぜ。お嬢さん――いや、乃艶（のえ）だっけか。俺を食えよ」


腹ァ減ってんだよな。しゃあねえんだよ、俺もたくさん仲間のそれを見てきた。

強いものが弱いものを喰（く）らう。自然の摂理に善悪はない。事実だけしかそこにはない。

「ただ……俺を食うからには、少しは幸せになりな。短い間だが楽しかったぜ、今日まで」

死が俺へと近寄る。今更だが泣き叫びたくなった。我慢したが、小便はチビッた。

なあ、乃艶（のえ）。これは覚えておいた方がいいと思うが――

「――人間（ふつう）は、栗鼠（リス）と会話出来ねえんだ。当たり前のこと、知らなかったろ？」


ばつん。

《真・最終淫＊縁魔対淫魔》……

——肉食うたんや。そろそろやのォ。

＊

「……ッ⁉」

飛び起きた。時刻は真夜中——全てが夜の闇に沈む時間帯。

ぜえぜえと己の息が上がっている。和友（かずとも）は、自分の胸に手を当てた。物凄（ものすご）い心拍数だ。

「なんだ……今の」

——悪夢は悪夢でも、本当にあったかのようだった。ただの夢では終わらないような。

暗い座敷牢（ざしきろう）の中で、和友（かずとも）は誰かになっていて、そして最後は死ぬ。

いや、殺されたと言うべきだろうか。やけに物騒な、リアルな悪夢だ。

「ふごご……。こ、ころす……。あいつころす……」

ベッドの上ではインコが寝言をほざいていた。これはこれで悪夢を見ていそうである。

「……乃艶」

夢の中に居たのは、多分乃艶だ。今よりも少し幼かったが、間違いない。

和友は黙って立ち上がり、部屋を出て、乃艶の私室へと向かう。

少しだけその扉を開いて――乃艶が眠っていることを、確認した。

彼女がどこかに行ってしまったのではないか。そんな胸騒ぎがしたが、杞憂だったようだ。

（……俺を殺したのは……）

乃艶である。が、所詮は自分が勝手に見た夢の中の話だ。

現実の乃艶が何かをしたわけではない。なのに、薄ら寒いものを和友は感じる。

彼女が来て初日のことは、何も解決していない。原因も理由も分からないままだ。

今更になって、自分は不安定な状況下に居るということを認識する。

導火線に火の点いた爆弾が、実はずっと二十楽家の中で膨らみ続けている可能性――

「……違う。乃艶はそんなやつじゃない」

悪夢のせいで情緒が不安定になっているのだろうか。

和友は、かぶりを振って雑念を追い払った。乃艶が怖いものであると思いたくなかった。

朝になれば、また朗らかに乃艶は笑っている。それを早く見たい。

そうしなければ、どうしようもないくらいに、この不安は燻り続けてしまうから。

「――ええ穴やなぁ。ナンボで買うたん？　その倍値でわたいに売ってや」

「⁉」

自室に戻ると、カーペットの召喚陣から誰かが――異形が――現れていた。

乃艶よりも豪奢な和装姿で、陣の縁に腰掛け、膝から下はそこに浸かっている。

足湯でもしているかのような状態だ。まだ出て来たばかりなのかもしれない。

「……乃艶、の……母親」

イン子とも乃艶とも違う。圧倒的な上位存在から放たれる威圧感。

これまでの経験が無かったら、和友は口を開くことすら出来なかっただろう。

そして、本能的に口にしたその推察は――どうやら正解だったらしい。

「兄ちゃん頭ええのォ。娘が懐くだけありますわ。アレは賢しらやさかい」

「……初めまして、二十楽和友と申します。娘さんを、一時的にお預かりしています」

「――ホンマに優秀やん。ナメた口利いたら殺したろ思てたのに、気ィ逸れたわ」

召喚術の天分があるからか、和友は異形への対応力に、純然に優れていた。

１００人中１００人はここでミスを犯す。『下』であることに気付かないからだ。

先程見た悪夢も好影響しているだろう。和友は、己の弱さを正しく理解している。

「わたいは乃艶の親……せやな。同胞はわたいをこう呼ぶから、兄ちゃんもそう呼び」

すう、とそれは息を吸う。部屋の空気が一段薄くなった気がした。

「――ドス縁魔と……！」

（流行ってんのか……？　その呼称……）

ドス淫魔という先例があったので、和友はそんなことを思った。

その先例に基づいて考えるなら、ドス縁魔とは飛縁魔達のトップなのだろう。

どういう偶然か、イン子も乃艶も偉いさんの子、というわけらしい。

「分かりました、ドス縁魔さん。そう呼ばせて頂きます」

「おう。まあ楽にしぃや。別にもう取って食わへんて。兄ちゃん気に入ったし――」

「死ねボケ!!!」

「――変なんもう一匹飼うてるし」

ベッドから飛び跳ねて、イン子は蹴りをドス縁魔へと叩き込んだ。

が、ドス縁魔は片手でそれをひらりと受け流してしまう。

「イン子――……」

その先の言葉が潰れるぐらいには、和友は威圧された。

既にイン子はジャージではなく淫魔フォームになっており、瞳が赤く発光している。

今の蹴りも冗談の類ではない。恐らくドス縁魔を蹴り殺す算段で放ったのだ。

一瞬でそう切り替えねばならないような相手——イン子が本気になる敵。

「ちッ……。オカンとガチ喧嘩してる時の感覚だわ。クソ強いじゃんコイツ」

「淫魔てまだこの国におったんやな。知らんかったわ」

「ああ⁉ 掃いて捨てるほどおるわい‼」

「そこまでは居ないと思うぞ……」

「つーか他淫がぐっすり寝てる間にその領域へ入り込むとか、殺されてェみたいね」

バキバキとイン子が拳を鳴らす。が、ドス縁魔にはまるで通じていない。

「ほんだら普通すぐ気ィ付くやん。よう寝こけとったさかいに、罠かと思たで」

「うるせーッ‼ 夜は寝るもの‼ 種族関係無し‼」

「淫魔はどっちか言うたら夜行性やろ。わたいが見たことあるんは全員そうやったぞ」

「そいつらがおかしいだけじゃい‼」

「いや確実にお前だおかしいのは……」

もしイン子が夜行性だった場合、夜中うるさいハムスター並に安眠妨害効果があるだろう。

「——ともかく、この家のモンに手を出したら殺す。理解したなら失せろ」

「出来もせんのに言いおるやん。イカツいな～、自分。警察呼ばな」

「呼ぶなあんな小うるせえ連中‼」

「いや世話なったことあるんかい！　どんな淫魔やねん！」

互いに殺気立っている割に、漫才みたいなやり取りだった。

ケラケラと薄く笑うドス縁魔は、無抵抗を示すように両手を挙げる。

「そも、わたいはまだ何もしてまへんがな。娘の留学先をちょお見に来ただけやて」

「はあ？　娘？　オイ勝手にあたしの親に名乗り出んな!!　知らんわてめェなんざ!!」

「どう考えても乃艶の親に決まってるだろバカタレ!!」

「めっちゃアホやん」

完全に毒気を抜かれたのか、ドス縁魔は一周回って感心していた。

これがイン子の策略ならば大したものであるが……まず間違いなく素だろう。

「ホンマ、挨拶に来ただけですねん。これ一っぽっちも他意はありまへん」

「嘘くせえわね。大体母親って存在は娘に嘘つくもんなのよ」

「それはお前の家庭だけじゃないのか……？」

「ただまあ、こっちも多少なり言うとかなアカンことある思て」

こほんとドス縁魔が咳払いした。たったそれだけの所作なのに、風格がある。

「――娘を自由にさせたって下さい。親からの願いは、それだけなんですわ」

「自由……？」

「そんなもんてめェに言われなくてもノエが勝手にするわい!!」

「それもせやな。ほんだら話は纏まったっちゅうことで。ほなさいなら〜」

とぽん……。水面に沈むような音を立てて、ドス縁魔は召喚陣に吸い込まれていく。

波打つ陣もやがて単なるカーペットの模様に戻り、ようやく和友は大きく呼吸をした。

「し……死ぬかと思った。ドスの付く異形って生で見たらあんなんばっかなのか……？」

「は？　何の話？」

イン子はどうやらドス縁魔の名乗りを聞いていなかったらしい。

というわけでそういう名称であることを和友は教えておいた。

「更にあたしのオカンっぽくてもっとムカつくわ……！　カズ!!　陣に塩撒け塩!!」

「効果あるのか？」

「知らん!!」

「お前な……」

でも何もしないのも怖かったので、とりあえず和友は陣の真ん中に盛り塩をしておいた。

それを見てようやくイン子はジャージ姿に戻り、ベッドに大の字で寝転ぶ。

「は〜寝よ寝よ。おやすぅ」

「あっさりしすぎだろ……。もうちょい考えることとかないのか……」

「何であたしらがノエの事情について悩ふごごご……すぴぴ……」

「お前になりたいってたまに思う」

生きやすい性格をしているにも程がある。和友はとりあえず目を閉じた。

朝起きれば、また何事も無かったように日常が始まる。

自分達の生活はそれでいい。それだけでいい。甘ったるい、夢想だった。

＊

「おはようございます――……和友さま。すぐに朝餉の支度をしますゆえ」

「あ、ああ……ありがとう、乃艶」

「うふふ。のえちゃん、いつもありがとうね♪」

翌朝。最近遅起きだった乃艶だが、今日は久遠那と共に早起きしたようだ。

乃艶は朝食の準備――久遠那が作った味噌汁などを温め直すだけだが――を始めた。

その姿を、紅茶を飲みながら笑顔で久遠那は眺めている。

（……別に、変わった様子はない。乃艶は、いつも通りだ）

和友は安堵する。昨晩見た奇妙な夢と、そして乃艶の親であるドス縁魔の襲来。

それらが何か嫌なものをもたらすのではないかと思ったが、今の所は杞憂である。

甲斐甲斐しく乃艶はぱたぱた動き回り、和友の前に配膳した。

今更ながら、イン子と違って乃艶は久遠那の家事をなるべく手伝うようにしている。

「かずくん、いんこちゃんは？　まだおねむなの？」

「おねむというか爆睡というか……」

「起こして差し上げた方がよろしいのでしょうか——……？」

朝飯のタイミングで、イン子は一度起きて来るのが常だ。

しかし今日はまだ起きて来ない。昨夜眠っている途中に起こされたからだろう。

それが分かっている和友は、ひとまず「ほっとけ」とだけ返しておいた。

どうせ空腹でそのうち目を覚ますに違いない。味噌汁をずず、と啜りながらそう考える。

「………………」

「……？　どうした、乃艶？」

乃艶からの突き刺さるような視線にすぐ気付く。

朝食を食べ進めていた和友は、一旦お椀と箸を置いた。

「い、いえ！　その、美味しそうだなと——……そう思いまして」

「もう乃艶は母さんと先に食べたんじゃないのか？」

「足りなかったのかしら？」

食い意地が張っているのは無論イン子で、乃艶はやはりそこも真逆で食が細い。

なので他人が食べているものを羨むというのは珍しいことだ。

和友はだし巻き卵を手頃な大きさに箸でカットし、乃艶の口元へ寄せた。

「ほら、あーんしろ」

「そのような、和友さま。乃艶のことなど、お気になさらず——……」

「遠慮するなよ。俺もそこまで腹が減ってないし」

（そういう問題じゃないのよ、かずくん……。そういう問題じゃないの……！）

非常に色々と息子へ言いたいことがあった久遠那は、あえて無言を貫き見守った。

遠慮した乃艶だが、いよいよ観念したのか、ぱくりと箸ごと咥え込む。

どちらかというと、だし巻き卵ではなく、箸そのものをねぶるような感じで。

「うまいか？」

「はい——……とても。満足です」

（ああ……！　息子へ女心というものを教えたいと思う日が来るなんて……!!）

やや伏し目がちな乃艶の感情など、恐らく和友には分からないだろうと久遠那は思った。

そしてそろそろ出勤の時間だ。久遠那は後ろ髪を引かれながらも家を出る。

……仮にイン子がこの場に居たのなら、唯一気付くことが出来ただろう。

乃艶は、朝食を見ていたのではない。それを食べる、和友だけを見ていた。

その意味を——和友と久遠那では、正確に理解することは出来ない。

乃艶自身すらも、今どうして己が満たされたのか、分からないのだから。

「——乃艶。散歩でも行くか」

洗い物を終えた乃艶に対し、和友はいきなりそう提案した。

「でしたら、イン子さまを起こしに——……」

「いいよ別にあいつは。二人で行こう」

「え？　は、はい。和友さまが、そう仰るのであれば」

特に何か外へ目的があるわけではない。単なる散歩なのだから当然だろう。

ただ、和友は己の裡にある漠然とした不安を、どうにかして拭いたかった。

故にこれは、鍵を掛けたか、ガスの元栓を締めたか、そういうのを確認するようなものだ。

普通に乃艶と散歩に出て、普通に戻って来る。いつものように。

これさえ済ませば、もう大丈夫だと——根拠はないが、和友はそう考えていた。

「本日も、良い天気でありましょう」

「そうだな。今は梅雨だから、晴れた日は珍しい」

カラッとした晴天だった。やや蒸し暑いが、散歩には向くと言える。

のんびりと二人は並んで歩く。行き先は定めていないものの、自然と公園へ向かっていた。

「俺、明日から毎日トレーニングの一環でジョギングしようと思っててさ」

「とれーにんぐとじょぎんぐ——……とは？」

公園内のベンチに座って一服しながら、そんな話題を和友は切り出す。

横文字に疎い乃艶は、トレーニングとジョギングの意味がよく分からなかったらしい。

「走って身体を鍛錬するってこと。他にも色々やる予定だけど、まあそっちはいい」

「素晴らしいことかと存じます。乃艶も陰ながら応援しますゆえ――……」

「いや、陰ながらじゃなくて、一緒に走らないか？　乃艶は自転車で」

いわゆる自転車並走によるコーチングだが、そこまでのことを乃艶には求めていない。

単に、乃艶も自転車にようやく乗ることが出来つつあるので、その練習である。

この提案に乃艶はぱあっと表情を明るくさせたが、しかし一転して肩を落とした。

「お気持ちは嬉しいのですが、乃艶は未熟です。まだ自転車へは恐怖心が……」

「気にするな。何があっても俺が支えるから、大丈夫だ」

乃艶は、痛みに弱い。それを自分が受けるのも他人に与えるのも、極力忌避する傾向にある。

ここもやはりイン子とは違う。性根が優しいのだろう、乃艶は。

だから和友は、（自転車が）怖いのなら自分が（物理的に）支えてやると、そう告げた。

「で、でしたら――……よろしくお願い申し上げます、和友さま」

一方で乃艶はもっと広い意味での支えと捉えたのか、少し気恥ずかしそうにしていた。

話はまとまっただろう。明日からやることが増えた。あの頃のように。

「一層精進を重ねなければ――……おや？」

ぴぴぴぴぴ、ちちちちち。数羽の雀が、乃艶の頭や肩を止まり木のようにして着地した。

直接見たことはなかったが、和友も乃艶の能力についてはイン子から聞いて知っている。

「そうでございますか。なるほど、有益な情報でありましょう」

「……マジで動物と話せるんだな。ぶっちゃけイン子のホラかと思ってた」

乃艶の、或いは飛縁魔の特殊能力。それがこの動物との会話である。

テレビでそういう能力者を取り上げることはあるが、和友はあまり信じていなかった。

が、他ならぬ乃艶が演技でそんなことなどしないだろう。何より、人間ではない。

「むしろ乃艶は、皆様が動物の方々と会話出来ないことが信じられません――……」

「人間がペットへ一方的に話し掛けることはあるけどな。で、雀は何か言ってるのか？」

「明日は雨天につき、本日我らは腹拵えを多めにしておく所存。貴姉も気を付けよ、と」

「え……？　雀ってそんな硬い喋り方してんの……？」

てっきり『おはようチュン！』とかそういうレベルのものを想像していたが違うようだ。

まだ何か雀達はぴちぴちと鳴いて、乃艶が応答している。和友はベンチを立った。

「飲み物でも買ってくる。何がいい、乃艶？」

「お構いなく――……もしくは、和友さまが選ばれたものなら乃艶は何でも構いません」

ある意味気楽に選べると言えよう。緑茶でいいかなと和友は思った。

……少し距離が離れた自販機から、改めて乃艶の方を見る。

身体に雀を乗せてベンチに座る和装の美人。妙にシュールな絵面だが、映えるものがある。

（そもそも、人間にそこまで寄って来ないよな、大体の動物って）

会話可能なだけでなく、動物とすぐ仲良くなれるというのも乃艶の能力なのかもしれない。

自販機のボタンを押しながら、和友はぼんやりとそのような考察をする。

——肩の雀を乃艶が引っ摑んだのは、ペットボトルが取り出し口に落ちたのと同時だった。

それが慈愛からの行為ではないことだけは、あまりの荒々しさからすぐに分かった。

乃艶の細指の中で、雀が苦しそうに藻掻いている。乃艶は、雀の頭部を己の口元に——

「……っ、乃艶!!」

飲み物のことなど忘れ、和友は大声を出しながら駆け寄った。

瞬間、乃艶はびくんと身体を震わせ、手を離す。雀達が散らばるように空へ逃げてゆく。

「……？　…………？　和友、さま……？　なにか……？」

「何か、って……覚えてないのか？　お前、今——」

そこから先を言葉にすることは、和友には出来なかった。ごくりと、唾と共に飲み込む。

「——いや、何でもない。多分、俺の気のせいだ。悪い、大きな声出して」

乃艶が、あまりに無垢な目をしていたから。自分の見間違いだと、思うしかなかった。

お前は今、雀を頭から食い殺そうとしていた……など、言えるはずもない。

「そう、なのですか？　しかし和友さま、少々顔色が——……」

「いいんだ。そろそろ家に戻ろう。あいつも、起きているだろうし」

急かすようにして、和友は乃艶を連れ立って家に戻ることを決めた。

……見間違うわけがないのだ。あのような乃艶を見るのは、これで二度目だったから。

不安を払拭する為の散歩は、結果としてそれを強めるだけだった。

「オギャアアアアアアア!! ホギャアアアアアアアア!! バブゥゥウウウ!!!」

「「ええ……」」

その後家に戻ると、玄関先で散歩にハブられた淫魔がでけぇ赤ん坊と化して喚いていた。

「飯――――ッッ!! おまんまバブゥウゥウゥウエア――――ッッ!!」

（コイツを見ていると何もかもが馬鹿らしくなってくるな……）

「イン子さま、すぐに支度致しますので、少々お待ちを――……」

日常の権化たるイン子のおかげ……とは考えたくない和友だったが。

少なくとも今日一日、これ以降何かが起こるということはなかった――

＊

――なァ、娘よ。そろそろエエんとちゃうか？

「……？　この声……おかあ、さま……？」

——もう充分やろ。楽しい楽しい家出旅行は終(しま)いにしよ。わたいを待たせんでくれや。

「あの、仰(おっしゃ)る、意味が——……」

——エエ加減、気付いたらどやねん。いつまでブッとんじゃ。

「気付く……？」

——お前、もうビチャビチャやんか。自分のヨダレで。

「びちゃ……びちゃ……？　よだ、れ……？」

——夢ン中やと身体(からだ)も正直やな。それでエエねん。後はそれを現実(おもて)で出すだけや。

「わかりません——……お母さまが、何を言っているのか」

——ホンマに分からへんか？　どんだけお前が阿呆(アホ)でも、流石(さすが)に気ィ付いとるやろ。

「………………」

——腹ァ減ったから、腹ァ一杯喰(く)いたい。ただそンだけのことくらい。

「それ、は」

——もうエエねん。お前誰に気ィ使(つこ)とんや。娘、お前は自由や。好きにやりや。

「すき……に……」

——頃合いやな。また迎えに行くし、盛大やろや。ほなな。

「乃艶(のえ)、は――……」

＊

「かずくん、いんこちゃん！　起きて！　のえちゃんが大変なの！」

翌日の朝、いきなり部屋に久遠那(くおな)が飛び込んできた。何事かと、和友(かずとも)は跳ね起きる。

何か、妙な夢を見ていた。ドス縁魔が関係するような。だが、明確に思い出せない。

一方イン子はむにむに言いながらぼんやりと覚醒している。寝起きが悪いタイプだった。

「乃艶(のえ)が大変って……どうしたんだ」

「言葉では説明しづらいの。とにかく、来てくれる？」

「朝ごはん食べたい～」

促されるままに付いて行くと、ダイニングの椅子に乃艶(のえ)が座っていた。

そこまではいつも通りだが、座っている乃艶(のえ)の様子は、明らかに普段と異なっていた。

「……………」

確かに起きているのだが、その目は虚(うつ)ろで、焦点がまるで合っていない。

ぼんやりとしている――という言葉だけでは片付けられないだろう。半覚醒状態に近い。

(乃艶(のえ)の、この状態……)

「どれだけ呼び掛けても、全然反応してくれなくて……」

「まだ寝てんじゃない？」

「……もしかしたらそうかもな。乃艶(のえ)！　乃艶(のえ)！　返事しろ！」

「熱がちょっとあるのかしら。体温が高いのだけれど……」

なので病院に連れて行くべきかどうか、久遠那(くおな)は悩んでいるようだ。

人間の医師に妖怪を診せていいのか分からないので、一旦和友(かずとも)はそれを制する。

しかし肩を揺すり、大きな声で呼んでも、乃艶(のえ)は柳のように揺れるだけだった。

「やっぱり病院に――」

「あー、だいじょぶだいじょぶ。あたしに任せなさいってママさん」

妙に自信ありげな様子で、イン子が乃艶(のえ)に近付く。策でもあるのだろうか。

「おうノエ！　あんたの偉大なる先輩のモーニングコールよ。起きなさい！」

「…………」

パァァァァアン!!　イン子は乃艶(のえ)に手加減なしの張り手をカマした。

「何やってるんだバカタレ!!」

「いやシカトぶっコイたのはノエじゃん？　あたしは被害者」

「100対0でお前が加害者だろうが!!」

「……いんこちゃん。今すぐのえちゃんに謝りなさい」

「え？　なんで？」

「謝りなさいっ！」

基本的に久遠那は暴力に厳しい。彼女にしては珍しく、声を荒らげてイン子を叱った。

別に怒ってもそこまで怖くないものの、元々滅多に怒らない性分である。

そしてまさか久遠那に叱られると思っていなかったイン子は、目にじんわり涙を溜める。

「……ご、ごべんねノエ……。叩いてごべん……」

「いい子ね。のえちゃんは体調が悪いんだから、優しくしてあげなきゃダメなのよ？」

「びゃい……。やざじぐじまず……」

和友から一兆回怒られてもノーダメなイン子だが、久遠那の叱責は一発で致命傷になった。

涙と鼻水を垂らしてべそをかくイン子を、久遠那はよしよしと撫でている。

（精神年齢どうなってるんだコイツ……）

「…………」

生気のない目でイン子と久遠那のやり取りを見ていた乃艶が、椅子から立ち上がる。

覚束ない足取りでそのまま久遠那に近寄り、ぐらりともたれ掛かるように倒れ込んだ。

「の、のえちゃん？　大丈夫？　お布団行く？」

「…………」

もみもみもみもみ……。

乃艶は無言のまま、久遠那の熟れて久しい大きめの乳房を揉んでいた。

「あ、あら～……」

「てッ、てめェ!!　何ヤッてんだオイ!?　ママさんの乳揉むな!!　先に金払え!!」

「金払ったら揉めるみたいな言い方するな!!　はっ倒すぞ!!」

「いいのよ、二人とも。のえちゃん、誰かに甘えたかったのかな？」

目の前で母親が胸を揉みしだかれている――和友からすれば嫌な状況だった。

もしこれが乃艶でなく知らん成人男性なら、そいつを殺していたことは間違いない。

久遠那も乃艶が相手なら構わないのか、圧倒的包容力で許容していた。

「いやママさんが良くてもあたしが良くねえわ！　ノエェ！　そういう店行けェ!!」

「…………」

引き剥がそうとしたイン子だが、乃艶はくるりと踵を返し、今度は彼女の乳を揉んだ。

「ぐああああああああ――――ッ!!」

「不意に胸を揉まれたリアクションがダメージボイスなのか……」

色気の欠片もない。一周回ってすげえわと和友は思った。

二十楽家を夜の店と錯誤した乃艶は、ひとしきり揉んだ後に「はっ」と声を出す。

「ここは――……？　乃艶は、一体何を――……」

「のえちゃん！　意識がはっきりしたのね？」

「どこかおかしなところはないか？」

「久遠那さま、和友さま。いえ、特には——……多少、頬に痺れがありますけれども」

「反省してっからぁ!!　許してぇ!!」

乃艶は今までのことを覚えていないようだが、イン子は責められたと思ったのかそう叫ぶ。

特に異状は見受けられない。今の乃艶は、いつもの乃艶だ。

だが、和友の脳裏にはドス縁魔の顔が浮かぶ。人を見下し見透かすような、薄い笑みが。

「……母さん、今日仕事休みだよな？」

「そうだけれど——」

「じゃあイン子と一緒に乃艶を見ていてくれ。俺はこの後ちょっと出掛けるから」

「は？　あたしも留守番？　暇ぞえ⁉　連れてけ!!」

「いや、お前も留守番だ。理由は言わなくても分かるだろ」

まだ体調が万全ではないかもしれない。乃艶は休ませておいた方がいい。

そういう建前の裏にある、和友の本音。

(乃艶がもし誰かを襲っても、イン子なら止められる)

無論、乃艶が人を襲うとは考えたくない。しかし、前例がある。初日の時のような。

先程までの、半覚醒状態の乃艶は、あの夜這いをして来た時に似ていたのだ。

だから直感的に、和友はストッパーとなるイン子を傍に置く選択をした。

「あたしがそういう察し良い系キャラだと思ってる時点であんたの〝負け〟よ？」ドヤァ

……かなり不安だが、信じるしかない。いや、やっぱ信じられない。祈るしかない。

ともかく、単独行動する和友のやるべきことは一つ。

――飛縁魔という妖怪について、茉依から一刻も早く情報を手に入れる。

和友は、スマホでひとまず茉依へ一報を入れることにした。（一秒で既読が付いて怖かった）

茉依は朝から事務所……つまり例の城で掃除をしているらしい。

外に出ると、今日は薄暗い曇天模様だった。雀の予報は当たりそうだ。

傘を手に持ち、和友は歩き始めた。黒い雨雲が空に見える――もうじき雨が降る。

「二十楽くん、おはよう！」

「ああ、おはよう。飲み物とか買ってきたから、後で飲んでくれ」

「ありがとう！」

オフィス内に入ると、雑巾を手に持った茉依が出迎えてくれた。

和友はコンビニの袋を彼女に見せ、備え付けの冷蔵庫へ入れておく。

一通り掃除は済んだのか、前に来た時より部屋の中が明るく見えた。

「今下、飛縁魔についてなんだが――」

「うん、大丈夫だよ。さっき育子さんからメールが届いたから」

「……ウイルスとかじゃないのか？」

「ち、違うと思うな。ほんと仕事だけはすっごい出来る人だから安心してね……？」

大麻育子という名前を聞くだけで、和友は若干身構えるようになっていた。

薄っぺらい和友の人生経験上において、あんな服を着ているだけの痴女は未知である。

茉依のデスクにはノートPCが置いてあり、今まさにメーラーを開いていた。

育子から来ている一通のメール。件名なし、本文は『読んだら消せ』、添付ファイル一つ。

ファイル名──【重要機密資料　飛縁魔（社外秘）】。

「社外秘って書いてるぞ……」

「育子さん、かなり危ないことしてる……」

場合によっては懲戒免職では済まない。文字通り処分される可能性がある。

それでもファイルを送ってくれたのだ。育子は本当に頼りになると、改めて茉依が呟いた。

茉依は早急にその添付ファイルを開き、二人でスキャンされた機密文書を読み進める──

「飛縁魔がＳ級認定……そんな異形、数えるほどしか居ないのに」

「そうなのか？」

「うん。参考までに、淫魔はＢ級認定なの。似た種族なのに、どうして差が……」

Ｂ級淫魔──インア子を思い浮かべるとかなりそれっぽく思えてしまう。

文書内で両方の種族名が出ている通り、やはり淫魔と飛縁魔は共通項が多いようだ。

ただ、似ている部分と明確に違う部分も書かれている。和友はそこが最も気になった。

「**精気に対する依存度　生存に必須とされる**……って」

『精』における、淫魔と飛縁魔の違い。淫魔と深く関わる和友ならよく分かる。

かつてイン子は、それを嗜好品であると例えた。酒やタバコのようなものだ、と。

だから必ずしも摂取する必要はない。人間と同じく、栄養補給は一般的な食事で済む。

単に人間よりも、エネルギー摂取における選択肢が多いだけなのだ、淫魔は。

「飛縁魔が生きていくのなら、精気は絶対に必要——必需品、ってことだと思う」

必需品。茉依のこの比喩がしっくり来る。それは、人で言う水や米みたいなものなのだ。

飛縁魔達にとって『精』とは、摂らなければ死んでしまう代物。

ぞわぞわと、和友は背中に汗が滲むのを感じた。嫌なことに気付いた時の感覚だった。

——あの時。自分を夜這いした時、乃艶は何を口走っていたか。

『おいしそう——……』

『——ハエはあんたを食料としてしか見ていないってことよ。勘違いは済んだ？』

最初から乃艶の突飛な行動には一貫性があったのだ。飢えたから喰らう、という一貫性が。

和友は誤解していた。淫魔と似ている以上、それを深刻に捉えなかった。

久遠那と、イン子と、自分と、乃艶。四人で食卓を囲むだけで、彼女は満たされている。

心は確かにそうだったのかもしれない。だが、腹はどうだ。

飛縁魔にとって、人間の食事など嗜好品でしかなく――

「乃艶は……もう、どれだけ何も食べていないんだ……？」

――本当に乃艶が摂らねばならなかったのは、誰かの『精』であるのなら。

和友が知る限り、乃艶の最初で最後の『食事』は、和友の鎖骨を舐めた時だけだ。

以降の乃艶は、誰にも何も危害を加えていない。自発的には。

（まさか乃艶は、自分がそうしなければ生きていけないと、知らないのか……？）

でなければおかしい。いくら乃艶が謙虚でも、腹が減ったと言わないわけがない。

つまりは乃艶も誤解している。『精』が無くとも己が生きていけると思っている。

何故かは分からない。そもそも、乃艶は普段草を食んでいたとかつて言っていた。

（あのドス縁魔が、それしか与えなかった……？）

理性の上で、水を飲むことを知らず、ものを食べることを知らない人間が居たとしたら。

では本能はどう指示を下すか。考えるまでもない。

水を飲め。何か喰らえ。さもなければ死ぬぞ。お前は、死にたいのか？

（乃艶のあれは……本能的なもの）

和友への夜這いも。雀を頭から喰らおうとしたのも。

全て、生存の為に必要な衝動。本人の意図せぬ、無意識的な行動の発露。だから何も覚えていない。それは乃艶の理性が関与するところではないから。

「あの、二十楽くん？　顔色が……。ちょっと休んだ方がいいよ？」

「あ、ああ……すまん。大丈夫だから」

乃艶が最近早寝遅起きになったのは、無駄な活動をしたくないからだ。ガス欠寸前の車で、アクセルをベタ踏みなどしない。

そして今朝も顔を覗かせた、あの胡乱な状態が、限界の現れだとするなら――

「……今の乃艶は、『精』を摂らずにはいられない……」

「それが、飛縁魔という種族だから――」

茉依も和友と似たような推論をしたのだろう。その呟きの意図を察したようだ。

飛縁魔が淫魔よりも危険とされているのは、『精』が嗜好品か必需品かの差にある。

では自分達は、乃艶の為に何をすべきなのか――それを考えた瞬間、茉依の携帯が鳴った。

画面には大麻育子とある。スピーカーモードにして、茉依は着信に応じた。

「今下です」

『読んだか？』

「はい。先程読み終わりました」

『そうか。じゃあさっさと消しといてくれ。それと――』

「……？」

『──本日中にその飛縁魔を、弊社の精鋭部隊で討伐することになった。久々に私も出る』

「え……⁉」

「乃艶を討伐⁉　どういうことなんだ⁉」

『その声はズッ友きゅん⁉　キュオオオォォォォォ‼（吸い込み音）』

掃除機みたいな音がスピーカーから爆音で放たれ始めた。

マジもうこの人嫌だわ……と和友は思いつつ、とにかく情報を聞き出す。

「大麻さん。詳しく教えて下さい。乃艶は、見逃されていたはずじゃ？」

『教えたら普通にクビになりそうだが、ズッ友きゅんに言われたなら仕方ない。教えよう』

「ありがたいですけど、ホント色々気を付けてくださいね育子さん……」

『大丈夫大丈夫。私強いから上のおっさん共とか片手で全員殺せるし』

（お互い仲悪いけど、やっぱ根本的にイン子と育子のソリの合わなさは。

近親憎悪みたいなものなのかもしれない。イン子と似てるなこの人……）

守秘義務よりもイケメンの依頼を取る派の育子は、ぽつぽつと語り始めた。

『資料にもあるが、現在飛縁魔は奈良と福井にて存在している。退魔師の監視下でな』

「その監視する退魔師は、オニゲシメディカルの者ですか？　聞いたことなかったですけど」

『違う。社は関係なく、特に優秀な者を数名極秘でその任に就かせている。国の命令でな』

「国の……って、かなり大事ですね」

和友の疑問に、うん♥と、色っぽく育子は返事した。

『それだけ危険な種ということだ。退魔師すら本来は関わらせたくない程に』

「だから育子さんでも中々触れられないような機密情報に……？」

『うむ。そもそも飛縁魔が居る、ということ自体を人々から秘匿したいのだろう。国がね』

ネットでその種族名を調べても、ほぼ何も分からなかったことを和友は思い出す。

茉依は情報規制されていると推察していたが、どうやら事実のようだ。

「でも、どうしてですか。別に飛縁魔はそこまで隠すような種とは俺は思えませんが」

『本当に？　ドスケベ・ザ・エッチセックスな美女妖怪が居るのだぞ？　嬉しくね？』

「な、なんですかその表現……」

「まあ、俺も男ですし……嬉しいと言えば嬉しいですけど……」

淫魔を喚んだ理由もそういう目的が一部あった手前、和友の声は小さかった。

『だから危うい。知れば求める。それがその辺の民間人ならいいが——地位ある者なら、？』

「「……！」」

二人は機密文書内の一文を思い出した。

圧倒的支配欲　男、特に為政者に寄生することを好む

『連中はそういう種だ。九尾の狐——玉藻の前の話ぐらい君らも知っているだろう』

「少しは……。俺あんまり勉強出来ないので……」

「傾国の美女、ということですか」

『それも飛縁魔が関わっているという話だ。真偽は知らんがね。能力的には可能だろう』

支配欲。何かの上に立ち、それを己の意のままにしたいという欲望。

飛縁魔はこれが非常に強い。だが、直接的な支配は行わない。独裁者には成り得ない。

彼女達は、独裁を行う者の陰に潜む。間接的に、決して表舞台には出ず、欲を満たす。

『——一日一人殺す異形よりも、一年間誰も殺さない飛縁魔の方が遥かに恐ろしい』

十年後、百万人殺す虐殺を、飛縁魔が裏で為政者に指示するかもしれないから。

そう述べた育子の比喩は大袈裟だったが、しかし全くの荒唐無稽というわけではなかった。

機密文書の私見にもあったように、基本的に歴史から見ても政治は男社会だ。

そして飛縁魔はその男を意のままに操る力を持つ。

ともすれば人間の社会制度を崩壊させかねない存在——飛縁魔の、最大の脅威はこれにある。

しかし和友は、飛縁魔ではなく乃艶という個体を思い返しながら反論した。

「……いや、でも！　乃艶は、支配なんて全く望んでません！　なのに討伐なんて——」

『言葉が違っていたな。そも、飛縁魔は一日一人を殺すような異形だ。淫魔とは違って』

「……っ」

茉依はとうに知っているが、和友はまだ知らない。育子の冷徹な側面を。

彼女は、言われたくないことを必ず言ってくる。正しさという刃に換えて。

「イン子さんが放置されても、乃艶さんを放置出来ない理由は……」

『短期的に見れば個としての危険性、長期的に見れば種としての危険性だ』

「ならどうして、今まで乃艶は見過ごされていたんですか？　話が急すぎる！」

茉依から育子を通して、その討伐は今日までストップが掛かっていた。それは間違いない。

その事情が変わった理由を、育子は包み隠さず話し始める。

『――大前提の話だが、君らの保護している飛縁魔は、未確認だ』

「「未確認……？」」

『先に述べたが、飛縁魔は監視下にある。つまり、個体数などは全て完全に把握している』

「じゃあ……乃艶は」

『飛縁魔側が我々に秘匿して産み出した存在だ。そこにはろくでもない意図しかあるまい』

元々育子も、この前まで飛縁魔のことを大して知らなかった。

上の者に「飛縁魔とかいうの居るんだって。見逃せハゲ共」と言っても、首を傾げられた。

それは、彼らは飛縁魔達が完全に個体数を管理されていることを把握しており――

異種間による生殖を行わず、同種間にて生殖を行う

——奈良と福井以外にそもそも飛縁魔が居るわけがない、と判断していたからだ。

因みに上の者達は「彼氏居なさすぎておかしなったんかコイツ……」と思ったらしい。

『最近ようやくその辺りの裏が取れた。我らの監視外にある飛縁魔が確かに居る、と』

故に討つ。迅速に討つ。確実に討つ。災禍の芽は摘む。まだ種未満であっても。

『現れたのが監視下の飛縁魔なら議論の余地はあったが、今回は奴らの深刻な裏切りだ』

「乃艶は、そんなこと何も知らない。裏切りも何も、あいつは悪い妖怪じゃない！」

『同じく知ったことか。異形という原罪を退魔師は滅殺する。人々が傷付けられる前に』

「……わたしがもう何を言っても、無駄ですよね？」

『そうだな。一介の退魔師として、私は可能ならば飛縁魔を確実に殲滅すべきだと考える』

だから、これより先は——育子は凍り付くような冷たい声で、告げた。

『——立ち塞がるなら君らでも容赦はしない。以上だ』

返答は待たずに、育子は通話を一方的に切る。途中から完全に仕事モードになっていた。

和友も、茉依も、言葉が見付からない。何を話せばいいか、分からなかった。

このまま手をこまねいて見ていれば、確実に乃艶は討伐されてしまう。

だが、ではどうすればいいのか。動き始めた退魔師達を止めるには。

いやそもそもの話、正当性自体が向こうにあって、間違っているのは——

ガシャアアアアアアアアン!!

「うわ⁉」

「な、なに⁉」

巨大な物体が、オフィスの窓ガラスをブチ破って突っ込んで来た。

和友は身構え、茉依はデスクに転がしている小太刀を握る。

「ってて……。あー、クソが……」

「イン子⁉　お前、どうしてここに⁉　家に居たはず——」

やって来たのはイン子だった。和友はしかしこれ以上の追及をやめてしまう。

イン子のジャージは焼け焦げてボロボロで、全身が傷だらけになっていたからだ。

車に何度かハネられたと本淫が言えば信じてしまうだろう。

「イン子さん、ひどい怪我……。待ってて、救急用品ならあるから！」

「別にこんな傷放置でいいわよ、マイ。それより喉渇いたから何か飲み物ない？」

「飲み物……二十楽くんが買ってきたのがあるけど」

「渡してやってくれ」

茉依が冷蔵庫から飲み物を取り出す。和友はコーヒーとエナジードリンクを買っていた。

迷わず彼女が選んだのはエナジードリンクの方だ。

手渡されたそれを、イン子はグビグビと音を立てて飲み干すと——一瞬で傷が全快した。

「キくわぁこれ‼　もう何が薬物ってんのか逆に知りたくないレベル」

「どういう身体構造してるんだお前……」

「逆再生の映像を見せられたみたいだったよ……」

人外の治癒力は元々高いが、エナドリはそれを更に強めるのかもしれない。

飯を食べたら体力が全快するゲームのキャラみたいだな……と和友は思った。

ぷーっと満足そうに深呼吸するイン子に、改めて訊ねる。

「イン子。何かあったんだな？　話してくれ」

「ま、その為にここに来たわけだし～。えーっと——」


——三人で留守番していたところ、乃艶がまたぼんやり状態になり始めた。

『やっぱり、病院へ連れて行った方がいいのかしら……？』

『連れてってもあんま意味ない気がするけど～。って、ん？』

呆けた状態から、乃艶の様相が一変する。覚束ない足取りで動き出したのだ。

——次の瞬間、久遠那がその場で崩れ落ちた。慌ててイン子は抱き止める。

『これエナジードレインじゃん！　ノエェ!!　それ止めろボケェ!!』

強引に対象から『精』を奪う能力だ。ただし、乃艶のそれはあまり強くなかった。

故に久遠那は気絶しただけで、命に別状はない。もしあったなら——イン子は鋭い目になる。

『……止めさせるわけないやろ。ようやっとこの時が来たんやから』

『あっ！　てめェは例のクソババア‼　勝手にあたしん家へ土足で上がり込むな‼』

『オドレの家ちゃうやろが……っちゅーか、何じゃこれは　おうコラ』

恐らく召喚陣より現れたドス縁魔は、見るからにイライラしていた。

よく確認すると、全身が塩まみれである。あの盛り塩が直撃したようだった。

『これわたいのよそ行きやぞ……？　ふざけんなやボケェ……！』

『ハッハァ〜〜！　ざまあああああああああ‼』

ここぞとばかりに煽り倒すイン子。故にドス縁魔は、その指先を久遠那へ、と向けた。

瞬間的に久遠那を背中へ隠して守り、イン子は放たれた何かを全身で受け止める。

『……ッ、痛ェなオイ……。ババア、てめェ今ママさん狙ったな……？』

『知るか。オドレはここで大人しゅうしとけ。その女を守りたいんやったらな』

そう言い残し、ドス縁魔は乃艶を連れて玄関から外へ出て行った。

イン子はしばらく動けない。久遠那の安全が確保出来るまで——ドス縁魔達が離れるまで。

「——つーわけであたしは一旦こっちに来たのよ。あたし一淫じゃキツそうだから」

「盛り塩しない方が明らかに良かったな……って、そもそも母さんは無事なのか⁉」

「ったりめーよ。ちゃんとベッドに寝かせて戸締まりしてからこっち来たわい！」

「ならいいが……」

「ねえ、そのドス縁魔さんって、イン子さんが負けるような相手なの……⁉」

「いや負けてねーし‼　卑怯な手を使われただけだし‼　実力なら勝ってるし‼」

敗北の二文字はイン子には認められないものらしい。全力で否定していた。

が、今はイン子の勝敗より重要なことがある。和友が訊ねた。

「イン子。ドス縁魔と乃艶はどこに向かったんだ？」

「あたしが知るか！　んなモンよりママさんの安全優先だっつーの！」

「……少なくとも、エナジードレインが発動しているのなら、次々と被害が出るよ」

「いやもう出てんじゃない？　すれ違う人間は全員アウトだろうから」

笑えない事態だ。元より討伐対象の乃艶が、明確に他者へ被害を出してしまうのは。

いつもとあまり変わらない様子で、イン子は推察を語る。

「ノエって淫魔と似てるけど、微妙に違うわね。多分『精』がなきゃ生きてけないでしょ？」

「まさにその問題で……今悩んでるところだ」

「ふーん。やっぱそうなんだ。じゃあノエを先に殺す？　別にババア先でもあたしは可」

「乃艶を殺すって——お前な。言っていい冗談と悪い冗談があるだろうが」

「冗談じゃないけど。人間もうノエを許さないでしょ。ならこっちで殺してやるのが慈悲よ」

最期はせめて他人ではなく、自分達の手で。あっけらかんとイン子はそう提案した。

被害が出たらすぐに退魔師が乃艶を狙う、ということを薄々察知しているのかもしれない。

こいつも結局異形の一種だ。本当に、嫌な時に、そのことを和友は痛感する。

「お前は……いいのか。乃艶が、死んでも」

「良くはないわよ？　でも仕方ないじゃん。こっちの世界は人間のモンだし、しゃーない」

「すごい割り切りだね、イン子さん。ちょっと……怖いよ」

「あたしからすりゃ人間の方が怖いわ！」

ちょっとしたズレで悲劇が起こる。イン子が、乃艶が来た当初和友に語ったことだ。

普段はバカタレだが、そういう種族的差異について、イン子は最初から達観している。

そしてその上で自分の日常を最大限楽しむ——ある種、誰よりも大人と言える。

オフィスのソファにごろんと寝転んで、イン子は大きくあくびをした。

「……で、肝心のあんたらはどうすんの？」

「「…………」」

「あたしの考えは今言った通りだから。あんたらも同意見ならもう出発しましょ」

誰よりも先に乃艶を殺してやる。それがイン子の持っている結論である。

ただ、他の人外とイン子に最大の差があるとするなら——ここからだろう。

「もし別のことがやりたいなら、先そっちに乗ってやるわ。はよして～」

人間とあんたら。聞く分には響きが一緒だが、イン子からすると全く違う意味を持つ。

その辺の人間と、自分が気に入った人間は、そもそも別なのである。

久遠那が最たる例のように――イン子は、要するに自分の好きな方へ味方する。

そのことに遅れて気付き、和友と茉依は目を見合わせた。

「俺は――」

和友は考える。否、考えるまでもない。最初から首尾一貫して、答えは決まっていた。

正当性とか正義とか、そんな一般的に良いとされるものに対し、揺れていただけで。

……乃艶のことを想う。イン子とは面白いぐらいに正反対な妖怪。

清廉で、無知で、素直で、たまに怖く、ひたむきで、優しくて、どこか抜けていて。

和友を食料としてしか見ていないとイン子は言ったが、それは違う。

飛縁魔ではなく、乃艶は――人間ではなく、和友達と仲良くやっていける女の子だ。

多少の問題さえクリアすれば、そこに疑いはない。これまでの日々がその証明である。


「――どうにかして乃艶を助けたい。力を貸してくれ。今下、イン子」


だから他の都合や事情など知ったことではない。開き直ってやろう。

和友のその『願い』に対し、イン子は寝転んだまま答えた。

「おっけおっけ。じゃあやり方は全部そっちでよろ～」

頭脳労働など一切出来ない女なだけに、返答も非常にシンプルだった。

一方で茉依は、ピッと指を一本立てる。

「二十楽くん。きみは一つだけ勘違いしているよ」

「え？」

「ここが、どこなのか分かってる？」

「……ああ、なるほど」

そういうことか、と和友は得心がいった。茉依も、結論は最初から持っていたらしい。

なので改めて、頭を下げる。考えてみれば、そもそもここはそういう場所だった。

「これは《サザンカ》への『依頼』だ。乃艶を――助けてくれ」

「――承りました。絶対に、なんとかします」

かつての育子の言葉が茉依の脳裏に過る。『辛くて仕方がないぞ』、と。

あれは、こうなった場合のことを見越していたのだろう。先見の明がある人だから。

退魔師の都合とぶつかり、人々の都合ともぶつかり、異形そのものともぶつかる。

その中で望まれた正解を導くことは――単に討滅するよりも、ずっと遥かに難しい。

もし失敗すれば、自分も含めた全員の心に傷を負うこともはっきりとしている。

（あん言葉は、育子さんなりの優しさやったとよ）

だが、そもそもそういう茨の道であることを分かった上で選んだのだ。

ここでブレるようでは、この先やっていけるはずもない。茉依は、己の選択を後悔しない。

「一つ考えがあるの。ただ、わたしだけじゃそれは無理だから、ここからは上司命令ね」

「ああ。何でも言ってくれ」

人と異形を繋ぐ——それを目的とした《サザンカ》の初仕事。

依頼人、二十楽和友。対象、飛縁魔・乃艶。目的、一切の問題を解決。

雇い主として、依頼人でもありバイトでもある和友へ、茉依は指示を出す。

どんなことでもやる。和友は力強く頷く。その最初の命令は——

「二十楽くん。ズボン脱いで。今ここで」

「…………ええ…………」

——ストライクゾーンド真ん中に放たれた豪速球セクハラだった……。

＊

「ええ……」

今日も相変わらずコンビニで店番をしていた琥太朗は、思わず声を漏らす。

後ろに同じ和装の女を連れて、乃艶が雨の中をふらふらと歩いていたのである。

そして乃艶とすれ違った通行人が次々と崩れ落ちていくのを見て、色々と察した。

「何かあるなこれ……」

小雨が降り始めていたので、琥太朗は傘を開いて外に出た。

被害者——と呼ぶべきなのか——であろう、路上には倒れている人間が多く居る。

「あの、大丈夫っスか？」

「……ぐごご……」

近くの倒れている男に声を掛けたが、どうやら眠っているらしい。

「外で寝落ちってことか？　風邪引くぞ……。あー、どうすっかな……」

乃艶が人間でないことは琥太朗も知っている。種族名までは知らないが。

そしてその乃艶の傍に和友もイン子も居ない時点で、恐らく良くない状況なのだろう。

何の力も持たない自分がこんなトンチキに首を突っ込むべきかどうか、琥太朗は悩む。

「とりま和友に電話しつつ、乃艶ちゃんの後を追うか……」

が、いずれにせよ見て見ぬ振りは出来ない。琥太朗はポケットのスマホを指で探る。

「せ、センパイ！　しっかりするであります！」

「……あんまでかい声で呼ぶな……。意識はあるから……」

「あれ、この前の警官さんじゃん」

電話を入れる前に、見知った顔が路上で何かをやっていたので、琥太朗は立ち止まる。

警官の鬼怒と美晴だ。塀にもたれ掛かるようにして鬼怒が座り込んでいる。

「こんちはー。体調悪いんスか？」

「あなたは……」

二人は傘を持っていないようだったので、とりあえず傘を頭上に掲げてやった。

琥太朗はよく察しが良いとか、エスパーだとか言われるが、無論超能力者ではない。

ただし、人よりも観察眼や思考力に優れている側面はあった。

（顔色悪いな。鬼怒さんだっけ？　でも町尾さんの方は普通だ。って、オレ、も、か？）

乃艶がこの現象を引き起こすとして、ではその条件や範囲はどんなものなのか？

まず、範囲として室内に居れば問題ないようだ。店内の琥太朗には影響がなかった。

条件は乃艶に接近することか。琥太朗は今尾行しているのでそれなりに近付いている。

だが琥太朗はそれでも何も影響がない。美晴も同じくのようだ。

その差と理由が気にはなったが、しかしまずはコミュニケーションを取る。

「この前はご迷惑をお掛けしました。そこのコンビニで店長やってる仁瓶っス」

「……お前は、乃艶達と顔見知りか？　いや、そうに違いない……」

「センパイ、無理して喋っちゃダメでありますよう」

「先頭を歩いてる乃艶ちゃんのことは知ってますよ。でもその後ろに居る方は知らないっス」

「じゃあ、その正体が何かも分かるのか？　ありえないだろう、こんな状況……！」

道行く人々が、乃艶とすれ違うだけでその場に崩れ落ちる。

通り魔とかテロだとか言われても仕方がないような状況だ。

鬼怒は荒い息で琥太朗に問うが、琥太朗は肩を竦めた。

「全然分かんねえっスわ。なんでまあ、知ってそうなやつにこの後連絡入れます」

「二十楽和友と、あの女だな……」

「ええ。にしても鬼怒さんタフっスね。他の連中はみんな倒れてんのに」

「……俺も、一般的に見て少々普通じゃないからだ。というか……」

「仁瓶氏も全く平気なのが謎であります……。自分もですが……」

「何でっスかね？　まあいいでしょ。オレ乃艶ちゃんの後追うんで」

自分と美晴の共通項を琥太朗は脳裏で探ったが、全く浮かばなかった。

そもそもお互いの接点がほぼない。前の合コンの後に初めて会ったばかりだ。

「待て、仁瓶……。俺も行く……。町尾、肩貸せ……」

「ええ、センパイはここで救急車を待った方が！　あ、応援も呼びますので！」

「やめろ……。俺の勘だが……これは、恐らく、非常識だ。俺達だけでやる……」

「た、確かに非常事態ではありますが……」

自分の目で確かめたいことがあるのか、鬼怒は町尾の肩を借りて歩き始めた。

どこへ行くとも知れない、乃艶達の追跡をするようである。

警察のやることに口出しするわけにもいかず、琥太朗はひとまず和友へ電話を入れた。

『どうした、琥太朗？』

「おっす。今トラブル起こってるだろ？」

『エスパーかお前は……大当たりだ』

「そうだよ。で、オレ今乃艶ちゃんの後ろ尾けてるんだけど、いつ頃こっち来る？」

『……！　助かる。ちょっと準備があるから時間はまだ分からない』

「んじゃ数分おきにＧＰＳでオレの現在地調べてスクショ送るわ」

『優秀だなお前は本当に……頼んだ。琥太朗、あともう一つ良いか？』

「姐さんの面倒見ろ以外なら大丈夫だぞ」

『お前の店の商品、幾つか持っていっていいか？　後で全部金は払うから』

「いいぜ。でもオレ不在時に姐さんを店に入れるのだけは勘弁してくれ」

『よっぽど嫌なんだなあいつが……。了解した』

「勘だけど、ちょっとヤバい状況な気がするから、なるべく早く頼むわー」

『分かった。でも無理するなよ琥太朗――今の乃艶は危険だから。また連絡する』

向こうは向こうで動いているようだ。琥太朗は一つ安心してスマホを戻す。

まるで日常会話のようなそのやり取りを、鬼怒は奇妙な目で見ていた。

「お前はどうしてそう落ち着いているんだ……？　普通、多少は取り乱すだろう……」

「いやー、こういう時に焦ってもしゃあないっスからね」

「じ、自分はかなり不安であります……。仁瓶氏、すごいであります」

「まあ普通にイン子姐さんがウチの店でバイトした時の方がヤバかったんで」

「「…………」」

それでか——と、鬼怒と美晴は琥太朗の落ち着きっぷりに一定の理解を示した。

琥太朗の中であれを超える恐怖体験は今の所無いのかもしれない——

*

「——警察や消防も直に動くだろう。昨今異形が起こした事件としては未曾有の規模だ」

降り注ぐ雨で増水した川を横目に、河川敷で退魔師——育子はそう呟いた。

傘など差す暇はない。それを持つぐらいならば、退魔器を握らねばならない。

何より——油断をすれば待っているのは確実な死であると、育子は理解していた。

「そうなんや。えらい有能やねんなぁ、最近の退魔師っちゅうんは。この程度で未曾有て」

「まあ、長年奈良の山奥に居た貴様には分からんだろう。平和な世だからな、今は」

「せやで？　やからこうして、娘と社会見学しとるんですわ。はい、お手♪」

「ワン♥♥♥」

それが犬なら微笑ましい光景だっただろう。

飛縁魔の長、ドス縁魔と名乗るそれに手を差し出したのは——成人男性だった。

一般人ではない。育子の部下、精鋭の退魔師達である。

オニゲシメディカル選りすぐりの彼らは、育子以外全員が犬と化している。

その主であるドス縁魔に、腹を見せ股を開き——絶対的な服従を誓っていた。

「やれやれ……そんなんでも弊社のエース共だぞ。前戯で理性が射精したのかけしからん」

「オスの時点でわたいらに勝てるわけないいやん？　せめて去勢せなあきまへんて♥」

「チンポはキンタマとセットだから価値がある。無用な去勢には反対だな」

「……さっきから表現の汚い女やなぁ……」

性を司る異形の主がドン引きしていた。

——未確認個体の飛縁魔を討滅しようとしたところ、このドス縁魔が立ち塞がった。

そしてドス縁魔は数秒と経たない内に、育子以外の退魔師を魅了、支配下に置く。

悲しいことに、あの機密文書の願いも虚しく、現在も退魔師界隈は男社会である。

有能な女性退魔師は、育子が思うに自分を除くと茉依と他数名しか居ない。

（まあ今下が辞めた時点でこの業界若干終わった感あるからな～）

男『性』に強すぎる異形——淫魔と飛縁魔。

単体の戦闘力はさほどでもない（※例外あり）が、あまりにも対人間に特化した種族。

それがこうして本気で牙を剝くと、ここまで脅威だとは。育子は溜め息をついた。

「もし仮に私を突破したとしても、この国の総てが貴様らを滅ぼそうと動くぞ」

「え？　何でなん？」

「しらばっくれんなよウゼェから。どういう企みかは知らんが、そもそも企むな」

「ちゃいますやん。家出した娘をわたいは迎えに来ただけですねん。そないにアカンの？」

「その娘がまず未確認個体だ。そして貴様らの共同体外への移動は禁じられている。はい死刑」

「産んだらアカン言う約定はあらへんで？　それに、もう元号は十回以上変わったやろ？」

但し、談合の効力は日本国における元号が十度変わるまでとした――

談合が成立したのは天保の世。現在は令和で、元号は確かに十度以上変わっている。

よって、今飛縁魔達が大人しくしているのは、談合ではなく単に分を弁えているからだ。

ドス縁魔はそう結論付ける。そして、家出娘を迎えに来るのは親として当然である、と。

「意外に律儀な種族、というわけか。まあ筋は通っていなくもない」

事実、共同体からは未確認個体とその親であるドス縁魔以外は出ていない。

「せやろ？　ホンマ、ちょっと娘と散歩したらすぐ帰りまっさかい、堪忍して～や」

「……十分以内に共同体へ帰還するなら見逃す。こちらも無用な戦闘は避けたい」

「言葉遣いは汚いけど話の分かる姉ちゃんやん。ほなそないさせてもらいま――」

ドグシャア!!!

踵を返そうとしたドス縁魔の脳天に——バールのようなものが全力で振り下ろされていた。

誰がやったかは言うまでもない。見逃すと発言した育子である。

「——いや、めっちゃ不意打ちやん。普通死ぬて」

「じゃア普通に死ねやクソゴミ!!」

「ホンマのホンマに十分以内に帰るつもりやったんやけど……？」

「知るかボケ!! どうせテメェら十分以内にアタシがブッ殺すから関係ねーわ!!」

「なんなんこいつ……」

最初から育子に見逃す気などない。結果オーライ派なので不意打ちも大好きである。

頭にたんこぶをぽこっと作られてしまったドス縁魔は、更にこの退魔師へドン引きしていた。

「まあそっちがその気ならこっちもやり返すんやけど……命は粗末にしいなや？」

ふ、とドス縁魔が息を吹く。さながら羽虫でも追い払うくらいの吐息。

たったそれだけでも、人間の理性を飛ばすには充「死ね!!!」いや全然足りなかった。

今度はドス縁魔の横っ面をぶん殴る。が、バールのようなものはひん曲がってしまった。

「……何でわたいの術効かへんの……？」

「知るかボケ!! 理性でも本能でもアタシは異形ブッ殺してェからだろ!!」

「めっちゃ猿やん」

まあ武器は曲がったのでもう使えないだろう。ドス縁魔が一安心すると——

「退魔釘バァァァァァーット……!!」

どこからか育子は釘バット型の退魔器を取り出していた。

「うそん……」

大麻育子！　その退魔方針はいつだってシンプル・イズ・ベスト！

異形は殴り続けたらいつか死ぬので絶対殺せる!!

——というやり方で、彼女は若かりし頃からずっと鈍器型退魔器一つでやってきた。

その実力は国内トップクラスであり、社内外でその名を轟かせる超一流退魔師である。

将来性込みで茉依が退魔師の未来の希望なら、育子は現時点で最強格、希望の塊だ。

では、まだまだ現役でバリバリやれる彼女が何故後方の管理職に甘んじているのか!?

この答えも非常に単純で、『お前が強過ぎて他の退魔師が育たん』という理由だった。

メンタル面でもぶっ壊れた性能を持つ育子は、とにかく異形を次々滅殺していった。

よって他の退魔師達の出番が減少、全体の深刻な経験不足が懸念されたのである。

育子が（**※管理職としては※**）比較的若く、出世しているのは、ある種左遷だったのだ！

「アカンわたいらめっちゃ相性悪いわ！　バケモンには弱いねんて飛縁魔は！」

「バケモンはテメェだろうが鏡見てこいや!!　その前に顔面叩き潰すけどね♥♥♥」

ドス縁魔は焦りを見せて、育子の持つ退魔釘バットを遠くに弾き飛ばした。

しかし育子はすぐさま肉弾戦に移行、ドス縁魔に一発腹パンを加えた上で——

「退魔鉄パイィィイィープ……!!」

——どこからか鉄パイプ型の退魔器を取り出していた。

「もうこいつイヤやぁ!!　娘!　お母ちゃんの危機やぞ、助けんかい!!」

親としてそう叫ぶと——ずっと荒れた川面を見つめていた未確認個体が、跳ねた。

瞬間的に育子はそちらへ振り返るが、一手遅れる。

「あー……あー……」

「チッ……。川見て自慰ってんのかと思ったら動けたのかコイツ」

「言葉が汚いねんて……。焦るわしかし……」

鉄パイプを瞬間的にかませたこともあって、育子は地面に押し倒されるだけで済んだ。

胡乱な目をした未確認個体が、鉄パイプを轡のように咥えてなお、育子に迫る。

これに咬まれれば大体吸われる——雨粒に混じって育子は汗を流す。

「危ねえぇぇぇ————————ッッ!!」

「おごぉ!!」

何かが揉み合う二人の間に突っ込んできた。

それは全力のサッカーボールキックで対象を——育子の顔面を蹴り飛ばす。

更に乃艶にも一発叩き込むと、吹っ飛んだ乃艶はそのまま地面に蹲った。

やたらと露出度の高い格好をした、また別の異形……B級淫魔イン子のご到着である‼

「えらい賑やかやのォ。またわたいにいじめられたいんか、自分？」

「加齢で記憶力がクソになってんのかババア？　あたしは常に加害者である存在じゃい‼」

「最近頻繁に被害者アピールするだろお前……」

「これが……ドス縁魔、さん」

レインコートを着た上で大型のリュックサックを背負った和友も一足遅れて着く。

同じくレインコートを着て、小太刀を握り締める茉依は、ドス縁魔の威圧感に圧倒される。

生半可な気持ちで挑めば確実に死ぬ。命を賭して挑まねばならない相手。

討伐すれば間違いなく特別ボーナスが支給されるレベルの異形である。

「ほんで、何しに来たんや？　もうわたいらは帰る途中ですねん。お別れの挨拶かいな」

「……帰ったとして、乃艶をどうするつもりですか？」

「どうもせんて。ちょっと帰りしなに食い道楽させるぐらいや」

何を食べるのかは、ドス縁魔は言わない。分かるやろ、とでも言いたげだった。

そんなことをすればもう、二度と乃艶はこちら側に戻って来られないだろう。

「ダメだ。これ以上、乃艶に人を襲わせるわけにはいかない」

「アホくさ。何の権利があって兄ちゃんがそれを言うねん。娘に餓死せえ言うんか？」

「餓死寸前まで乃艶を追い詰めていたのは貴方じゃないのか？」

「せやで？　しゃーから言うたやろ。わたいは娘を自由にさせとったんや。何もかもから」

夢で見たあの光景が、和友の脳裏に色濃く浮かぶ。

陽の当たらぬ、奥深い闇の座敷牢で、ただ閉じ込められていただけの少女。

あれは、恐らく本当にあったことなのだ。今の和友には分かる。

自由についての解釈違い。これを今更論じたところで無意味だろう。

ドス縁魔は軽蔑するように軽く溜め息をついて、語り始めた。

「……娘はな、ただの飛縁魔やないねん。いわゆる特別や」

「特別……？」

「現存する飛縁魔達はのォ、全員スレてもうた。完全に絶望してるとも言ってええ」

相応に長く生きている現行の飛縁魔達は、世の仕組みを知っている。

自分達は世界の王——人間にとって危険であり、迫害される存在である、と。

生き長らえる為には、下されたその命を確かに守る必要がある、と。

故に思うまま『精』を喰らわない。専用の施設を作り、そこでルールを守って喰らう。

支配欲など以ての外だ。共同体という狭いコミュニティ内で、同種間の上下関係を築くだけ。

破れば待っているのは人間による殲滅。飛縁魔達は、己を縛りに縛ってただ生きる。

死にたくないから——たったそれだけの理由で、それ以外の全ての理不尽を受け入れた。

「やけども娘は何も知らん。我々の歴史も、受難も、本能すら知らん。乳飲み子以下の阿呆や」

「めっちゃ語るじゃんババア……。はよ結論言えよ……」

「そこまで貶めるような言い方をするのに、どうして乃艶さんが特別なんですか？」

「ああ、産まれて今日までまともに『精』を摂っとらん飛縁魔なんぞ、歴史上おらへんねや」

「それは、どういう……？」

「つまりは反動やな。抑圧という撥条が跳ねた時、わたいらの想像を超えたものが誕まれる」

それは、あらゆる方法で人間から『精』を奪うだろう。

それは、あらゆる方法で人間に寄生し、『支配』を行うだろう。

徐々に目覚めるのではなく、爆ぜるように目覚めた本能が、それを突き動かすからだ。

「即ち、希望や。娘がわたいらの求めた、新しい飛縁魔の時代を創ってくれる」

その為に、産まれてすぐゴミ溜めへ押し込んだ。以降ほぼ何も与えなかった。

食事、知識、遊具、教育、友人、対話、道徳、道楽——総じて『愛』に根差すもの。

これが、ドス縁魔が言うところの、放置だった。

「まあ、わたいの娘やのに小汚いんだけは厭やから、身なりだけは常に整えたったけどな」

ケラケラとドス縁魔は笑う。和友と茉依は絶句した。異形はまだ続ける。

「しゃーけどホンマ賢しらなんですわ。ちょこちょこ変なとこで学びおんねん」

完全な無知であるはずの乃艶が、どういうわけか徐々に知性を得ていった。

偶然、ドス縁魔はその理由を知って――そして大笑いしたと言う。

「娘、畜生共と喋れんねんで⁉　そんなんで学ぶて！　どんな飛縁魔やねん！」

思い出してまたも吹き出した。ドス縁魔は腹を抱えていた。

乃艶が有していた知識や常識は、全て同種や人間以外――動物から得たものだ。

そのような能力、飛縁魔には無い。乃艶が無意識的に獲得した、彼女だけの異能。

「あーおもろ……。娘産んで一番良かったんは現状この一発ギャグだけですわぁ……」

本当に、ドス縁魔は何も与えていない。乃艶という名前以外は、何も。

――この異形は根本的に人間と総てが違う。和友は恐怖を通り越した何かを覚える。

人が持つ倫理や道徳を、他種に当てはめることが失礼であるとしても、言うしかなかった。

「貴方は……最低だ。どこが親なんだ、それの」

「ひどい……」

「畜生はババアの方じゃん」

「好きに言いや。誰も人間と分かり合おうとは思っとらん。これがわたいらや」

「だよね～。めっちゃ理解るそれ。んじゃもういい？　てめェから殺すわ」

パキポキとイン子が拳を鳴らした。ドス縁魔は、ドス淫魔と似ているようで違う。

少なくともドス淫魔は――飯ぐらいはきちんと食わせてくれた。

「今更ですけど、乃艶さんはわたし達の会社で責任を持ってお預かりしますので」

「乃艶(のえ)は、貴方(あなた)の傍(そば)に居るべきじゃない」

「メチャクチャやん。飯の問題はどないすんの？　娘(これ)の本能は抑えられんか？」

「娘(これ)じゃなくて乃艶(のえ)だろうが！」

いい加減腹が立ってきたので、いよいよ和友(かずとも)は声を荒らげて訂正した。

悪手であることは確実である。ドス縁魔の瞳孔が開いた。

「——いっちゃん雑魚(ざこ)い癖に一丁前に吠(ほ)えおるのォ。死んだで、自分(ジブン)」

「いや死ぬのはてめェだっつーのババアァァァァーッ!!」

ボグシャア!!!

先んじてイン子が飛び掛かろうとする。さっさと戦いたくて仕方なかったのだろう。

そうして鳴り響いた打撃音は——イン子の脳天から響いていた。

叩(たた)き付(つ)けられた鉄パイプ。それをぶちかましたのは無論当然その通り！


「…………」


イン子の蹴りで少しだけ気絶していた大麻育子(たいまいくこ)さんである!!

「…………。は？」

強まり始めた雨を押し返す勢いで、イン子の頭から血が噴水みたいにぴゅっぴゅと噴き出す。

同時にその血より赤い双眸はドス縁魔ではなく、己に一発くれた猥の塊に向けられた。

「何してくれてんだオイ……？　部外者はすっこんでろ……!!」

「ガタガタうるっせェ～～～ンだよ淫魔！　御託はいいから来いやボケ……!!」

一瞬だけ両者は押し黙る。そして同時に息を吸い込むと——


「「こいつブッ殺す！！！！！！！！！！！！！！！！！！！！！！！」」


——そう絶叫して、脇目も振らず二人の激突が始まった。

「え……ええええええ!?　イン子さん!?　育子さん!?　ちょっ、プランと違う!!」

「イン子!!　敵はそっちじゃないだろ!!　あっちだ!!」

「うるせェーッ!!　あたしにとっちゃコイツが一番の敵じゃい!!」

「アタシを止めんじゃねーぞ今下ぁ!!　止めたらお前も殺す!!」

不倶戴天の敵——イン子にとっての育子であり、育子にとってのイン子である。

さっき蹴り飛ばされた育子は完全に我を忘れてブチギレ状態。

そして今脳天をカチ割られたイン子も育子を凌ぐ勢いでキレ返す。

一瞬でプランと違う状況になった。茉依は頭を抱える。

「イン子さんに加えて育子さんも計算に入れるのなんて絶対無理ばい……」

「どうしてこうなるんだ……」

本来はイン子がドス縁魔を抑えつつ、その間に茉依と和友で乃艶の対処をする予定だった。

が、最終的にドス縁魔がめちゃめちゃ有利になるという最悪の結果に！

「何や知らんが、わたい普通に自分ら殺すで？　こっちもプライドっちゅうもんがあるさかい」

「もおおおおおっ！　なしていっつもうちが一番強いのとやらないけんの⁉」

こうなっては仕方がない。茉依は半泣きになりながら小太刀を引き抜いて構えた。

「ごめん二十楽くん‼　絶対そっち助けに行けないから、何かあったら逃げてぇ‼」

そして決死の覚悟を固める。他に気を回して相手取れるはずもないからだ。

ほぼがむしゃらの状態で、茉依はドス縁魔に突っ込んでいく。

「何秒保つかのォ、小娘？　わたいは「ていっ‼」アカン割と強いやん‼　なんなん⁉」

意外と渡り合えるのかもしれない。和友はひとまず茉依から視線を外した。

「……乃艶」

未だに倒れたままの乃艶に、ゆっくりと和友は近付いた。

意識は――ある。ただ、ぼんやりと虚空を見つめているだけで。

「返事しろ、乃艶。さっきイン子に殴られたから、ちょっとは正気に戻っただろ」

「………。和友さま――……」

身体を起こし、和友の方を見る。泥と砂利と雨で顔がドロドロだった。

目元から流れているその雫(しずく)は、今は雨粒ということにしておく。

「帰るぞ。さっき母さんから連絡があった。お前が家に居ないから心配してる」

「乃艶(のえ)は――……久遠那(くおな)さまを傷付けました」

「怪我(けが)はしてない。ちょっと眠ったぐらいだ。誰だって、そういう時はある」

「それ以外の――……名も知らぬ方々も傷付けました」

「気にするな。それでも気にするなら、今度全員に謝りに行こう。俺も行くから」

「思い出したのです。乃艶(のえ)は、ものを教えてくださったあの方を、この手で捕食(ころし)ました」

「……それがどうした？　俺達人間は、乃艶(のえ)以上にもっと動物を殺して食ってる」

「他にも――……乃艶(のえ)が知らぬだけで、更に多くの方を傷付けているかもしれません」

「かもしれないな。乃艶(のえ)が知らないことは、俺もほとんど知らない」

「そして今、乃艶(のえ)は――……和友(かずとも)さまを捕食(たべ)たくて捕食(たべ)たくて、仕方がありません」

穴が空くほどに、乃艶(のえ)は和友(かずとも)を凝視していた。

目元から流れるものは判別がつかないが、口元から流れるそれは明らかに粘性がある。

ごちそうを目の前にして、おあずけを食らっているけだもの。

喩(たと)えるならばそんな感じだろう。和友(かずとも)は、首を横に振った。

「それは困る。俺はあの栗鼠(リス)と違って、お前の為(ため)に死にたくないから」

「であるならば、和友(かずとも)さま――……乃艶(のえ)を殺してくださいまし」

——蒼い、ちりちりとしたものが、乃艶の瞳の中で揺らめき始める。

多少飛縁魔について知った今なら、その正体が和友にも分かる。

「……炎……」

印字の掠れにより、機密文書では読めなかったが——それは間違いなく、炎だ。

飛縁魔。又の名を、飛炎魔。或いは、飛火魔。

種族的特性に炎との親和性を持つ、性と炎熱を司る妖怪。

(時折感じた乃艶の体温の高さは、そういうことだったのか……)

両目から蒼い炎を立ち昇らせ、その周囲には雨を弾く程の陽炎が揺らめく。

飢餓時における、飛縁魔の外見的特徴——異形としての真の姿。

大火は古来より幾度となく人を苦しめた。また、動物が根源的に恐れるものでもある。

それを操るのであれば——淫魔がB級で飛縁魔がS級になるのも納得だろう。

「もう、あまり保ちそうにありません。抵抗は致しませんゆえ——……」

「……あのな、乃艶。俺はただの人間で、弱い。お前を殺すことなんて出来ない」

「であるならば、イン子さまにお頼み申し上げます」

「それも困るな……。本気でやりかねないからあいつは」

「では、はっきりとお伝えします。乃艶は、ずっと和友さまを食料として見ていました」

「…………」

「貴方さまに恭順を示す傍らで、どこかで喰らってやろうと、そう画策していたのです」

その発言が乃艶の真意であるのかどうか、和友はあまり深く考えなかった。

どちらにせよ、乃艶への評価は大して変わらない。

「……知ってる。お前が来た初日に、イン子から警告されてたからな」

「ならば、もうお分かり頂けたはずでありましょう。乃艶は、危険な女です。人間にとって」

「確かに和友からするとそうかもしれない。まあイン子ほどじゃないが……」

「――っ！　どうして、どうしてそのように、のらりくらりと躱すのですか⁉」

己の発言へ一切応じないということは、それだけ苛立ちを誘うということでもある。

乃艶は露骨に苛立っていた。空腹に加え、和友のあまりの理解のなさに。

「殺して頂けないのなら、では乃艶に今ここで喰べられて頂けるのですか、和友さまは⁉」

「だからそれは困るし嫌なんだって。究極の二択を他人に迫るな」

「……嫌いです――……嫌いですっ、和友さまのことなど！」

袂に腕を突き入れて、何かを乃艶が取り出して放り投げた。

まあもう大体予想がつくが、どんぐりである。和友は避けようとも思わなかった。

しかし乃艶の炎熱能力により、放たれたどんぐりーズは急激に加熱され――

パァン‼

――と、膨張して爆ぜた。アッツアツのどんぐり片が和友を襲う。

「熱ぁ!! やめっ、やめろ乃艶!!」

これが乃艶の必殺攻撃、爆裂どんぐり……通称爆どんである。地味に怖い技だった。

和友は制止するが、しかし乃艶はもう一つどんぐりを取り出し、爆どんを試みる。

「やめろって! 危ないから!!」

そう言いながら地面の小石を拾い上げ、和友はすぐに投擲した。

山なりに飛ぶどんぐりに小石は見事直撃し、軌道を変え持ち主である乃艶へ戻る。

パァン!!

「あああ! 熱いです!!」

「だから危ないって言っただろバカタレ……」

己の炎熱ではノーダメな乃艶だが、爆どんが直撃すると熱いようだった。

「〜〜〜〜っ!」

彼女にしては珍しく、感情を露わにしていた。悔しげに地団駄を踏んでいる。

爆どんが簡単に往なされたことが割と堪えたらしい。案外子供っぽいところもある。

少し笑いそうになった和友だが——次の瞬間、飛び掛かってきた乃艶に組み伏せられた。

「いかがですか——……和友さま。いとも簡単に、乃艶は貴方さまを捕食出来るのです」

「……みたいだな。別に意外でもないけど」

単純な筋力は和友の方が上だが、乃艶は他者から『精』を奪うことに長けている。

組み付かれると力が抜けて、まるで抵抗出来そうになかった。

乃艶が和友の顔を覗き込んでくる。蒼き炎は、未だ煌々と揺らめく。

互いの呼気が触れ合うような至近距離。垂れた黒髪が暗幕のように和友を覆う。

そうして和友の顔へ滴り落ちるのは――雨粒と、涙と、涎。

「恐ろしいでしょう？　乃艶は、もう辛抱が堪りません。貴方さまを喰べます」

「………………」

「そうなる前に――……助けを呼んでください。イン子さまか、茉依さまを」

「それが……本当に、乃艶のやりたいことなら……そうする」

徐々に意識が朦朧としてくる。限界まで眠気が来た時のようだ。

最初から和友には抵抗用の武器も備えもない。そもそも一人で勝てる相手ではない。

故にあるのは言葉だけだ。和友は乃艶に問う。

「なあ……お前は……どうありたいんだ、乃艶……？」

「ですから、申し上げた通り――……殺して欲しいと、何度も！」

「ぬぐあああああああああああああああああ!!」

どむん！　と、突如吹っ飛んできたイン子が乃艶にぶつかった。

両者は絡み合うように地面をごろごろと転がっていく。

「……ぷはぁ！　あ、危なかった。ファインプレーだ、イン子……」

育子とガチ死闘を繰り広げているイン子は、全身が痣と血でコーティングされていた。乃艶を手で押し退けながら、イン子は立ち上がって宿敵の方を睨んでいる。

「イン子さま——……イン子さま！」

「ああん？　何よノエ。今あたし忙しいんだけど？」

「——乃艶を、殺してくださいまし。和友さまは、言っても聞いてくださらないゆえ」

渡りに船だと思ったのか、乃艶がイン子にそう懇願する。

それを受けてイン子は——般若のような形相になった。

「てめェ後輩の分際でナニ先輩に命令しくさってンだゴルァアアア⁉」

「いっ……いひゃいれひゅ、ひんほひゃま！」

潰しかねない勢いで、イン子は乃艶の頬を片手で真正面から摑んでいた。

「あたしに命令なんざ10000兆光年はえーわボケマーボーナスが‼　腹減った‼」

「光年は距離の単位だぞ……」

「で、ですが——……」

「死にたきゃ勝手に一縁で死ね‼　別に止めやしないわよ‼」

乱暴に放り投げるようにして、イン子は乃艶を解放した。

もう既に宿命の相手しか見えていない。育子も満身創痍だがまだまだやれそうだった。

ズンズンとそちらに向けて歩くが——一つだけ、イン子は背中を向けたまま語る。

「――ノエ。これ先輩命令な。次あたしの前で嘘コイたら殺……いや生かす」

「ヂエエエエエエエエエエ!!（人間辞めかけの威嚇）」

「べエエエエエエエエエエ!!（淫魔辞めかけの威嚇）」

また両者のガチ殴り合いが始まった――……。

「……乃艶。いい加減はっきりさせよう。お前がどうしたいのか、ちゃんと本音を言え」

「しかし――……それは、あまりにも……都合が……。だから、そんなことは――……」

「――いつまでも甘えたこと言うな!! どっちもガキじゃないだろうがーッ!!」

この場に居る全員に聞こえるほどの声量で、和友が腹から声を出した。

いきなりの大声に、乃艶は呆気に取られる。

「あのアホが以前母さんに言ったセリフだ。ただ、俺はあいつと同じことを言いたくない」

「……和友さま……?」

「甘えたことを言え。愛羽にも言われただろ。勇気を出せ。俺がお前を支えてやる」

けれど、もしそれでも自分を殺せと言うのなら――今度こそ、従おう。

和友ははっきりとそう告げる。く、と乃艶は息を呑んだ。

瞳から蒼の炎が噴き上がる。食欲と性欲と支配欲が、薪のようにくべられている。

本能が乃艶を滾らせる。であるならば、乃艶は冷や水を己にぶち撒けることにした。

理性や本能の、遥かその先にある――純粋な『願望』という名の冷や水を。

「――乃艶はっ!!　無用に他者を傷付けたくありません!!」

「他には?」

「久遠那さまやイン子さま、茉依さまや琥太朗さま達と、もっともっと仲良くしたいです!!」

「他には?」

「貴方さまを――……和友さまを喰べてしまいたいですっ!!　空腹なのですっ!!」

「まあそれは……うん、却下。ともかく、死ぬよりも先にやりたいことがあるわけだ」

「……はい。ですが、やはり、こんな身勝手な――……」

「もうそれはいいって。乃艶、今から厳しいことを一つ言うぞ」

「厳しいこと――……?」

積極的に死にたいわけがない。その上で空腹も我慢出来るわけがない。

別に和友は魔法使いではないので、乃艶の悩み全てを一挙に解決することは不可能だ。

故にこれは、乃艶側の覚悟に相乗りする形となる。

「我慢しろ、乃艶。ずっとだ。俺達と一緒に居たいのなら、お前は常にそれを強いられる」

「……しかし、それでは。いずれまた――……」

「俺はお前の為に死にたくない。が、生きてお前を手伝うのなら全然問題ないんだ」

背負ったリュックサックを、どすんと和友は地面に下ろす。

ようやくこれを使う時が来た。強引に折り畳んで詰めたそれ――部屋のカーペットを。

「和友さま、その敷物は——……」

「……‼　あんガキ……‼」

真っ先にその意図に気付いたのは、画策した茉依と和友以外だとドス縁魔だった。

割と手傷を負っている。茉依が地味にめちゃくちゃ善戦しているらしい。

和友がカーペットを地面に広げる。同時に、ドス縁魔が指を鳴らす。

「止めェ犬共！　殺してもええから‼」

「バウバウバウ‼」

忠犬と化していた退魔師達が、群がるように和友へ駆け出す。

喧嘩などほぼしたことがないので、間違いなく和友は抵抗出来ないだろう。

（まずッ——……！）

ここから逃げ出すわけにはいかない。乃艶を身代わりに出来るはずもない。

だがこの作業を妨げられれば、そもそもプランが崩壊する——

「——二十楽和友！　こいつらは俺が抑えておくから、さっさと何とかしろ……！」

和友と犬共の間に突如躍り出たのは、体調がかなり悪そうな鬼怒だった。

遠目にこちらの様子を窺っていたのだろう。横には美晴も居た。

「ひぃいいいい！　センパイ‼　ヘルプであります～‼」

「足を引っ張るな町尾……‼」

警察官だけあるのか、鬼怒は退魔師達を本当に力ずくで抑え込んでいる。

礼を言う暇も惜しい。和友はリュックサックからトマトジュースを取り出す。

道中琥太朗のコンビニから拝借したものだ。蓋を開け、ひっくり返した。

もうすっかり薄くなってしまったそれ――イン子を喚んだ召喚陣を、その赤で再びなぞる。

「待てやオイ、クソガキッ‼　嫁に出すよりもキッツいやつやろがそれは‼」

「だ、だからやるんですよ……。ていうかいい加減倒れてください……」

ぜえぜえ言いながら茉依はドス縁魔に斬り掛かる。これ以上邪魔はさせない。

『――どうして乃艶さんは、二十楽くんのところに現れたのかな？』

発端となったのは、茉依が予てから抱いていたその疑問からだった。

当然、和友とイン子の返答は「偶然じゃね？」である。

だが、冷静に考えてみて、遠い奈良の山奥からわざわざ和友の元へ現れるだろうか。

その直線距離の間に、適当な召喚陣を持っている者が一切居なかったのだろうか。

正解は、その中間――乃艶の出奔までは完全なる偶然で、辿り着いたのは必然。

――二十楽和友は、召喚術によって『願い』を叶えた。

その彼の元召喚物である淫魔が叶えたのは、真の願い『母親との和解』のみ。

一つ目の『願い』、『淫魔にいやらしく搾り殺されたい』。

二つ目の『願い』、『搾り殺した召喚者の死体を限りなくバラバラに引き裂くこと』。

この二つについては叶っていない。叶えることなく淫魔が帰還したからだ。
故に、未だ中途半端な形で、和友の『願い』は残っている。
（だからお前が来たんだ、乃艶。一つ目の『願い』の成就に、お前は的確だったから）
飛縁魔は淫魔と似た種である。純国産淫魔とも言える。
初日の乃艶の行動は、そういう意味では和友が元々願っていたことに近かった。
現在の和友に『願い』への意思がなくても、召喚陣には無関係である。
和友と乃艶は、ただの偶然で引き合ったわけではない。淡くても、繫がりがある。
和友が夢で乃艶の過去を知ったのも、それが理由だ。
だったら、改めて和友は願うことにする。完全な形で。
——二十楽和友は、召喚術において天賦の才を有している。
己も、召喚物も、全く同じことを願ったのなら……再び自分に喚べないわけがない。
「——我が国の異形、其の方を喚ぶに足る贄は満ちた」
①召喚者が『願い』を用意する。
「故に我は其の方との契りを望む——我が願い、聞き届け給え。そして叶え給え」
②その『願い』に対し適切な『対価』を用意する。
渡したくなかったが、和友は詠唱しながら仕方なく陣の上に『対価』を放り投げた。
どんどん陣の発光は強まっていく。露骨にドス縁魔の表情が歪んだ。

「やめぇ!!　奪うんか、オドレは!?　わたいらから希望を!!」

彼女は知っていた。召喚術で喚ばれた召喚物が、どれだけ強力な制約下に置かれるかを。

そしてその束縛は、飛縁魔達が乃艶へ望む『自由』とは、対極にあることを。

「希望、だなんて……乃艶さんは望んでないです。押し付けがましい親は嫌われますよ」

「黙れや小娘!!　ぶっ殺「ていっ!!」いや強いんじゃやボケェ!!　何やねん!?」

もう二度と召喚術には手を出さないと誓っていたが、早々にそれを破ることになった。

しかし和友に後悔はない。乃艶がこのままどうにかなるよりも遥かにマシだ。

「さあ、来い。乃艶。改めて、俺の『願い』をお前に伝える——」

光に包まれた乃艶の姿が、一瞬だけその場から消失する。

そして次の瞬間には、濡れてぐずぐずになったカーペット、その召喚陣の上に、居た。

③召喚に成功した場合、『願い』を叶えるに足る存在が召喚される。

「——『飛縁魔にいやらしく搾り殺されたい』。これが、俺の『願い』だ」

「和友さま——……」

「絶対に叶えるなよ、乃艶」

④召喚者の『願い』が果たされた時、召喚物は異界へと強制的に帰還する。

乃艶がその『願い』を叶えた時——それは、和友と永遠に別れることを意味する。

裏返せば、叶えようとしない限り、ずっと傍に居られることにもなる。

そこには、彼女に相当量の我慢を強いるが……召喚術には、更に副次的効果もある。

――『願い』を実行するまで、召喚物は召喚者の言うことを聞きます。

乃艶はイン子とは真逆だ。絶対に、和友の言うことを聞くだろう。

『願い』を叶えるな。誰も襲うな。支配するな。それら全てを飛縁魔の本能より優先しろ。

そもそも叶えさせない為の『願い』。二人を繋ぐ強固なる矛盾。

「……はい。乃艶は、総て貴方さまの言う通りに――……！」

力強く返事して、乃艶は『対価』となるずぶ濡れのそれ……和友のパンツを抱き締めた。

先程茉依にいきなり脱げと言われたやつである。茉依は話が飛びすぎていた。

（まあ何で乃艶が俺のパンツに執着していたかは気にしないでおこう……）

最近一枚下着を紛失していたことを和友は思い出す。久遠那が捨てたと考えていたが。

「……ドス縁魔さん。これで乃艶は俺の召喚物です。だから――」

もう争う必要はない。さっさと諦めて退いてくれ。和友はそう言おうとした。

「ええ加減にせえよクソガキャァ!!!」

ぶわり。雨粒も、自分の汗も、何もかもが一瞬にして弾け飛んだ。

ドス縁魔から放たれる圧倒的な熱。怒髪天――その髪が逆巻いて、空に届く蒼炎と化す。

同時に放たれる、絶対的魅了。和友も、茉依も、イン子も、育子も、全員が膝をつく。鬼怒や美晴、退魔師達に至っては言うまでもない。

(なんてうつくしいんだ)

そんなことを和友はふと思った。目の前のそれが神様のように見える。

いや、事実、神なのだ。親や友など比べ物にならない。己が絶対的に優先すべきもの。

——強すぎる魅了は、人間の価値観など容易に崩壊させる。

(このひとにころされるのならなんのもんくもない)

「……二十年やぞ。わたいが娘に使こた時間や。決して安うない時間や」

(はやくころしてくださいはやくころしてくださいはやくころしてくださいはやく)

「それを!! オドレはカスみたいな術で台無しにしおった!! ふざけんなや!!」

「はやくころし——」

「和友さま!!」

「……っ!!」

乃艶にだけはドス縁魔の魅了が通じていない。同種で、更に娘だからだろう。

彼女の声で、どうにか和友も正気を取り戻した。背筋の凍る、恐ろしい体験だった。

あっという間に自分が自分でなくなる——ドス縁魔の、真なる脅威。

「オドレは考えられる限りの拷問をして殺す。親兄弟親戚も全部殺す。ツレも女も全部じゃ!!」

和友(かずとも)が死ねば召喚術による契約は解除される。真っ当な方法だろう。それ以外は私怨(しえん)だが。

「お母さま!!」

だが、大股で和友(かずとも)に寄るドス縁魔の前に、乃艶(のえ)が立ち塞がる。

鬼のような、というよりも鬼そのものの凶相で、ドス縁魔は猛(たけ)った。

「どけ!!　娘(おまえ)は替えが利(き)かん、邪魔すな!!」

「どきません。我が主を殺したいのなら、先に乃艶(のえ)を殺してくださいまし」

「娘やから殺(や)られへんとでも思(おも)とんか!?　ならオドレら両方いっぺんに殺したらァ!!」

和友(かずとも)は動けない。圧倒的な力を持つ異形の前に、人間など本当に無力だ。

思えば、こんな強い力を持つ異形を、何故(なぜ)かつての退魔師達は完全に滅ぼさなかったのか。

どうして談合という形で抑制するに留(とど)めているのか。

簡単な話だ。飛縁魔達が本気を出せば、人類に大打撃を与えることなど造作もない。

ただし、人類側も本気で抵抗し——その圧倒的総数の差から、彼女達が先に滅ぶ。

人間が最後に生き残ったのなら、それは人間側の勝利でしかない。

お互いがお互い、抑止力になっているのだろう。殺さないから殺すな、と。

だが、目の前の小競(こぜ)り合(あ)い程度に限れば、そもそも二種間は勝負にすらならない——

「和友(かずとも)に何やろうとしてんだテメェーッ!!」

ゴシャアアアアアアン!!

「あッッッ」

草野球レベルなら割とホームランを量産出来るぐらいのバッティングセンス。

異形相手とはいえ頭部にバットをフルスイング出来る覚悟。

そういう能力を持った上で、おあつらえ向きに何故か釘バットが落ちていた。

何より——無二の親友の危機とあっては、己の命など顧みずに行動可能。

「……こ、琥太朗……!?」

——いきなり現れた琥太朗が、渾身の一撃でドス縁魔をノックアウトした。

ドス縁魔の逆巻く髪の毛は元に戻り、同時に全員の魅了が解除される。

「大丈夫か、和友? 遠目で見てたんだけど、お前がヤバそうだったから、つい」

なのでダッシュで駆け寄って、そのままドス縁魔をぶっ飛ばしたらしい。

「『つい』で済む戦果じゃないぞ……いや、いいか。助かった、琥太朗」

無論、琥太朗の一撃で倒れるほどヤワではない。不意打ち+これまでの蓄積ダメージ故だ。

が、尻餅をついて目を白黒させているドス縁魔が気になるのは、ただ一点。

「な、なんで……その人間にわたいの魅了効いてへんの……?」

万事に優先する信仰上の絶対神と思わせるほど、その魅了は価値観を根底から覆す。

よって周囲一帯の動物は、ドス縁魔に一切刃向かえない状態だったはずだ。

それは遠くに居たとはいえ、琥太朗も同様である。

が、琥太朗はこともなげに言い放った。


「いやあんたみたいなオバサンより和友の方が圧倒的に〝上〟だろ。バカか？」


「コイツなんなんマジで⁉⁉⁉　ホンマに人間なんか⁉⁉⁉⁉⁉⁉⁉」

そもそもの琥太朗の価値観、和友絶対主義。それはドス縁魔の超魅了よりも強い。

いやもうにわかには信じられねえ事態だった。何者なんですか彼？

思わず敬語で育子がイン子に訊く。「こっわ……」としかイン子は答えられない。

「――って、よくも淫魔のあたしにクソみてェな魅了掛けたなババア!!　殺す!!」

「イケメンのちんぽより素晴らしいモンがあると一瞬でも錯誤させたなババア!!　殺す!!」

血みどろの狂獣二匹が、やられた怒りによって爆速でドス縁魔に飛び掛かる。

イン子はその上半身に、育子はその下半身に蛇の如く絡み付いて、関節を極めた。

「おいゴミ!!　このババア畳むぞ!!」

「命令すんな淫魔!!　お前に言われんでも分かっとるわ!!」

メキョキョキョキョキョキョキョキョ……。

「あ゙!!!」

「めちゃくちゃ息合ってるよこの二人……」

「同時に敵に回したら絶望しかないな……」

さっきまで殺し合っていた両者だが、これで共通の敵にようやく襲い掛かったことになる。

そしてドス縁魔は畳まれながらこう思った。「コイツらホンマ嫌い」――と。

*

「――考えたら、わたいの目を盗んで逃げ出した時点で、歯車はもう狂っとったんやな」

完全な飢餓状態になり、本能が爆ぜてから、これを世に放つつもりだったのに。

自分の目論見が、そもそも乃艶の家出の時点で崩れていたことをドス縁魔は悟る。

メキメキメキメキメキ……。

「アタシコイツの膝の皿粉々に割るわ」

「んじゃあたしはババアの指の骨全部折る」

「……けどな、兄ちゃん達。結局根本的な問題は何も解決してへんやろ？」

ボキボキボキボキボキ……。

「娘を召喚術で喚んで、ほんでどないやねん。わたいとはまた別種の抑圧が始まるだけや」

「おい淫魔！　コイツうるせェから先に歯ァ全部折れ」

「命令すんなボケ！　生爪全部剝がす方が先じゃい‼」

ゴキゴキゴキゴキゴキ……。

「あとホンマ後生やからわたいを助けて頂けまへんか？　コイツら悪鬼を超えた何かですやん」

ドス縁魔はガチで懇願していた。悪鬼コンビは彼女を肉塊に戻すまで止まらないだろう。

しかし無条件で解放するのもアレなので、和友は注文を付けておいた。

「しばらくドス縁魔さんが俺達をそっとしておいて下さるのなら考えます」

「するてするて！　心配せんでも自分らの顔見たらもう夜寝れへんわ！　堪忍して〜な！」

「嘘かもしれないよ……？」

「まあここまで負傷してるならもう抵抗しないと思うが……」

やや疑り深い茉依だったが、ドス縁魔のボロボロっぷりから和友は信じることにした。

どうにかその場に居た全員で、絡み付いたイン子と育子をドス縁魔から引き剝がす。

ある意味これが今回一番の重労働だった。

「あー死ぬかと思た。で、兄ちゃん。どないなん？　自分のそれは問題の先送りなだけやぞ」

単に召喚術を利用して、和友は乃艶の本能をより強い力で抑制しているに過ぎない。

いずれそこには綻びが出る。地から噴き出す溶岩を塞いだところで、他に穴が空くだけだ。

また乃艶のそれが噴き上がった場合……発生する被害は、今回の比ではないだろう。

どう答えたものか。和友は思案したが、真っ先に返答したのはイン子だった。

「知るかボケ‼」

「自分らそのフレーズ好っきゃな……。知らんで済まんやろ。わたいはかまへんけど」

「済むわい。また問題が起こったなら、そん時は未来のこいつらがなんとかするだけだし」

和友や茉依の方を顎で示す。そこに自分を加えていないのが実にイン子らしい。

問題の先送り――それの何が悪いのか？　イン子の結論はこれだった。

要はいつもの開き直りである。本家のそれはやっぱ違うな、と和友は思った。

「先のことは先のヤツがどうせ考えるじゃん。今を楽しむあたしらには関係ねえのよ」

「ぼ、暴論だねイン子さん……」

「んで、飯の問題だけど――ノエェ‼　口開けェ‼」

「は、はい？　イン子さま――……？」

「いいから開けオラ‼　命令の絶対は先輩‼」

いきなり乃艶の口を開かせて、イン子はその背中に両腕を回した。

背はイン子の方が高い。乃艶を抱き締めてキスでもするかのような所作である。

ガリっという音を立て、イン子は次に真っ赤に染まった己の舌を突き出す。

雫のようにぽたぽたと乃艶の口内へ垂れていくそれは――イン子の鮮血だ。

舌を噛んで血を溢れさせ――親鳥が雛鳥へ餌を与えるように――乃艶に飲ませている。

「んく……っ」

「な、何をやってるんだ、イン子……？」

「この淫魔そっち方面かオイ！　まさかアタシをエロい目で見ていた⁉　イヤァァ‼」

イン子の行動を見た育子が、己の身体を抱きながらわざとらしい悲鳴を上げた。

「死ね‼　……『精』って、要はその生命体が持つ生きているものよ」

即ち、生き血であり、生肉であり、体液全般であり、気力であり、体力である。

生きているからこそ巡っているその全てが『精気』で、彼女達はこれを糧とする。

無論それらは糧とする側の飛縁魔にも淫魔にも、確かに巡っていることは明白。

そしてイン子は誰が見ても、この『精気』に溢れまくっているので――

「とても――……美味でございます。身体の奥底より、活力が溢れるような――……」

「でしょ？　あんたが生涯あたしの後輩として尽くすなら、たまに分けてやるわ」

――乃艶の食料としてはこの上なく的確だった。

「吸血鬼みてーだな……」

事情はそこまで分かっていないが、琥太朗がぼそりと呟く。

人間も動物の血を料理に使うことがある。故に、特別変わったことではない。

乃艶の空腹問題を強引に解決したイン子を見て、ドス縁魔は呆れ返っていた。

「……量足りんやろ。まあその場凌ぎとしては充分やろけど……」

「貴様ら飛縁魔も、山奥で専門の風俗店を経営してやりくりしているだろうが」

ハンカチで顔の血を拭い、タバコに火を点けながら、育子がそう指摘する。

「知っとったんか」

「私はエロいことに関して他人より耳聡い自信がある。あと今下も」

「ち、違いますっ!!」

飛縁魔達が人に扮して経営している秘境の風俗店。当然客を殺しはしない優良店だ。

そもそも、現行の飛縁魔達がそうやってどうにか色々我慢して生活している。

乃艶もそこに加わったようなものだ。我慢、それが現代の飛縁魔に課せられた枷。

「――アホくさ！　色々面倒なってきたわ！　もうわたいは奈良帰ります！　ほなな！」

身体が霧状になっていき、まるで空気へ溶け込むようにドス縁魔が消えていく。

乃艶は――それでも――去ってゆく母親へ、声を掛けた。

「お母さま！　その、乃艶は――……」

「知らん。もう全部好き勝手せえや。そもそも、最初からお前は自由や、乃艶」

その言葉にどれほどまでの意味が込められていたのだろうか。

自由にした結果、乃艶が大暴れすれば、それはそれで願ったり叶ったりである。

一方で、別にもうドス縁魔の関与しないところで乃艶が暮らす分にも構わない。

究極の放任主義こそが、ドス縁魔と乃艶の親子関係の在り方なのかもしれない。

人の尺度でそこを測るのは、やはりやめた方がいいと、和友は考えた。

(母さんも俺を放任してたようなもんだし、どこの家庭もそういうのはあるのかもな……)

「ま、奈良の退魔師連中は今頃大目玉だろう。こっちが知ったことではないが――」

「育子さん……」

「――それとは別に、我々の問題も片付いていない。そうだな、今下?」

吸ったタバコをポイ捨てする育子。美晴がしかめっ面でそれを拾い上げた。

ドス縁魔は去り、乃艶の本能もある程度抑制可能になった。

が、退魔師達はそもそも乃艶を討伐しに来たのだ。乃艶は、まだここに居る。

「っぱコイツ殺さないとダメじゃ～ん。人間は傷の治り遅いのに大丈夫かぁ～?」

生傷だらけの育子に対し、イン子はもう大体治りつつある。

とはいえ両者その闘志に翳りはない。だが、先に茉依が一歩踏み出た。

「弊社《サザンカ》が責任を持って妖怪・飛縁魔――乃艶さんを監視及び保護します」

「知るかそんな上場もしてねえポンコツ企業の主張とか。潰すぞ」

「……ですよね。なので、こちらを」

スマホを取り出し、茉依は操作をする。そして幾つかの写真を育子へ見せた。

そこには、ドス縁魔に良いようにされた退魔師達の醜態。

並びに討伐対象をガン無視して淫魔と殺し合っている育子の姿が収められていた。

「これをオニゲシメディカル以外の退魔企業にバラ撒きますので、何卒……」

「いや何卒も絶頂潮吹き※もあるか!! てめッ、いつ撮った!?」 ※意味不明
「ドス縁魔さんとやり合ってる中で、隙を窺いつつカシャっと……あ、動画もありますよ」

「優秀ですわあ〜!! だから私は君に辞めて欲しくなかったのぉ!!」

今回来ているのが、自分のかつての先輩達で、精鋭であることも茉依は知っている。

退魔師達にも当然メンツというものは存在する。むしろ一般企業よりもそれが強い。

そんな精鋭諸氏のあられもない姿（＋育子の暴走姿）は、出来れば秘匿したいだろう。

因みに本人には言っていないが、過去の育子の醜聞も茉依はきっちりスマホに収めている。

（脅してるのか、今下……）

（今下さん経営向いてそうだな〜。今度本貸そ）

はあ、と大きく育子は溜め息をつく。そして茉依の頭上にぽんと手を置いて撫でた。

「勘弁してくれとか、見逃してくれとか言うようなら、君ごと殴り倒すつもりだった」

「……育子さん」

「それだけ図太ければ、今後も海千山千のクソ異形やボケ退魔師共ともやっていけるだろう」

「じゃあ――」

「今日はもう引き上げる。それと後日、弊社から御社へ業務委託しよう。その飛縁魔の監視を」

「いいんですか……？ っていうかそんな権限あるんですか？？？」

「いンだよどうせ私が本気出せば上のジジイ共とかワンパンで全員殺せるから」

「すげー理由だな……。オレ絶対こんな人部下にも上司にも欲しくねえわ……」

育子の脳裏に、高校を出たばかりでまだ右も左も分からない頃の茉依の姿が浮かぶ。

あれから何年も経って、自分が思っている以上に元部下が立派に成長している。

その姿をこの目で見られたのなら、今日血を流した意味もあっただろう。

撤収！　と、育子は部下達に声を掛け、踵を返した。

「逃げんのかぁ～？　オォン？　あたしに敗北ンのが怖いんかァ～？」

が、その背中に向けてイン子がニヤニヤしながら挑発を行う。

育子はくるりと振り返って、ムカつく淫魔の顔面へタバコの空箱を投げ付けた。

「セッタの10」

チャリン……。ついでに小銭も足元へ投げ付ける。五円玉だった。

買って来い、とのことだろう。ふ、とイン子は柔らかく微笑む。育子も微笑み返す。

「「こいつブチ殺す!!」」

そして相手を殺してやろうとお互い同時に駆け出した。

育子を退魔師達が、イン子を和友と茉依と乃艶と琥太朗でどうにか押さえつける。

「どんだけ元気なんだお前ら!! 俺らもうヘトヘトなんだぞ!?」

「育子さん! イン子さん! 落ち着いてぇ!!」

「有り余る体力気力——……乃艶も少々見習いたいものがありますれば」

「「殺アアアアア————ツッツ!!!」」

「ぼうかわだわ……」※めちゃめちゃ暴力的で可愛くないやつの略
琥太朗のツッコミが虚しく響く。二度とこの二人は出会うべきでないと思った。

そんなトラブルのまさに発生源を、鬼怒と美晴は眺めている。

「あのー、センパイ? 両氏を止めなくても良いのでありますか?」

「あー……いいだろ、もう。なあ、町尾」

「何であります?」

「本当にあるんだな、変な世界って。俺はもう、わけが分からん。お前はどうだ?」

「んー、まあ、それでも大切な市民ならば、我々でお助けするのであります!」

「お前が大物なのか小物なのかも分からん……はあ。帰るぞ」

後始末とか後処理とかそういうのを全部すっ飛ばして、とにかく休みたい。

鬼怒は喧嘩の仲裁すらせず、美晴を連れ立って歩き始める。

金輪際こういう連中とは関わりたくないと願うが、多分無理だろう。

少なくとも角の生えた女は二日に一回ペースで警察の世話になっているからだ。

美晴はとりあえず上司に連絡を入れようと、ポケットからスマホを取り出そうとした。

ころっ……。

「わ、とと。乃艶氏からもらったどんぐりが……」

ポケットに入れていたそれが落ちたので、拾い上げて美晴は大切にしまう。

案外気に入っているのか――と鬼怒は考えるが、それより先に。

「お前があの女の影響を受けなかったのは……先にあいつから何かを与えられたからか？」

「……？　どういうことでありますか？」

「あー……別にいいか。警官が考えることでもない。後で捨てとけ、それ」

「えええええ！　ずっとおまもり代わりにしてるのでありますが⁉」

「ただのどんぐりだろうが」

喧嘩をしている連中に訊けば、納得のいきそうな答えは返ってくるだろう。

しかし別段知りたいとも思わなかったし、過ぎたことでもある。

二人の警察官は、なるべくゆっくりと署へ戻る――

いつの間にか雨が止んでおり、空模様は濁ったような曇天に戻っていた。

この後また雨が降るかもしれない。晴れるかもしれない。曇りのままかもしれない。

いずれにせよ、雨なら傘を差して、晴れなら出歩き、曇りなら傘を持っていけばいい。

その時の天気に合わせて、人々が日々の行動をちょっとだけ変えていくように。

何も分からない未来だって、その未来に生きている自分達がその都度行動を変えるだろう。

暴徒化したイン子と育子（いくこ）をどうにか宥（なだ）め、乃艶（のえ）はふと後ろを振り返った。

誰かが、何かが、自分を呼んでいる。そこには何も居ないのに、そんな気がする。

——なあ、お嬢さん。最後に一つ訊（き）かせてくれよ。俺ぁ、美味（うま）かったかい？

懐（なつ）かしいその声に、乃艶（のえ）は少しだけ目を丸くして——

「はい——……ごちそうさまでした」

——奪ったものへの最大限の感謝を、口にした。

《真・最終淫　終》

エピローグ

サザンカ　超絶ハイパーウルトラミラクルデラックス激アツ特別顧問（確変確定）　イン子

「ど〜よ？　すげえっしょ？」

「……。おねーさん、なにこれ？」

休日の河川敷にて。エンボス加工されたその紙片を、ドヤ顔でイン子は愛羽へと渡す。

が、まだ小学生だからか、それともその内容が意味不明だからか、愛羽は首を傾げた。

「名刺よ名刺！　あたしの身分証明ってわけよ！　まだめっちゃあるから一枚やるわ」

「べつにいらないんですけど。愛羽まだコドモだし。ま〜いいや♥」

なお、イン子本淫の強い希望で文字色は全部虹色である。ド派手な名刺だった。

見ようによっては子供心をくすぐる可能性はある。名刺は基本大人に渡すものだが。

愛羽はポーチへとそれを大切にしまい込み、クスクスと笑う。

「でもぉ〜、おねーさんってお仕事できるの〜？　ムリそ〜♥」

「ああ!?　バリバリ出来るわい!!　キャリアウー淫魔ぞあたしは!?」

「だっておねーさん、バカだし……♥♥」

「BACK　OUT……？」

「流石にそれは無理矢理過ぎるだろ……」

現れた和友がそうツッコミを入れた。キャンセルするとか手を引くという意味である。

「あ、おにーさんだ。のえのえも」

「今日は良いお天気でございますね――……愛羽さま」

和友はランニング途中で、乃艶は自転車に乗ってその横を並走していたようだ。

以前やろうと言ったことは、今きっちりと日課になっている。

まあ今だけは、少し別の目的もあるが。

「のえのえ、すっかり自転車に乗れるようになったね。えら～い♥」

「これも和友さまの指導の賜物ですゆえ――……日々精進にありますれば」

「まあ補助輪を与えるには早いけどね。〝上〟に来るにゃアまだ青臭い……」

「〝下〟だってばおねーさんは」

相変わらず価値観に相違がある。愛羽の苦言はイン子に届かない。

「ところで、おにーさん達はなにしてるの？」

「あー、まあ、俺のトレーニング兼謝罪ツアーというか……」

「乃艶がご迷惑をお掛けした方々へ、誠心誠意頭を下げて回っているのです」

「へ〜。よくわかんないけど、メーワクかけるのってキホンおねーさんじゃないの？」

「おい!!　どういう意味じゃい!?」

どうもこうもそのままの意味でしかない。小学生の評価は残酷なまでに素直だ。

要は乃艶のエナジードレインの被害に遭った人々に、二人は謝って回っている。

が、そもそもエナジードレインと被害の因果関係を一般人は理解が出来ない。

なので謝ったところで「いきなり何だこいつら？」としかならないのだが。

それでも乃艶がそうしたいのならば、付き合ってやるのが召喚者たる和友の務めだった。

「俺達はもう行くぞ。イン子はどうする？」

「カズ、今あんた財布持ってる？」

「持ってるけど」

「んじゃあたしも行くわ〜。またなメウ！　名刺失くしたら泣かすぞ!!」

「は〜い♥　こんど愛羽もお気にのポストカードおねーさんにあげるね♥」

何かしら奢らせようという魂胆が丸見えであるが、イン子は愛羽と別れる。

脇に停めてあった補助輪付きの自転車に跨り、颯爽と駆け出していった。

「くぷぷ、ダッサ……♥　かわいいんだから、もう♥」

その後ろ姿を、愛おしそうな声音で愛羽は罵倒した――

「小娘！　小童！　おぼこ！　今日は新台解禁日さね……!!」

「いや、俺ら今ちょっと他に用事あるんで……」

「乃艶は少々、あの店に恐怖がありますれば――……」

「ごめ〜んババア！　また今度一緒に行くからぁ〜。あたしの名刺をあたしと思っといて〜」

いつものパチンコ店の近くでババアに捕まった三人だったが、誘いを断る。

イン子はババアのシワだらけの手に、己の名刺を一枚握らせた。

「――喜寿なれど　我が身這い寄る　孤独かな」

「恨みがましい一句だ……」

やたらと物悲しい川柳を吐いて、一人ババアはパチ屋へと向かっていく。

ちょっと申し訳ないことをした――そう思った三人だが。

しかしババアはくるりと振り返り、中指を三人に立てた。

「ファンキーな婆さんだな!!」

「絶対長生きするわ〜、ババア。中指立て返しとこ」

「御老体にとって、壮健であることに勝る喜びはありませんゆえ――……」

ババアが財布にイン子の名刺をしまう姿を見届け、三人はパチ屋を後にする――

「あら、みんな。仲良くお散歩かしら～？」

買い物袋を下げた久遠那と、道端でばったり遭遇する。

今晩の食材を買いに出ていたらしい。四人分ともなれば結構な量だ。

「母さん」

「久遠那さま、お荷物をお持ち致しましょうか――……？」

「うふふ、いいのよのえちゃん。主婦はこうやって鍛えてるの♪」

「ママさん！　今日の晩ごはんなに？」

「今日はのえちゃんの好きなふろふき大根と、いんこちゃんの好きなハンバーグと――」

「ウッホホホエエ～イ!!　テンションが上がってしゃーないわ～!!」

「和も洋もないな……改めて思うと」

「いつもありがとうございます、久遠那さま。この御礼は、いつか必ず――……」

「気にしないで、のえちゃん。感謝したいのは、むしろおばさんの方だから――」

跳ね回るイン子と、一歩引いている息子と、その隣に立つ乃艶を久遠那は見る。

擬似的なものではあるが、今の二十楽家は四人家族だ。

仮に夫が居たとしても、三人家族が限度だった久遠那にとって、それは未体験のものである。

家族はきっと、多ければ多いほど、より幸せになれるものなのだろう。

「――晩ごはんまでには、たっくさんお腹を空かせて帰ってきてね？」

「はい。確かに拝命致しました、久遠那さま」

「余裕～～～‼」

「ありがとう、母さん。今度バイト代出たら生活費として全部渡すよ」

「そう？　全部はいらないけど、じゃあちょっとだけ貰おうかな？　それより……」

感謝の言葉が、普通に息子から出て来る。それもまた、久遠那に幸せを感じさせる。

なので余計なお節介を焼いてしまうのも、仕方がない。余裕があるからこそだ。

「……かずくん。答えは早めに出した方が、結果的にみんなを傷付けないのよ？」

「何の話⁉」

久遠那の目下の悩みは、天然ジゴロの女たらしでスケコマシな息子の女性関係だった――


――ピロリン♪　ピロリン♪

「おうコタ‼　肉まん二つ‼　どんぐりと交換な⁉」

「選りすぐりの逸品達がありますれば――……」

「うわぁ……」

心の底から嫌そうな声を出して、琥太朗が表情を歪めた。

いらっしゃいませよりも死んでくれという言葉の方が先に出そうである。

「二十楽くん！　イン子さんに乃艶さんも！」

「あれ、今下。何してるんだ？」

カウンター前には茉依も居た。何やらトートバッグに色々詰めている。

イン子という超害虫とその子虫を視界から外しつつ、琥太朗は和友へはしっかりと対応した。

「今下さんに経営関係の本を貸してんだよ。会社作ったって聞いてたからさ」

「仁瓶くんわたしより何倍も勉強してて……業種が違うとはいえ、尊敬するよ～」

（眩しすぎる二人だ……）

どちらも自分と同い年なのに立派過ぎる。和友の劣等感が大暴れしそうだった。

一方でイン子は勝手にカウンター内へと入り込み、スチーマーから肉まんを取り出す。

「勝手に取るなバカタレ!!」

「は？　店員なんですけど？」

「あれは初日でクビみたいなもんっス姐さん……」

戻せ、嫌じゃボケ、勘弁して下さい、三人はギャーギャーと騒いでいる。

茉依はそのやり取りを、苦笑しながらも眺めていた。

「二十楽くん達は賑やかだなぁ」

「……。あの、茉依さま。一つお訊ねしても？」

「ん？　どうしたの？」

「なにゆえ茉依さまは、和友さまのことをお名前で呼ばれないのでしょうか——……？」

「え」

乃艶からすれば単純な疑問だった。二十楽、だと久遠那も含めてしまう。

なので和友は和友で、久遠那は久遠那と呼ぶべきだが、茉依はそうではない。

しかし茉依はしどろもどろになりながら、どうにか言い訳を探した。

「い、いやそれはなんていうか、こう……距離感？　みたいな？　あるよね⁉」

「距離？　しかし茉依さまは、和友さまのことを好いておられるのでは？」

「すっ、すすすすす⁉　ちょっと乃艶さん！　そんなストレートな！」

「乃艶も、イン子さまも、琥太朗さまも、久遠那さまも、皆和友さまのことを好いています」

「…………。あ、そういう」

その言葉の意味に対して、お互いに開きがあるようだ。彼女はまだ、幼いのだろう。

それでも、茉依だけ一歩遠くに居るのは忍びないと思う。乃艶は力強く告げた。

「茉依さま。勇気でございます。それが大事であると、乃艶は学びました」

「勇気……」

「しからば、こちらをお納めください——……」

袂から取り出したそれを、乃艶は茉依の手に握らせた。

前に欲しがっていたこともあるし、茉依には譲ってもいいと判断したのか。

何より、もう乃艶はそれを二枚持っているから。

「こ、これは……!!　いいの!?」

「はい——……勇気が無限に湧き出すような、そんな逸品ですゆえ」

シュババっとバレないように、茉依はトートバッグにそれを隠した。

受け取らないという選択肢はない。変態と変態の絆は思ったよりも強い。

そして茉依は、力強く声を出してみた。

「かっ、和友くん！」

「……？　どうした、今下？」

「え!?　あ、いや、特には……」

「あ、そうだ。今下、今度飯でも行かないか？　依頼の件でお礼もしたいし、奢るよ」

「それは……えっと、いつものファミレス？」

「いや、もうちょっといい店のつもりだけど……後で琥太朗に訊いとくから」

「おい!!　あたしも連れてけよそれ!?」

「連れてくわけないだろうがバカタレ。今下への礼なんだから、俺ら二人で行く」

それはつまり、デートではないのか？　茉依はそう思ったが、言葉は出なかった。

ただ折れそうなくらい全力で首を縦に振る。ＯＫのサインだと和友は受け取った。

やれやれとばかりに、琥太朗は溜め息をつく。

（罪深ぇなマジで……。おばさんの次の悩みになってそうだ……）

注意の一つでもしたくなるが、本人が無自覚ならば指摘するだけ野暮だろう。

何故か満足そうな乃艶を横目に、ここはイン子以外善良な者しか居ないと琥太朗は思った。

「んじゃ、最後にひとっ走りして帰るか。乃艶もそれでいいか？」

「はい。乃艶はどこまでも、和友さまのお傍におりますゆえ――……」

「腹減った～。早くママさんのごはん食べたい～」

コンビニを後にして、更に何件か謝罪をし、最後に和友がそう切り出す。

異論などあるはずもない。乃艶は自転車のペダルに足を掛けた。

が、ほうぼうに移動して疲労が溜まっていたからか、ぐらりとバランスを崩し――

「っと……。大丈夫か、乃艶？」

――そうになったが、和友がすぐに受け止めて支え、事なきを得た。

「……は、はい……」

その腕に抱かれながら、小さい声で乃艶が返事する。

和友は倒れかけた自転車ごと乃艶を押し戻し、「よし」と言う。

「ゆっくりでいいからな。さ、行こう」

先導するように走り出す。しばらく、乃艶はその背を追えなかった。

初恋

とくんとくんと心臓が揺れている。血の昂り、本能の疼き、それとはまた少し違う何か。

顔が熱い。飢えていないのに、主である和友のことが欲しくてたまらない。

理由不明の異状に、乃艶は傍に居たイン子へすぐに訊ねた。

「——イン子さま。乃艶は、また少々、おかしくなってしまいました」

「見りゃ分かるけど」

「早急にイン子さまの血を頂く必要があるやもしれません。無自覚ながら、飢えが——……」

「やんねーわ！　ドリンクバー感覚で頼むなあたしの血を‼」

「しかし——……」

めんどくせ〜！　イン子は心中でそう叫んだ。今の乃艶は、自分の思想と対極にある。

もっとも例外は何事にも存在するので、別に頭ごなしに否定はしないが。

とはいえ、毎回後輩に一から百まで全部教えるのもアレだ。たまには己で学べと思う。

「——漢字で、一文字」

「漢字で……？」

「今のあんたが抱え込んだモンよ。あたしから言えるのはそんだけ」

「イン子さま——……その、乃艶は、漢字が読めません」

「知っとるわあ‼　つまり答えは自分で考えろ‼　時間はたっぷりあるんじゃい‼」

「はっ、はい！　日々精進にありますれば——……！」

「置いてくぞ——インチ、乃艶！」

《おしまい》

《あとがき》

初めまして。有象利路と申します。この度は拙著を手に取って頂き、まことにありがとうございます。ここまで読んだ方には感謝を、ここから読む方には楽しんで頂ければと思います。

本作は私の中で通算八冊目となる作品です。前巻あとがきで本作の二巻が出るかは不明みたいなことを書きましたが、見ての通り出ました。皆様の応援のおかげです。

さて、本作は対外的には現代ファンタジー系ギャグコメディです。しかし今回は個人的には現代ファンタジー系ギャグコメディ型ライト伝奇として制作しました。一巻と同じことをやっても仕方がないので、主に妖怪・飛縁魔の乃艶を中心としたお話となります。伝奇とは何なのか？　っていうと要はファンタジーなので意味がやや被っていますが、ニュアンスとして……。ともかく、一巻を読んで下さった方がより楽しめる続刊として制作しました。世情がどうしても暗めな昨今、底抜けに明るい物語には価値があると信じ、書き下ろした次第です。

本編についてはネタバレを避けたいので、あまり語ることがありません。一巻で舞台は整ったので、二巻は思う存分にギャグへ舵切り出来た回が多めです。なのでギャグは進化というか深化したのではないでしょうか。《バイト淫魔》が個人的傑作回なので、これを書けただけでも作家としては一つ得難い経験を得ました。また、主軸のテーマの一つとしては『ペットの多頭飼い』です。最後まで読んだ方は何となくその意味が分かるかと思います。

最後は謝辞を。迷惑を掛けるのが大前提になりつつある担当編集の阿南さん（すんません）、作品内外で本作を非常に可愛がって下さり、その愛をイン子や乃艶達へ存分に注いで頂いた猫屋敷ぷしお先生（様々なご提案本当に感謝しております）へ、この場を借りてお礼申し上げます。並びに、本作を最後に編集者を辞される担当編集の土屋さん、これまで誠にありがとうございました。氏への愛の叫びは22年5月末配信予定の賢勇者外伝のあとがきにて……。

また、本作の下読みに付き合ってくれた友人の岡本くんと四人の後輩達、いつもカバー袖の著者近影になってくれる日高くん、何より最後まで読んで頂いた読者の皆様に、もう一度最大限の感謝とお礼を申し上げます。

本作は元々一巻完結だった作品の続刊です。とはいえ、まだまだイン子達の日常生活は続いていきます。それを描けるかどうかは、やはり皆様の応援次第ですので、今後も変わらぬご愛顧を賜れたら作者として幸甚にございます。

いわゆるいつもの『数字次第だよ』ですね。本当に本当にごめんなさい……。

とりあえず告知含めてツイッターをやっていますので、良かったらフォローして下さい。

では、ここまでご一読頂き、本当にありがとうございました。機会があれば、また是非。

有象利路

祝！サキュニー２巻！

イニモ達の楽しい日常がパワーアップして返ってきた！
といった感じの２巻でしたね。私はもうすでに
３巻を欲しています。体がサキュニーを求めて
やまないサキュニストのみなさまは、有象先生のツイッター
を見ることをオススメします。そしてあわよくばぷしおに
サキュニーの感想ください!! ３巻出ると信じてるぞ!!

猫屋敷ぷしお

(まさかの)あとがき その2

何故作者まで絵を描いているのか？このまんじゅうは一体…？
それは私にも分かりません。いえ、まんじゅうはイン子です。イン子なんです。
まあそんなことはさておき、言いたいことは前頁で述べたので、由無し事でも…。

〜2巻で書いて楽しかったキャラランキング!!〜

1位 育子　2位 イン子　3位 ドス縁庄

アクの強い女が私は好きです。

〜2巻でもっと出番を与えてやりたかったキャラランキング!!〜

1位 鬼怒　2位 美晴　3位 琥太朗

ポリスコンビはページ配分の犠牲になりました…。琥太朗は和友との絡みが少ない!!
とまあ、サキュニーはまだやり残しがあるので、周りの人に勧めたりして布教して下さいね♡
ここまで読んで下さりありがとうございました!!!

← これは乃鮑です

有象利路

◉有象利路著作リスト

「**ぼくたちの青春は覇権を取れない。** ―昇陽高校アニメーション研究部・活動録―」（電撃文庫）

「**君が、仲間を殺した数** ―魔塔に挑む者たちの咎―」（同）

「**君が、仲間を殺した数Ⅱ** ―魔塔に挑む者たちの痕(きず)―」（同）

「**賢勇者シコルスキ・ジーライフの大いなる探求**
～愛弟子サヨナのわくわく冒険ランド～」（同）

「**賢勇者シコルスキ・ジーライフの大いなる探求　痛**
～愛弟子サヨナと今回はこのくらいで勘弁しといたるわ～」（同）

「**賢勇者シコルスキ・ジーライフの大いなる探求　擦**
～愛弟子サヨナはぷにぷに天国DX仕様～」（同）

「**サキュバスとニート**～やらないふたり～」（同）

「**サキュバスとニート**～くえないふたり～」（同）

本書に対するご意見、ご感想をお寄せください。

ファンレターあて先
〒102-8177　東京都千代田区富士見2-13-3
電撃文庫編集部
「有象利路先生」係
「猫屋敷ぷしお先生」係

本書は書き下ろしです。

電撃文庫

サキュバスとニート②
〜くえないふたり〜

有象利路（うぞうとしみち）

2022年５月10日　初版発行

発行者　青柳昌行
発行　株式会社KADOKAWA
〒102-8177　東京都千代田区富士見2-13-3
0570-002-301（ナビダイヤル）
装丁者　荻窪裕司（META＋MANIERA）
印刷　株式会社暁印刷
製本　株式会社暁印刷

●お問い合わせ
https://www.kadokawa.co.jp/（「お問い合わせ」へお進みください）
※内容によっては、お答えできない場合があります。
※サポートは日本国内のみとさせていただきます。
※ Japanese text only

※定価はカバーに表示してあります。

ISBN978-4-04-914284-6　C0193　Printed in Japan

電撃文庫　https://dengekibunko.jp/

電撃文庫創刊に際して

文庫は、我が国にとどまらず、世界の書籍の流れのなかで〝小さな巨人〟としての地位を築いてきた。古今東西の名著を、廉価で手に入りやすい形で提供してきたからこそ、人は文庫を自分の師として、また青春の想い出として、語りついできたのである。

その源を、文化的にはドイツのレクラム文庫に求めるにせよ、規模の上でイギリスのペンギンブックスに求めるにせよ、いま文庫は知識人の層の多様化に従って、ますますその意義を大きくしていると言ってよい。

文庫出版の意味するものは、激動の現代のみならず将来にわたって、大きくなることはあっても、小さくなることはないだろう。

「電撃文庫」は、そのように多様化した対象に応え、歴史に耐えうる作品を収録するのはもちろん、新しい世紀を迎えるにあたって、既成の枠をこえる新鮮で強烈なアイ・オープナーたりたい。

その特異さ故に、この存在は、かつて文庫がはじめて出版世界に登場したときと、同じ戸惑いを読書人に与えるかもしれない。

しかし、〈Changing Times,Changing Publishing〉時代は変わって、出版も変わる。時を重ねるなかで、精神の糧として、心の一隅を占めるものとして、次なる文化の担い手の若者たちに確かな評価を得られると信じて、ここに「電撃文庫」を出版する。

1993年6月10日
角川歴彦

電撃文庫DIGEST　5月の新刊

発売日2022年5月10日

続・魔法科高校の劣等生
メイジアン・カンパニー④
【著】佐島 勤　【イラスト】石田可奈

達也はFEHRと提携のため、真由美を派遣する。代表レナ・フェールとの交渉は順調だが、提携阻止を目論む勢力が真由美たちの背後に忍び寄る。さらにはFAIRもレリックを求めて怪しい動きをしており——。

豚のレバーは加熱しろ（6回目）
【著】逆井卓馬　【イラスト】遠坂あさぎ

メステリア復興のため奮闘を続ける新王シュラヴィス。だが王朝を挑発するような連続惨殺事件が勃発し、豚とジェスはその調査にあたることに。犯人を追うなかで、彼らが向き合う真実とは……。

わたし、二番目の彼女でいいから。3
【著】西 条陽　【イラスト】Re岳

橘さんと早坂さんが俺を共有する。「一番目」になれない方が傷つく以上、それは優しい関係だ。歪で、刺激的で、甘美な延命措置。そんな関係はやがて軋みを上げ始め……俺たちはどんどん深みに堕ちていく。

天使は炭酸しか飲まない2
【著】丸深まろやか　【イラスト】Nagu

優れた容姿とカリスマ性を兼ね備えた美少女、御影冴華。彼女に恋する男子から相談を受けていた久世高の天使に、あろうことか御影本人からも恋愛相談が……。さらに、御影にはなにか事情があるようで——。

私の初恋相手がキスしてた2
【著】入間人間　【イラスト】フライ

水池さん。突然部屋に転がり込んできて、無口なやつで……そして恐らくは私の初恋相手。彼女は怪しい女にお金で買われていた。チキと名乗るその女は告げる。「じゃあ三人でホテル行く？　女子会しましょう」

今日も生きててえらい!2
～甘々完璧美少女と過ごす3LDK同棲生活～
【著】岸本和葉　【イラスト】阿月 唯

俺と東条冬季の関係を知って以来、やたらと冬季に突っかかってくるようになった後輩・八雲世良。どうも東条冬季という人間が俺の彼女として相応しいかどうか見極めるそうで……!?

サキュバスとニート②
～くえないふたり～
【著】有象利路　【イラスト】猫屋敷ぷしお

騒がしいニート生活に新たなる闖入者！　召喚陣から飛び出してきた妖怪《飛縁魔》の乃艶。行き場のない乃艶に居候してもらおうと提案する和友だったが、縄張り意識の強いイン子が素直に承服するはずもなく……？

新作
ひとつ屋根の下で暮らす完璧清楚委員長の秘密を知っているのは俺だけでいい。
【著】西塔 鼎　【イラスト】さとうぽて

黒河スヴェトラーナは品行方正、成績優秀なスーパー委員長である。そして数年ぶりに再会した俺の幼馴染でもある。だが、黒河には"ある"秘密があって——。ビビりな幼なじみとの同居ラブコメ！

新作
学園の聖女が俺の隣で黒魔術をしています
【著】和泉弐式　【イラスト】はなこ

「呪っちゃうぞ！」。そう言って微笑みながら近づいてきた冥先輩にたぶらかされたことから、ぼっちだった俺の青春は、信じられないほども楽しい日々へと変貌する。しかし順調に見えた高校生活に思わぬ落とし穴が——

新作
妹はカノジョにできないのに
【著】鏡 遊　【イラスト】三九呂

春太と雪季は仲良し兄妹。二人でゲームを遊び、休日はデートして、時にはお風呂も一緒に入る。距離感が近すぎ？　いや、兄にとってはいつまでもただの妹だ。だがある日、二人は本当の兄妹じゃないと知らされて!?

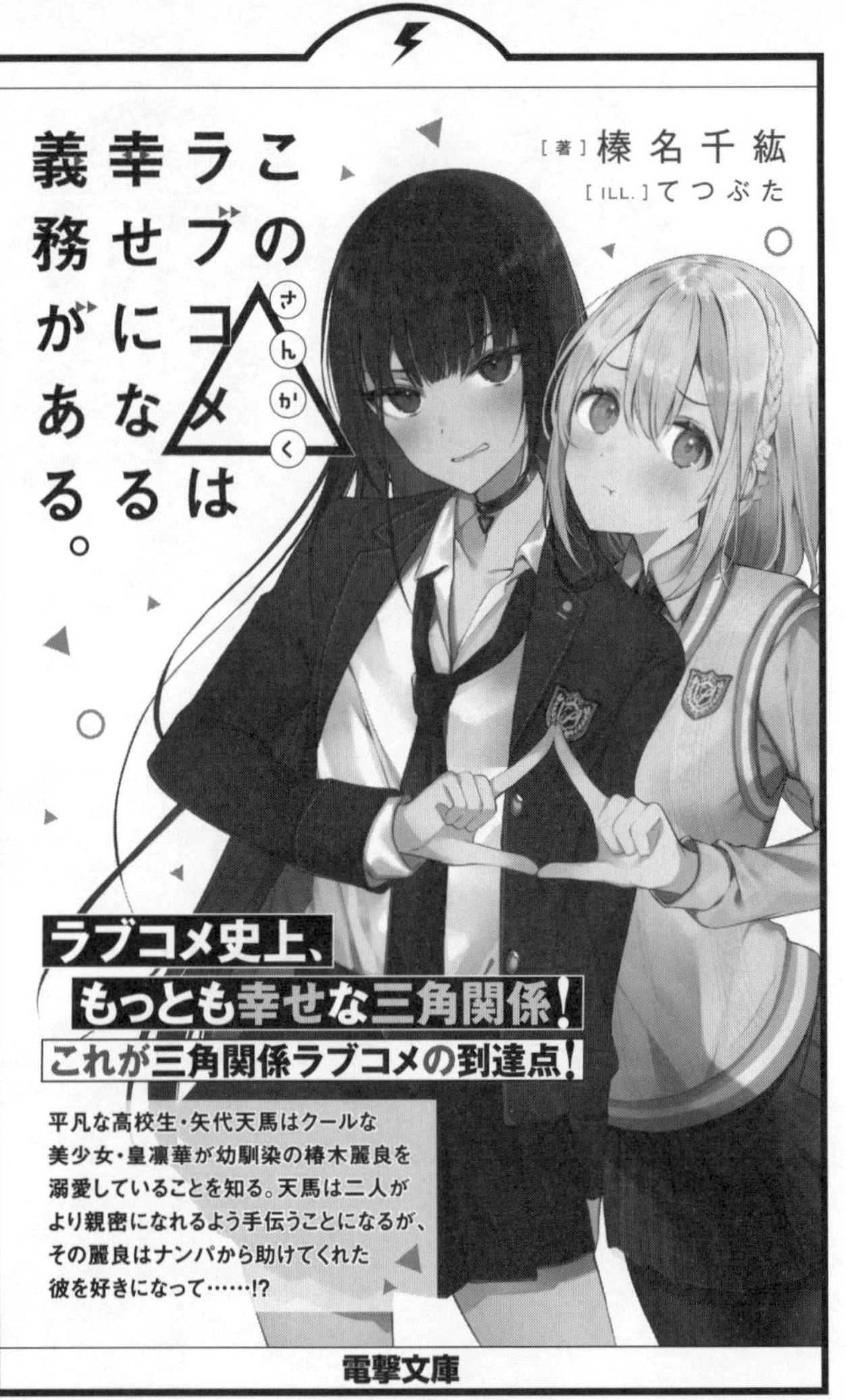
この△ラブコメは幸せになる義務がある。
さんかく
[著] 榛名千紘
[ILL.] てつぶた
ラブコメ史上、
もっとも幸せな三角関係！
これが三角関係ラブコメの到達点！
平凡な高校生・矢代天馬はクールな
美少女・皇凛華が幼馴染の椿木麗良を
溺愛していることを知る。天馬は二人が
より親密になれるよう手伝うことになるが、
その麗良はナンパから助けてくれた
彼を好きになって……!?
電撃文庫

豚になった俺が、
異世界で美少女と
いちゃラブ(!?)する
ファンタジー

逆井卓馬
Author: TAKUMA SAKAI

［イラスト］遠坂あさぎ
illustrator: ASAGI TOHSAKA

豚のレバーは加熱しろ

Heat the pig liver

the story of a man turned into a pig.

純真な美少女にお世話される生活。う〜ん豚でいるのも悪くないな。だがどうやら彼女は常に命を狙われる危険な宿命を負っているらしい。

よろしい、魔法もスキルもないけれど、俺がジェスを救ってやる。運命を共にする俺たちのブヒブヒな大冒険が始まる！

電撃文庫